佳窈送上門

3

完

風 文創 892

春水煎茶 著

風文創 892

目錄

第五十一章

姜舒窈拍拍孫娘子的肩膀安慰。

「沒事的。下廚不應該是件有負擔的事，應該是愉悅的、安心的、有滿足感的。同樣地，美食也應當是治癒人心的。希望妳有朝一日可以體會到這些感覺。」

她說完這句話後便轉身離開，準備和管事商量怎麼收場，一個人的陰影，不是那麼容易就能擺脫的，她不想勉強孫娘子，可剛剛邁開腳步，背後就傳來了一聲強忍顫意的呼喚。

「大小姐！」

她轉身，見孫娘子紅著眼睛，對她擠出了個燦爛的笑容。

「我可以的。」

姜舒窈一愣。「……都說了沒事的，不必勉強。」

「不，大小姐，奴婢沒有勉強！」

她說完，恭敬地行了個禮，轉身走出堂屋，來到店門口。

爐火已燒起，火舌在空中搖曳，空氣也變得熱燙起來。

眾人一看出來的是廚娘，並不是廚子，頓時有些輕視，畢竟酒樓裡的廚師都是御廚傳人，從沒聽過哪個女廚子有本事的。

孫娘子聽到了他們的議論，本應該畏縮不前，可此時卻激起了鬥志。

炒飯是大小姐教她的，輕視她可以，絕對不能輕視大小姐！

她努力忽視圍觀者的眼神，想像自己這是在廚房。搖曳的火舌，擺好的米飯、配菜……她掃了一圈，心漸漸沈靜下來，手握住鍋柄的那一刻，忽然就體會到了大小姐說的那句話。

下廚，本就應該是件安心的事。

眾人發現，那個看著怯懦的婦人，忽然精神一振，跟換了個人似的。只見她握住鍋柄，在火舌上滑動幾圈，燒熱鍋底，俐落地旋轉抹油，右手手腕一翻，舀一大勺米飯放入鍋內。

蛋炒飯用的是隔夜飯，蒸飯時要用紗布墊著蒸籠防止水氣太多，保證米飯的水分不會過多，這樣炒出來的米飯才會顆顆分明。米飯入鍋後，迅速壓散，力道要均勻，速度要快，不能將米飯搗爛或者切斷，這樣炒出來的蛋炒飯米粒會不夠飽滿。

接著就是翻炒，孫娘子已經駕輕就熟，翻炒時手臂用力，米飯在鍋中翻動跳躍，逐漸溢出淡淡的米香。看著米粒中的水分稍去後，她伸臂取來打散好的金黃亮澤的蛋黃液，流暢地在空中畫出圈狀，均勻地灑在米飯上，同時手腕不停抖動翻轉鐵鍋。

蛋液下鍋後孫娘子開始快速翻炒，她單手將鐵鍋端起，讓鍋底在火舌上不停旋轉，同時輕巧而均勻地用木鏟推動米粒。濃郁醇厚的蛋香味逐漸在空中散開，隨著她抖鍋的動作，空中跳躍的白皙米粒逐漸裹上蛋液，變得顆顆金黃，粒粒飽滿。

她做慣了粗活累活，這點體力消耗不值一提。

她端著鐵鍋，抖動翻炒，米粒在空中蹦跳翻轉，似乎是要從鍋裡逃出來，可卻每次都能穩穩地落回鍋中，看得圍觀食客眼花繚亂。

最後，她高懸著手往鍋裡灑下細鹽和蔥花，再次顛鍋後，米飯輕盈地在空中畫出弧線，勺子一磕，鐵鍋一翻，往大白瓷盤內倒入蛋炒飯，一套動作行雲流水，看得人身心舒暢。

這番演出後，眾人不由得將目光投到那盤「簡簡單單」的蛋炒飯上。

炒飯堆成了座小山，金燦燦、黃嫩嫩，顆顆飽滿分明，在白瓷盤上恍若一盤泛著細碎亮光的碎金，襯得露出的白米飯更加白皙。深吸一口氣，只覺這盤炒飯香氣單純，沒有多餘的味道，將蛋香和米香詮釋到了極致。

孫娘子從專心狀態清醒，才發現周圍安靜了下來，剛才心有懷疑的食客們全部噤口了。

簡單嗎？當然簡單，不過是蛋液和米飯罷了。可是為何眼前這蛋炒飯卻如此的誘人呢？

剛才炒飯的動作打消了人們對於「吃食不乾淨」的質疑，現在便是打消「味道平平」質疑的時候了。

管事出聲道：「有客官願意試菜嗎？」

站在前面的老爺子率先踏了出來。他是農家漢，靠賣苦力供么兒讀書，么兒爭氣，考科舉入朝堂，如今是朝廷戶部侍郎。兒孫孝順，知曉他就好一口吃的，整日搜羅些精細美食給他，但他們不明白，他這麼多年記掛的，其實是那口樸素純粹的飯食香氣，而不是珍饈美饌。他在眾人好奇地目光下接過調羹，舀一口蛋炒飯放入口中。

剛出鍋的蛋炒飯熱氣騰騰，蛋香四溢，一入口中，細膩醇厚的香氣頓時席捲整個口腔，外層的蛋液柔軟滑嫩，包裹在飽滿甘香的米粒上，嫩而爽滑，均勻細膩。

米粒飽滿鬆軟，炒去了水氣，使得米飯圓潤彈牙，顆顆分明的米粒在口中碰撞、跳動，伴隨著清新的蔥香，淡淡的油脂香氣，蛋黃的醇香和米飯的清甜交會融合，瞬間讓人的心情沈靜了下來，似乎這就是溫暖二字應有的味道，天然、純淨、平和。

老爺子已經很久沒有感受到這種味道，此刻甚至有些激動。

「如何？」旁邊看熱鬧的食客見他久久不語，連忙追問道。

「好。」他先是輕輕點頭，隨即越點越重。「很好，就這個，給我來一盤！」他說罷，轉身踏入空無一人的食肆中。

「這……至於嗎？」有些人你看我、我看你，懷疑這老爺子是假扮的。

就在這時，剛吃完飯的書院眾人路過，擠了進來看熱鬧。

錦衣公子一向貪吃，聽到此處需要有人嚐味，直接衝到了前頭。「我來，我來。」管事的見他身著錦衣，明顯不是普通百姓，不是食肆想要招攬的食客，有些忐忑連忙看向遠處的姜舒窈。但姜舒窈並沒有搖頭，於是他收回目光，猶豫地為錦衣公子遞上調羹。

錦衣公子雖然嘴巴厲害，又很挑剔，但是明白是非，一盤食材只有米飯和蛋液的吃食，他又不會要求炒出龍肉味。

他舀起一勺放入口中，蛋液柔嫩細膩，薄薄地包裹著米粒，讓人有一種白米飯本身就帶有濃郁蛋香味的感覺。清甜的米飯彈牙有嚼勁，咬開以後，香氣更甚，精準的火候使得米飯鬆軟，蛋液也保有一股細膩絲滑的醇厚水感，類似於脂香味，在口中旋轉散開。

「味道簡單，只有蛋香和米香，卻將兩種味道完美地融合在一起，激發到了極致，看似簡單，但是卻蘊含了很多功夫。」他點評道，還想伸調羹舀，管事卻扯開了盤子。

幹麼呢？調羹上沾著口水呢！

「咳。」他只顧著品嚐了，忘了這事，道：「那什麼，給我們來個幾盤。」

身後的同窗戳戳他。「還沒吃夠嗎？」

「咱們帶回書院去，熬夜苦讀，你不吃宵夜嗎？」錦衣公子小聲道：「你難道還想去食堂偷乾饅頭吃？」

同窗們啞聲。

錦衣公子今天吃了好吃的，心情大好，對孫娘子讚道：「手藝不錯。」

孫娘子愣怔地看著他，然後把目光移到旁邊圍觀的食客上。他們聳動著鼻子，努力吸著香氣，嘴裡議論著吃食的味道，面上的表情沒有絲毫的猙獰惡意，只有對美食的嚮往與期待，平和又充滿善意。

進了食肆的老爺子拍拍桌子，他農家出身，嗓門也大。「別愣著啦！快給我炒一盤，老頭子我禁不住餓的。」

一些食客們爆發出善意的哄笑，老爺子整日在小吃街打轉，他們也和他有幾分熟悉，調侃道：「老爺子可小心吃撐嘍！」

「呸，你以為我是你啊，貓兒胃。」

孫娘子早已習慣了戰戰兢兢的人生，哪日不挨打都會謝天謝地感謝老天爺垂憐，身處這種和氣悠哉的氛圍裡竟恍若隔世。彷彿綠芽破土，內心深處某一處顫動著，陷入了難以言喻的柔軟，她感覺自己忽然明白了大小姐說的那句話。

美食，是治癒人心的。

「哈哈哈，老爺子別因為這位嫂子手藝好就硬塞啊。」食客還在說話。

「不，不，這不是我的功勞。」孫娘子忽然抬頭，小聲地糾正道，聲音越來越大，最後充滿了久久未有的活力與朝氣。「是大小姐，是大小姐教我的，我做出的炒飯遠遠不及大小姐做出的美味！老爺子別催啦，我現在就給您炒去！」

錦衣公子聽了一耳朵，看看同窗們，最後視線落到了謝曄身上。「大小姐？不、不會是姜大吧？」

謝曄翻了個白眼。「不然呢？方才不是都知道了。」

錦衣公子臉一垮，差點沒把手裡的調羹扔出去，先前即使有謝珣的話，他也只認為姜舒窈頂多就出點主意罷了。「不！我不接受！我不甘心！這、這——你們笑什麼？當日落水的又不是你們！」

他們動靜太大，眾人紛紛往這邊看來，這一看，就有人認出來他們身上的衣裳了。「這是青堂書院的學子吧？」

「咦？那可是最好的書院，裡面的學子非富即貴，絕不會是請來假扮的。」

「那……咱們進去嚐嚐？」

「好啊好啊，我聞著這香味也餓了。」

有一就有二，剛才存著看熱鬧心思的眾人紛紛進食肆，管事欣喜若狂，連忙讓小二招呼他們落坐，本以為接下來幾日會門可羅雀的食肆竟然比前幾日生意還要火爆。

小吃街又恢復了往日的熱鬧，剛才的風波似乎從來沒有發生過，這裡有的只有歡聲笑語和美食熱鬧，唯獨食客口耳相傳間，除了小吃街的美味新奇以外，還會加上小吃街、食肆背後東家的磊落坦蕩。

蒸騰的熱氣散開，小吃街香飄十里，食客或行或坐，每個人都有每個人的故事，或喜或悲，但最終都會被一碗香噴噴的美食安慰，全身心融入這個普通熱鬧的夏夜。

街邊掛著的紅燈籠將長街點亮，似一條明亮耀眼的火龍，欲與星空比亮。

圍觀著熱鬧景象的謝珣側頭對姜舒窈說：「安心了？」

姜舒窈點頭，笑道：「安心了。」她轉身朝街頭走去。「這邊終於安排得差不多了。」

謝珣與她並肩而行，護著她躲過橫衝直撞的頑童，問道：「以後還常常過來嗎？」

姜舒窈對道歉的頑童長輩擺手表示無事，待長輩揪著小皮猴走開後，才繼續和謝珣往前走，答道：「不常來了。」

謝珣點頭。

她又補充一句。「以後常在家陪你。」

謝珣猝不及防地被點破心思，耳根迅速紅透，但他早已不是那個羞澀的、遮掩心思的少年郎了，他是姜舒窈親口承認的心上人。

於是，他翹起嘴角，開口道：「如此甚好。」

這副厚臉皮承認的模樣讓姜舒窈頓時笑彎了腰。

笑著笑著，謝珣忽然站定。

姜舒窈收住笑，以為他有什麼事，卻聽他問：「累著了吧？」

「是有一點。」姜舒窈不明所以地答道。

謝珣伸出手。「那我牽著妳回家吧。」

明亮溫暖的燈火灑在他的側臉上，讓他素來清冷的五官顯得柔和又溫暖，姜舒窈將手掌放在他的掌心裡，學著他的話道：「如此甚好。」

普通平凡又熱鬧的小吃街上，兩人手牽著手往街頭走去，時而靠近，時而為躲開人群而稍離，但十指始終緊扣著，背影消失在街頭處，漸漸融入了夏夜的人間煙火裡。

暑熱漸退，前些日子太子那邊給官府遞了口信讓他們秉公辦理鬧事者以後，本欲鬧事的商家紛紛縮回了龜殼裡，唯餘京城最大酒樓醉霄樓的東家心有不甘。

小吃街打出了名氣後，無論是達官貴人抑或是平頭百姓都會去小吃街晃晃。但其實酒樓的生意雖有虧損，卻不是很嚴重，畢竟環境不同，一般人談事宴請還是會來酒樓，但此事不在於爭利上，而是在明晃晃打臉。

其餘酒樓背後的勢力會畏懼太子，醉霄樓不會，他們背後的東家可是康王爺，當今聖人的弟弟，何須懼怕太子？

本來他們無意和林家打對臺，但太子一出面，康王爺便覺得這是太子不給他面子，非得找回場子來。
要壓下林家的風頭，他手下的人自然不會走那些下作的手段，直接蛇打七寸，從吃食本身下手。打探商議一番，終於找到了合適的機會。
林氏過了孕吐的階段，又恢復到了精神奕奕的狀態，正巧小吃街需要增添新的鋪面和吃食品類，她又一頭扎進小吃街裡，忙得團團轉，甚至有時候會直接住在街頭的客棧裡。
雖然林氏說自己會注意身子，但姜舒窈還是擔心她不顧身孕整日忙碌吃不消，便打算悄悄去小吃街看她。
姜舒窈趕在傍晚前到達小吃街，順道捎上了在府裡憋壞了的周氏。
此時正是飯點前，小吃街還未熱鬧起來，人不多，姜舒窈和周氏往小吃街上轉了一番。
如今天氣涼下來了，一些冷飲、冷食撤了，換上了新的吃食，比如滷煮、關東煮等等。
姜舒窈和周氏各買了一份嚐味，經過上次口味的調整後，吃食的味道更加符合時下的口味了，周氏一邊吃一邊不停稱讚。
她們倆沒有給林氏說過要來，自然以為林氏不知，但食肆店家認出來了姜舒窈，轉頭就告訴了管事，管事又告訴了在客棧歇息的林氏。
林氏喜歡小吃街的氛圍，每晚都要出來散散步，全當解乏，現在聽說姜舒窈來了，她立刻打消了出去散步閒逛的心思，老老實實待在客棧裡休息。
等到小吃街熱鬧起來以後，林氏依舊沒有出來。
姜舒窈去客棧看了一眼，瞧她拆了髮髻在床上躺著休息，並不像要出門，便放心了。

客棧布置得精細，條件不比襄陽伯府的廂房差多少，回府去心裡反而不痛快，所以姜舒窈並未在她歇在客棧此事上多勸。

告別林氏後，姜舒窈出了客棧，和吃了個痛快的周氏會合，準備打道回府，還未走出小吃街頭，忽然聽到一陣喧鬧。姜舒窈皺眉，心裡有種不祥的預感。

這次可不是上次的小打小鬧，今日正巧是上新吃食的時候，康王爺派了得力掌事過來，不搞什麼偷雞摸狗的算計，直接把滷煮店的廚子收買了，往食肆門前一吆喝，將食肆販售的吃食食材喊了出來。

本來食客興致勃勃地過來嚐鮮，剛趕到食肆門口就遇到了這個事。

「這裡賣的全是髒污的食材，豬的腸子、豬的肺，還有心！」滷煮食肆的廚子手裡端著一個大盤，往街上一丟，血糊糊的心肺腸落到地上，臭氣熏天。

豬腸、豬肺要入菜，在食材處理方面格外講究，豬腸需要撕掉肥油，不停搓洗，然後用開水燙過，去除怪味、血水，豬肺同理，鍋裡燙過豬腸、豬肺的水都是渾濁的，可想而知未經處理的食材明晃晃地甩在食客面前，衝擊有多大。

「這些東西拿去餵狗狗都嫌棄，居然入菜來賣，這是糊弄大家啊。」廚子身上沾了臭味，把做好的滷煮端出來，往前一遞。「大家看看，你們能瞧出來這些是用什麼做的嗎？」眾人往碗裡瞧去，只見碗裡堆著切碎、切片的紅棕色食材，除了屠夫，很少有人清楚這些是什麼。

來小吃街的食客大多不是極其貧苦的百姓，不會考慮用豬下水做菜，而貧苦百姓想嚐個肉味，也不會買內臟，只因在不知如何處理的情況下，做出來的食物沒有肉味，只有衝鼻噁心的臭味。

此時隔壁賣滷味的店家也站了出來，嘆道：「不僅你家店要賣那些髒污的食材，我這裡還不是。你瞧瞧這都是些什麼，雞爪、豬蹄、禽畜的爪蹄也不知道踩過什麼，乃全身上下最髒污的地方，如今居然用來做菜送入嘴裡。」

食客們面面相覷。

「前些日子吃烤串、炸串的時候，我好像就吃到了些似肉非肉的食材，不過味道好，我也沒問是什麼，若是這些……」

「可人家店家又不是欺瞞咱們，只要我們問，他們又不是不告知咱們食材，前些日子人家還當著大家的面炒飯呢，一點兒也不怕手藝被人學了去。」

這是不介意的，也有在吃食上講究的對此有些介意。

「豬肉、羊肉、雞鴨魚肉，葷肉那麼多，何必選些噁心人的食材入菜？」

「正是，莫不是這些食材便宜，林家想賺些黑心錢吧？」

這就是觀念問題了，康王爺派來的人手在這邊打探許久，終於抓到了這麼一個小把柄。對他們那些心高氣傲，吃食矜貴的人來說，用髒污的食材入菜確確實實是在侮辱人。

一邊覺得煞有介事，一邊覺得無理取鬧，一群人爭執不下。

「行了，你不愛吃就不吃！」周氏是第一次遇見有人鬧事，聽人這麼誣衊林家，實在受不住了，從人群中擠了出來。「瞎扣什麼帽子！」

她眼神厲害，一眼揪出了康王的手下，對著他們道：「我問你們，林家是塞你們嘴裡吃了還是騙你們吃了？愛吃就吃，不愛吃拉倒，說得多嚴重似的。」

她跟著姜舒窈學做菜，對食材的處理也有研究，指著地上的食材道：「這些食材看著是髒污，但入菜時要重重清洗處理，耗費好大一番工夫，出來的味道不比肉差，反而有種奇異的香味，說林家賺黑心錢簡直是不知所云！」

她當初對姜舒窈用這些食材入菜也有些不能接受，但姜舒窈為她演示一番後，她心裡的疙瘩就消了個乾乾淨淨，等到吃到成品時，更是愛上了用這些食材做菜。

「我看你就是不懂吃食才在這兒胡說八道，吃食最重要的是味道，而不是食材精細與否、做法講不講究，若是這都鬧不明白，我看你們那酒樓也是白開！」

康王手下一驚。「妳莫要攀扯，什麼開酒樓，關我們什麼事？」

周氏不理會，繼續道：「再說了，你們說這些東西髒污，不就只是因為價錢便宜嗎？這個時候嫌棄噁心了，平常吃猴腦、吃鹿茸、吃羊鞭的時候，怎麼不說噁心了？」

周氏衣裳料子一看就是高門貴婦，可說話如此潑悍，康王手下們不禁大汗涔涔，一時啞然。

「要我說，甭管這些吃食是用什麼做的，是怎麼做的，扯這些歪理有什麼意思，咱們直接嚐味道就行了。」她哼了一聲，不屑道：「你以為百姓吃飯跟你們一樣嗎？不是吃飯，是瞎講究！」

第五十二章

周氏跑過來，對姜舒窈道：「弟妹，咱們不必與他們多費口舌，直接把這些滷煮、滷味切一小點下來，好奇的就嚐個鮮，我保證他們吃了一口就會想吃第二口。」

康王手下對周氏的說法嗤之以鼻，這些食材如此髒污，就算是再美味，他也相信無人願意品嚐。

姜舒窈正有此意，周氏說完她就喚來了管事，管事讓小二端出來幾個小碗，每個小碗裝點滷煮，另一頭滷味食肆也一樣，分出些雞爪和小塊豬蹄，供食客試吃。

這邊吃食端出來後，周氏就又鑽到了前頭，斜著眼譏諷地看著康王手下。

康王手下渾不在意，不認為有人會在看了那些食材後還會願意品嚐這些吃食。

但他是康王得力手下，過慣了好日子，自然不了解百姓的日子，來這兒的不是貪吃的，就是手裡不那麼寬裕，又想尋物美價廉吃食的，因此都更加在乎吃食的滋味。

如果能用更少的銀錢買到和葷肉一樣美味的吃食，傻子才會不願意。

因此有人站了出來，端起一碗滷煮。

滷煮熱呼呼的，湯頭清透不濁，滷料清香，乃是用火燒和豬腸、豬肺一起煮，裡面放入炸豆腐片、滷汁，淋上蒜汁、醬豆腐汁，最後再撒一層芫荽，聞起來似臭非臭，莫名誘人。

試菜的幾人對視一眼，伸筷子各挾了一樣品嚐。

地上的內臟雖然被收拾乾淨了，但還留有臭味，所以在放滷煮入口時，他們心中自然還存有疑慮，可一入口，想法就變了。

肥腸十分有嚼勁，腸內留有一些腸油，吃起來有一種醇厚濃郁的油香味；接著是豬肺，軟嫩又厚實，嚼起來葷香十足；火燒吸飽了湯汁，透而不黏，邊緣還有點酥脆，內裡卻很水、很軟，湯頭有點鹹，醬香味、蒜辣味、葷香味、各種香料的藥香味融合在一起，一口下去濃郁的香味直衝腦門。

他們放下筷子，皺著眉頭，思考要怎麼才能形容這種味道。

見到有人吃了，康王手下頓時有種不妙的感覺。對他們來說，吃食在精、在貴，若是這些低廉的食材都能做到美味誘人……他不敢想後果。

而那邊，滷雞腳和豬蹄已經有人搶著吃了，滷味的滋味就好描述了，無論食客口味如何，品出來都只有一個香字。

康王手下領頭人完全沒有料到事情會如此發展，怎麼和他們預料中完全背道而馳？怎麼會有人願意吃那雞爪？看著就奇怪噁心。

領頭的那個不服氣，擠進入群裡拿了個雞爪，雞爪被煮得軟爛，滷味裡放了肘子、豬皮等帶膠質的食材，熬煮以後化在滷水裡，滷汁變得黏黏糊糊的，極容易附著在食材上。

雞爪入口時他抖了一下，腦海裡是生雞爪的奇怪模樣，但下一刻，他的腦海裡就一片空白了。雞爪被燉煮得酥爛，入口即化，輕輕一抿，肉就被抿下來了，混合著黏稠滷汁和酥爛的肉在口中散發出葷香和藥香，有點鹹，滷香濃郁。

這……這是雞爪的味道？

他不甘心，又挾起了一塊豬蹄放入口中。

豬蹄比起雞爪來，口感更實，豬皮彈牙，肉質軟糯，其間的瘦肉勁瘦不柴，肥膩的脂香氣在口中散開，比起五花肉來，多了一分厚實的葷香，半點不比肉差。

他愣愣地感受著嘴裡的滷香、葷香，還想動筷，卻被管事攔住。

「咱們就是請大家嚐個味，若是想吃個過癮，還請入店。」管事笑道：「帶走也可以，咱們這兒還有滷肘子、滷五花肉，帶回去下酒正好。」

他被自己完全失敗的計劃衝擊地大腦昏昏，稀裡糊塗地點了點頭，直到付了銀子走出人群被手下追上後，才猛然反應過來。

周氏遠遠地看著，心裡十分暢快得意，正準備回到原處找姜舒窈時，突然被人拍了拍，回頭一看，是個挺著大肚子、明豔動人的婦人。

婦人上下打量了她一下，露出一個無比滿意的笑。「我看妳很有天分，跟我學做生意怎麼樣？」

這位婦人正是林氏。自從要來孫娘子當廚娘以後，林氏找到了除了經營美食行當的另一個樂趣——招攬女人到自己手下辦事。

航運那邊是老行當了，自有林家人安排，但吃食這邊不同，只有她一個人操心，她最近一直在招攬人手。

周氏今日出門沒有別釵，只是衣裳貴重些，但現在天黑了，林氏並未看出她的身分。

因為林氏在躲著姜舒窈，不敢到處晃，只以為周氏站出來仗義執言後，又不知上哪裡找到了姜舒窈獻計，且聽她話語中似乎對食材很有心得，便起了招攬的心。

「我……」周氏開口想要解釋，被林氏大剌剌打斷。

「不必立刻給我答案。」她拽著周氏往高處走。「妳看看這小吃街，這麼長的街、這麼多的食肆，食客絡繹不絕，我只問妳，京中還能找出第二處這種地方嗎？」

周氏搖頭。

「知道我為什麼看中妳嗎？」

周氏繼續搖頭。

「只因為剛才我看妳的神情，突然想到了我自己。當年，哎，不是當年，就是幾個月前，我還是萎靡不振，整日縮在府內消磨時光，跟行屍走肉般，而如今當我看著這條街已經想不起幾個月前自己是什麼感受了，心中只有舒暢和自豪，不知為何，我總覺得在妳身上既能看見從前的我的影子，也能看見現在的我的影子。」

「這位夫人……」

「我知道妳會覺得很荒謬，但我一向如此，我相信自己的直覺。曾經我和家姊在主家奪權時，跑碼頭、奪船廠，全靠著一股衝勁和直覺，如今也是如此。當我女兒給我寫信提到食肆、小吃街的想法時，我便又有了那股直覺，果然，我又做成事了。如今我的直覺告訴我，我可以在吃食行當做大、做強，甚至還能改變吃食行當的樣貌，我便選擇追隨我的直覺行事。」

周氏這回沒說話了，安靜地聽著。

「當時我女兒寫信告訴我可以用這些稀奇古怪的食材入菜時，我著實很難相信，但我選擇相信她，且我想著若是真能成功，豈不是又能改變些什麼？百姓吃不起肉，這些卻是能吃得起的。正如碼頭的食肆，窮苦百姓的餐食只求飽腹，不求美味，而我卻能讓他們用同樣的銅錢買到既飽腹又美味的飯食，看他們吃得開心、吃得饜足，我的心中無比滿足暢快。」

她看著穿著布衣的百姓猶豫著走進食肆，數著銅板買了些帶葷腥味的素食帶走，臉上露出笑。「這和賺銀兩是不一樣的感覺，哪怕當年林家統領航運之時，也不如食肆開張那天我聽著百姓的誇讚痛快。」

她拍拍周氏。

「妳願意跟我一起嗎？工錢保證給足，且不和妳簽契，不用看人眼色，只需要妳保持著今晚那舒暢痛快又滿懷期許的心和我一起把林氏吃食做下去！」

周氏看著她，忽然覺得第一次瞟到林氏與姜舒窈來信時的那種心情再次湧了上來，有些激動、有些憧憬，似乎有束照亮往日黯淡的曙光投入她的世間。

「好。」

林氏執起她的手，同樣說了句。「好！」

兩人還未繼續說話，身後傳來一句幽幽的問話。

「……好什麼？」

姜舒窈看著她們倆牽起的手，還有臉上燦爛的笑容，有點無語，有點疑惑。「娘，二嫂，妳們認識？」

林氏眨眨眼，半晌沒反應過來。「二、二嫂?!」

周氏撓撓腦袋，不好意思地道：「您剛才一直沒給我機會介紹自己來著……」

姜舒窈走近，兩人飛快放開手。

「娘，您挺著大肚子怎麼又跑出來了？食客這麼多，把您擠著了可怎麼辦？」

林氏心虛地縮縮脖子。

「還有二嫂，剛才我聽娘說什麼不簽契做工之事，妳怎麼就答應了？」

周氏同樣心虛地縮縮脖子。

姜舒窈也沒想等到解釋，只是道：「看來妳們倆都是誤會對方身分了，如今知道了，剛才誤會也可以澄清了。」

兩人連忙點頭。

姜舒窈轉頭，對周氏道：「二嫂，咱們回府吧。」又假裝凶巴巴地對林氏囑咐。「娘，您再這樣不顧身孕操勞、亂跑，我可就要生氣了！」

林氏咕噥道：「知道啦。」

姜舒窈與她道別，牽著周氏走了。

周氏乖乖跟她走了，走著走著，突然回頭，和一直盯著她的林氏視線對上。

兩個某種程度上命運類似的女人在這一刻讀懂了對方的眼神，不由得相視一笑。

林家若是想要繼續在吃食行當做下去，不可避免會與人爭利，姜舒窈認為事情不會就這麼了結。

當她思索著如何處理時，宮中遞來了信，林貴妃突然要召她入宮。

姜舒窈的原主和林氏都不親近，遑論遠居宮中的貴妃娘娘，她難免有些疑惑。

謝珣也沒揣摩出林貴妃的意思，只是安慰她不要擔心。

這還是姜舒窈來古代以後第一次進宮，雖說她也見過太子，可太子為人親和，當時也只是在謝國公府裡，並沒有覺得有太大的感觸，可是入宮卻不一樣了。

她忐忑緊張得一夜未睡好，翌日天還未亮就和謝珣一同起床更衣。入宮覲見的規矩她昨日臨時學了，此時只能記個表面，只望入宮以後能勉強合格。

因著今日她也入宮，所以謝珣並未騎馬，而是與她同乘馬車。

見姜舒窈神情緊張，不停往外張望，他笑道：「平素裡膽子那麼大，怎麼只是進宮就嚇著了？」

姜舒窈放下車簾一角。「不是嚇著，就是覺得有點忐忑，畢竟那可是皇宮。」不管是封建帝王還是現代的上司、老闆，掌權的人總是讓人心懷畏懼。

「往日宮宴妳又不是沒去過。」謝珣這麼說，牽過姜舒窈的手。

姜舒窈疑惑地看他。

謝珣一本正經道：「牽著妳就不怕了。」

姜舒窈有些無語。

自從兩人互通心意牽手以後，謝珣忽然就開竅了一樣，有事沒事就想和她親近。可這親近也只是很表面的親近，比如睡覺時牽著手、同行時牽著手，每次還都要一本正經的模樣，生怕她拒絕，但也就只是到牽手這一步，進一步的動作卻是沒有的。

見姜舒窈沒有抽走手，謝珣嘴角微微翹起，一隻手牽著她不能動彈，一隻手去拿茶壺斟茶。「喝杯茶吧。」

姜舒窈搖頭。

「那就吃些糕點，早膳時妳忙著化妝梳髮，只用了幾口粥，等會兒入了宮別餓著了。」

姜舒窈抽抽手，謝珣連忙握住，不解地看她。

「我吃糕點得用右手。」姜舒窈道。

謝珣依依不捨地放開手，打開矮桌，把糕點擺上來。

搬起石頭砸自己的腳。唉！關心媳婦和牽手就是難以兩全啊。

姜舒窈不愛吃糕點，但怕等會兒餓，還是拿了塊糕點塞入嘴裡。有點噎，但是她又不敢喝茶，怕入宮以後想如廁，那可就太尷尬了。

她塞完一個小的，謝珣把茶端過來，她搖頭，繼續拿下一個。

謝珣弓著腰站起來，繞過她，坐到了她另一側。正當她以為謝珣換位置是有什麼要事的時候，謝珣默默地、悄悄地把手掌覆在了她的左手上。

姜舒窈塞著糕點，轉頭無語地看著謝珣。

謝珣正樂著，翹起的嘴角還沒來得及放下，就感覺到她的視線投過來，立刻變得心虛，耳根輕輕動了兩下，顯示出害羞的不自在。

他強行解釋道：「左手不用拿糕點。」

姜舒窈心底好笑，便不管他，隨他去了。

到了宮門前的大道，兩人下了馬車，步行往裡。進了宮門，早有太監在此處候著，姜舒窈記著規矩給他塞紅包，被他拒了。

謝珣往東宮去，與姜舒窈在內牆處分開，接下來的路便只有太監領著姜舒窈走。皇宮果然如她想像中的一般，雕梁畫棟、金碧輝煌，但始終有一股低壓旋繞在上空，宮女、太監們走路無聲，讓姜舒窈走了不到一會兒，就已經覺得壓抑得難受。

到了林貴妃宮裡，又是一番景象。

林貴妃才剛剛用完早膳，懶洋洋地倚在榻上由宮女按頭，殿中幽香瀰漫，輕幔晃動，有一種倦怠慵懶的美感。

林貴妃果然如傳言那般傾國傾城，五官明豔，明明只點了唇脂，卻能壓得住雲髻上華貴的珠釵。

她瞧見姜舒窈行禮的模樣，掩面一笑，笑靨燦如春華。

「行了，起來吧，到我這兒來。」她直起身子，宮女垂頭退至一旁。

姜舒窈走到她身旁，在矮凳上坐下。

林貴妃不鹹不淡地問了她些閒話，姜舒窈一一答著，摸不清她的目的。

兩人本就不熟稔，敘了會兒話，就安靜了下來。

「妳母親最近怎麼樣？」林貴妃沈默了會兒，開口道。

這個倒比之前那些閒敘讓人輕鬆些，姜舒窈道：「母親已不再孕吐了，如今身子健朗，每日忙著生意，精神奕奕，一點兒也不像個懷胎的婦人。」

林貴妃輕笑。「她可真是……一如既往。」

姜舒窈沒搭話。

林貴妃本就是自言自語，也沒想讓她搭話，似乎是想到了什麼，陷入回憶。

她長久地沈默讓姜舒窈不自在地扭扭身子，微小的動作讓林貴妃回神。

「說到生意，林家的吃食生意可是由妳提出來的？」

姜舒窈感覺終於進入正題了，答道：「正是。」

林貴妃指尖輕敲桌面。「怎麼會想起做吃食行當了？林家航運方面已經足夠了，再插手其他行當，未免說不過去。」

姜舒窈聽出了她的反對意思，雖不解，但解釋道：「我們並不是做酒樓生意，而是賣些新奇的吃食給普通百姓，真要論個明白的話，根本不算與酒樓打對臺。」

「那怎麼礙了康王的眼了？」林貴妃聲音輕飄飄的，聽不出情緒。

姜舒窈心裡一緊，道：「我們本本分分做生意，談何礙眼？只是小吃街最近紅火，惹人注意罷了，等過些時日康王爺冷靜下來，就會發現林家做的生意和他的根本不一樣。」

林貴妃不置可否，敲敲桌面。「新奇生意，我倒是有聽說。吃些髒污食材，腸啊、心啊，這就是新奇嗎？」

姜舒窈不服氣了。「娘娘，清洗乾淨後都是食材，不應稱作髒污。」

林貴妃不接話。「妳娘鐵了心要把這個生意做下去嗎？」

「是。」姜舒窈斬釘截鐵應道，又想著林貴妃和林氏兩姊妹曾經如此親近，應該很了解林氏的脾性。「娘她這些年來日子得過且過，幾月前懷有身孕也不吃不喝的，身子骨兒哪受得住。於是我便想著找些事讓娘分心，效果出乎意料的好，娘一頭扎進了生意裡，精氣神完全恢復了，整日忙著生意，把糟心事忘得一乾二淨。如今出了這事，以娘的脾氣，絕不會因為礙了別人的眼而放棄。」

林貴妃聽完，垂眸看她。「還有呢？」

姜舒窈抬頭，面帶不解。

「妳呢？」

姜舒窈順口回道：「我自然也不想讓娘放棄。」

林貴妃抬臂，戳了下她的腦門。「鬼丫頭，我瞧妳是自己不想放棄。」

姜舒窈猝不及防地被人戳了額頭，一時被這親密的舉動弄傻了。

林貴妃收回手。「我今日召妳來，就是想問問妳們這事的章程。」

姜舒窈眨眨眼。「章程？」

林貴妃斜眼看她，「嘖」了聲，嫌棄道：「做生意沒個章程還叫做生意？接下來打算做什麼，做到什麼地步，如何做，這些不都得理個明白？」

姜舒窈有點懵。「這……」

懼。

林貴妃蹙眉，她的五官明豔大氣，又久居深宮，一肅容便顯得氣勢十足，讓人心生畏懼。

姜舒窈下意識低頭。

「妳說要做新奇的吃食，這些點子只用妳一個人想？」

「是。」

林貴妃頓時覺得成不了氣候，搖搖頭。

姜舒窈瞥見了，忙道：「就我一個人想點子綽綽有餘，我想到的，別人還真不一定能想到。」

林貴妃被她的口氣逗樂了。「初生之犢不怕虎，當年我和妳娘闖蕩航運行當的時候也沒這口氣。」

姜舒窈張嘴欲辯白，被林貴妃打斷。「妳說的新奇，難道就是那些腸子、心肝入菜？」

姜舒窈先點頭，又搖頭。「自然不是，新奇不應針對食材，就拿麵來說，我也能想出無數花樣，只是如今正巧在研究低廉食材入菜罷了。」

林貴妃蹙眉不語。

「而且不只腸子、心肝什麼的，除了這些，只要能入菜，我都能做出美味來。」

林貴妃眉頭頓時舒展，像看孩子玩鬧一樣看著她，半晌嘆口氣。「妳娘也是，這麼大的人了，還跟妳一塊兒胡鬧。我聽她如今總算振作了，本想幫一把……算了，我也是聽她恢復精神後一時欣喜，關心則亂。」

姜舒窈無奈道：「娘娘，我說的是真話，您不信，就隨便出題考考我。」

林貴妃本想讓姜舒窈離宮，但此時聽她這麼說，覺得就只是這麼讓她走，她出去了依舊會和林氏想當然的胡鬧，必須得壓壓她的心氣，讓她清醒一些。

第五十三章

「好，那我就出題考妳。」林貴妃站起來，金絲繡紋裙襬在地上拖曳。「豬羊雞鴨的內臟妳都做過了，我就不出這個題來考妳。」

她一時半刻還真想不到什麼，直到看到了殿裡養的魚，突然想起了入宮前四處航運的日子，道：「曾經我和妳娘為了搶河道，四處奔波，常在岸邊歇腳。有次我們見小童在河邊撈魚捉蝦，過去瞧熱鬧。當時他們撈起了一堆黑糊糊的河鮮，正在憋嘴嘔氣，我與妳娘一問才知道那叫螺，河裡魚蝦蟹都可以吃，唯獨螺不行。哪怕是多年不見葷腥的百姓也不會撈螺回去燉湯，只因螺裡雖有肉，但卻滿是泥沙，且腥臭撲鼻，別說入口，只是聞著就噁心。」

林貴妃眼神帶點得意，料定姜舒窈誇下海口後難以收場。「妳可能以螺入菜？」

卻見姜舒窈一拍手。「螺？當然可以！我最愛吃炒田螺了！」

林貴妃一愣。「妳知道螺是何物？」

「當然。」姜舒窈順口答道，意識到破綻後連忙改口補充。

「我曾經在京郊別莊遊玩時，遇見過一位老人家，她的孫子捕了螺回家，我好奇，便拿了些試菜，研究了許久，總算琢磨出了個好法子。」她站起來，興致勃勃道：「娘娘就讓人尋些螺入宮吧，我保證能做出一盤美味至極的菜來！」

宮中貴人要田螺，下面的人怎麼著都得馬上送來，匆忙往山上泉水處撈了些十分乾淨的田螺送入宮裡。

姜舒窈在貴妃宮中用了午膳後，田螺便送進來了，順帶著把姜舒窈要求的調料也從謝國公府捎進了宮中。

送進來的螺都是山泉中找的，且反覆清洗過的，再入水清洗並不會出泥。姜舒窈讓人先把螺放入鹽水中浸泡一會兒，讓螺再吐會兒泥。當然，條件允許的話，滴幾滴油，隔夜浸泡更好。

用完午膳後，姜舒窈與林貴妃再敘了會兒話，林貴妃就午睡去了。

姜舒窈百無聊賴，在殿裡看書，看著看著想到了謝珣，今日可是她離謝珣上值地點最近的地方了。

也不知道謝珣在幹麼，忙不忙，午膳有沒有吃好。

她撐著下巴發呆，忽然有一個小太監跑了過來，給殿裡的大太監耳語了幾句。

姜舒窈聽到聲響往他們那邊看去，一轉頭，兩人的視線正巧與她對上。

大太監對姜舒窈擠出一個諂媚又帶善意的笑，躬著腰走過來，小聲道：「夫人，謝大人托小順子跟您遞個口信，問您午膳用得怎麼樣？謝大人還說若是您在宮裡待到酉時，那便一道回府，謝大人下值後在宮門口等您。」

問午膳一定是藉口。

「午膳用得挺好的。」她答道：「你和他說，我知道了。」

大太監捂嘴笑了，許多年沒有見到這種帶點傻氣的新婚小夫妻，怎麼看怎麼甜蜜。

他笑道：「那就好，我讓小順子回去回話，您看有什麼話要讓他遞回去。」

姜舒窈搖搖頭。「沒有了。」就算有，讓別人這樣傳來傳去的也不好意思。

等到林貴妃睡起後，兩人又聊了會兒衣裳、首飾，一下午就被打發過去了，膳房的螺也泡好了。

林貴妃和姜舒窈聊了一下午，起先的些許生疏已散了個乾淨，看著時辰差不多了，挑挑眉對姜舒窈道：「怎麼樣，真要動手下廚？現在服軟，姨母就賞妳點首飾胭脂。」

姜舒窈站起來，自信地道：「娘娘，您可別小瞧我了。若是我做出來的田螺好吃，您還賞嗎？」

「賞。」林貴妃看她明朗朝氣的模樣，心頭也樂。「就看妳有沒有本事得這個賞了。」

姜舒窈行禮告退，被宮女請到膳房。

林貴妃受寵，膳房比謝國公府的小廚房大了不少，調料品、食材一應俱全。

姜舒窈走到泡田螺的大盆前，田螺的尾巴已經在她的要求下剪乾淨，所以現在就可以直接上手做菜了。

先將處理好的田螺下滾水燙，加料酒燒開，撈去浮沫，最後倒出瀝乾。

猛火燒乾鍋，下油，油溫燒至六成熱後，放入大蒜丁、豆豉、蔥、薑片等爆香，等到香味充分激發出來以後，放入瀝乾的田螺翻炒。

田螺下鍋翻炒時發出清脆的響聲，隨著顛鍋的動作嘩啦啦響，翻炒的過程中香氣熗進了田螺裡，膳房裡瞬時瀰漫一股鮮香濃郁的味道，初聞有點怪，多聞幾下又覺得香。

加水燜三分鐘，讓湯汁浸入田螺肉後，接著放入辣椒、紫蘇葉、鹽、料酒繼續翻炒。炒田螺，紫蘇葉是靈魂，既可以完美去除田螺中的泥腥味，又可以增鮮提香。最後用大火爆炒，讓田螺更好的吸收湯汁和油氣，同時收汁，出鍋以後田螺會從尾部吸進濃稠鹹鮮的湯汁，吸一口，回味無窮。

黑糊糊的田螺在白瓷盤上堆了一座小山，對於沒吃過田螺的宮人來說，看上去實在是奇怪，可鼻尖的香味又太過濃郁誘人，讓他們不由得忽視了田螺的怪樣，興起想試一試到底是個什麼滋味的念頭。

待到端到桌上時，林貴妃的反應比他們大多了。

她緊緊蹙著眉，臉上表情僵硬，縮著脖子往後躲，捏著鼻子嫌棄道：「妳還真炒出來了。」

姜舒窈無奈道：「不難聞的。」

林貴妃挑起眉毛，即使表情扭曲，但仍舊十分美豔。她遲疑著鬆開手，剛一鬆開，猝不及防地，一股濃郁的香味就鑽入了鼻腔。很鮮，鮮中帶著刺鼻的辛辣，辛辣中又融入了柔和的藥香。

她試探著往前走，看到了桌上那盤炒田螺，嫌棄的表情重新掛回臉上。「這要怎麼吃？吃殼嗎？」

姜舒窈拿起一根竹籤，從田螺裡挑出一點嫩肉來。「吃肉。不過尾巴的部分不要吃。」

既然兩人有打賭的成分在，姜舒窈炒了出來，就得有人嚐。

林貴妃眼神在殿中宮女、太監身上掃了一圈，隨手指了個太監。「你來試試。」說完又覺得不厚道，補充道：「有賞。」

姜舒窈更加無奈了。

太監本就是貧苦人家出身，在宮裡跌打滾爬了這麼些年，並不是什麼嬌貴的人。他垂頭應是，躬身行至桌前，恭恭敬敬跪下，頭觸地道：「謝娘娘、夫人賜膳。」

這場面跟賜毒一樣，有宮女拿了瓷盤過來，挾一顆田螺放上，再端到太監跟前。

太監抬頭，學著姜舒窈的動作從田螺裡挑出嫩肉來。

湯汁濃稠，掛在螺肉上，上面還泛著一絲辣油亮光。香辣濃郁的香味撲面而來，是他未曾體會過的味道，層次豐富，鮮和辣完美中和，似乎將所有的香都融入到了小小一塊的螺肉裡面。

本來前一刻還在絞盡腦汁地想若是難吃應該如何措辭，但現在他忽然意識到，似乎並不需要那套委婉的說辭了。

姜舒窈叮囑過尾巴不要吃，所以他避開尾巴，只咬下前端。

螺肉極嫩，但嫩中又帶著韌勁，正如他想像中的那般，濃郁複雜的味道全部融入了小小的螺肉裡，極其的鮮美，極其的香辣，透著一絲絲回韻悠長的甘美甜香。

明明只有一點點，但卻一瞬間在口中爆發出濃郁的香味，鮮得舒爽，辣得酣暢，若是此時有酒作陪，吃一口螺肉，喝下一口回味苦甘的清酒，那才叫痛快。

「怎麼樣？」林貴妃問。

太監連忙從細品回味的出神中走了出來，道：「回貴妃娘娘的話，極好！」說完頓時懊惱自己嘴笨，描述不出有多好，給不了應有的讚美。

姜舒窈有預期會是這個答案，沒有什麼反應，倒是林貴妃難以置信。「真的？」不用太監回答，她也知道太監哪敢回答假話，但如此斬釘截鐵的一個「極好」還是讓她不敢相信。她快步走到桌前，看著那盤炒田螺。

走近了，那香中透著辣，辣中帶著甜的怪味更加濃郁了。

見姜舒窈笑著看她，她吸一口氣，咬牙道：「拿籤來，本宮嚐嚐。」

挑螺肉這種事自然不必她親自動手，宮女為她挑出，她接過，猶豫地放入嘴裡。

她久居宮內，很久沒吃過重口味的食物了，更沒有品嚐過辣椒的味道。

這一吃，她就愣住了。

螺肉落到舌尖，辣味首先在口中綻開，有點痛、有點麻，但更多的是一種讓人分泌口水的刺激香味，接著就是螺肉的鮮。浸透了湯汁的螺肉鮮香濃郁，麻、辣、鮮、甜，各種味道一瞬間侵占了口腔的每一處，還未嚼，她就忍不住想吞下螺肉了。

再細嚼螺肉，這口感很奇妙，又嫩又實，彈牙有嚼勁，小小的一坨肉，越嚼越香，每嚼一次，湯汁的香味就越發明顯，又因為是甘泉養出來的螺，還帶著絲絲泉水的清甜。

嚼細了咽下後，只覺得完全不過癮，那麼小一點，哪夠？

姜舒窈看她的神情就知道她的想法，忍住笑意道：「怎麼樣？」

林貴妃不說話了，伸手往盤裡探，宮女連忙為她挑下一個，她擺擺手。「我自己來。」

她上手拿了一顆田螺，心道：真是奇怪，這麼醜的小東西，為何可以這麼美味？

姜舒窈適時提醒道：「螺中有湯，對著尾吸一吸，再吮出螺肉，這種吃法最是美妙。」

她簡單的一句，讓林貴妃不自覺地咽了咽口水。

她試探著把螺放在嘴邊，唇碰到田螺時一愣，反應過來這動作也太不雅觀了點。但為時已晚，螺殼上帶著的鮮美湯汁已經讓她下意識地做出反應，輕輕一吮，濃郁香辣的湯汁頓時湧入口中，不多，但足夠讓味蕾瞬間甦醒。

所有的精華都融入在了這小小一口湯汁內，溫溫熱熱的，似乎是辣意，又似乎是才出鍋那豐富的香氣，那又辣又鮮的滋味直叫人嚐不夠，怎麼著都過不了癮。

她沒忍住，再次吸了一口，發出「滋滋」的響聲，實在是不雅，但這時候她已經想不起這回事了。

姜舒窈見她接連吸了好幾個田螺後，才出聲提醒道：「娘娘，怎麼樣？值不值得賞？」

林貴妃僵了一下，又很快舒展開來，眉眼帶笑，十分痛快地道：「賞！」然後補充道：「這下妳說服我了。」

她一邊說、一邊手上不停。「以後林家的吃食生意本宮會插手幫忙，康王那邊不必擔心。」她嘆道：「這還是本宮入宮以來，第一次因林家的生意去向聖上討情，妳們以後可得爭氣點，莫要讓我失望。」

姜舒窈沒想到事情是這麼個發展，她驚訝道：「聖上？」

「自然。放心吧，本宮說到做到。」林貴妃擦擦指尖，恢復那副貴氣慵懶的模樣。「不過不是現在，這味道太重了，等我沐浴後再去找聖上。」

姜舒窈點頭，想著等會兒回去問問謝珣是怎麼回事。

林貴妃抬頭看看天色，道：「不早了，妳先回去吧。」

姜舒窈想著謝珣下值了還在宮門等她呢，便行禮告退。

她走出去沒多遠，林貴妃一掃剛才慵懶的模樣，精神一振，重新開始吸田螺。

這次她終於不用拘著了，吸得滋滋作響，用力之大，直接把螺肉吸到了口中，一邊品湯、一邊嚼肉，那叫一個痛快。

待姜舒窈終於出了宮門，謝珣已在此等了一會兒。

夕陽漸漸落下，天際被染成丹紅色，底部留出一道帶狀金邊，萬丈金色霞光綻放，刺得人睜不開眼。

謝珣身量頎長，穿著豔色官服，在宮門不遠處站著，極為顯眼。

姜舒窈心頭升起沒來由的歡欣，拎著裙，向他奔去。

謝珣若有所感，回身，果然見到了姜舒窈奔來的身影。他沒料到她會朝自己跑來，下意識伸出手臂想要接住她，怕她摔著，但想到此處是在宮門前，連忙壓下手臂。

姜舒窈跑到他面前，將將剎住腳步，小喘著氣。「等得久嗎？」

「不久。」謝珣脫口而出道：「再久也不久。」

若是每日下值都能這樣沐浴著夕陽等她就好了，驀然回身見到她向自己奔來，等待的滋味也變得美妙起來。

這句話沒頭沒腦的，姜舒窈沒聽明白，扯扯他官服袖口道：「走吧。」

謝珣點頭，兩人並肩往前走。

「今日在宮裡待了那麼久，都在做什麼？」

「閒敘了會兒，打了個賭，為貴妃娘娘做了道菜。」

「哦？」謝珣低頭看她。「妳還在宮裡做菜啦？」

姜舒窈便把來龍去脈說了一遍，最後問：「你猜貴妃娘娘吃了沒？」

謝珣抿嘴翹起嘴角，又見她那副得意的神情，忍不住跟著綻開笑顏道：「當然，不僅吃了，還覺得很美味對不對？」

「咦？」姜舒窈道：「你怎麼知道？」她可是儘量把過程描述得很緊張忐忑的。

他理所當然地道：「因為是妳做的。」

姜舒窈被他這句話說得有點羞，往他身上撞了下。「什麼呀！」

此時下值已經有一會兒了，宮門前人不多，大多都是下值很遲的鬍子花白的官員們。

兩人並排著走實在扎眼，但謝珣又不想浪費這同行的好時機，於是悄悄把手向姜舒窈靠近。

官服挺闊鮮豔，與姜舒窈淺蓮紅色軟緞融在一起，寬大的袖口重疊著，碰撞著。

姜舒窈不明所以，正要挪開手臂，忽然被謝珣捉住了手。

她詫異地抬頭看謝珣，謝珣左手握拳，抵住鼻尖清清嗓子。「袖子能遮住的。」重點是這個嗎？

謝珣說完後，還左轉右轉看了一圈，確認沒有官員往兩人牽手的地方看，鬆了口氣。牽到手後，謝珣腳步都要輕快許多，只覺得這條道太短，沒走幾步就走到了馬車前。

謝珣扶著姜舒窈上馬車，緊跟著她鑽進去，在她身邊坐下。

上了馬車後，姜舒窈感覺有點頭暈，便拉開了裝糕點的木盒，隨便揀了塊糕點塞進嘴裡。

謝珣問：「餓了？」

姜舒窈點頭：「午膳在貴妃娘娘殿裡用的，不太好多吃，下午又沒有用茶點。」吃了幾塊糕點後，眩暈感退去，謝珣為她端來一杯熱茶，她喝下後胃裡面舒服多了。

姜舒窈嘆道：「還是家裡面舒服。」

謝珣掏出手帕為她擦掉嘴角的糕點碎屑。「那是自然。」擦了兩下，覺得不對勁。「妳嘴角沾上了什麼，怎麼是紅的。」

他看著手帕上的顏色十分緊張，像血又不像血，莫不是嘴角傷了吧？

姜舒窈見他一臉緊張，愣了下。「什麼？」

她抬手碰碰自己的嘴角，看到自己手指上沾著的殷紅色，一下子明白過來。「……這是口脂。」

謝珣緊張的表情僵住，把手帕默默疊好，揣回袖口。「以往妳的口脂沒有這麼豔的。」

「當然，這是貴妃娘娘用的。」

她平日裡用的唇脂就是帶點淺粉紅的潤唇膏，林貴妃給她點的口脂卻是格外濃郁的正紅。謝珣平素又沒接觸過這些東西，更不可能每天盯著女人的嘴唇看有什麼區別，現在鬧出笑話雖然有點傻，但實屬正常。

她湊近謝珣，問：「你就沒發現今日我的唇特別的紅？」

四目相對，氣氛忽然有些安靜。

謝珣看著她紅潤豐盈的唇，眨眨眼，恍然大悟道：「原來如此，我就說今日怎麼不一樣呢。」

姜舒窈本來起著調戲的心思，結果一點兒效果也沒有，頓覺無趣，重新靠到車壁上。

謝珣偷偷地把視線移過來，落到她唇上，仔細地琢磨了一番，一邊感慨神奇，一邊分辨這種紅和她吃了辣椒後嘴唇的紅有什麼區別。

似乎潤些，豔些，飽滿些。

姜舒窈感覺他的視線落在嘴上，以為他要做些什麼，有點小忐忑，結果往他臉上一瞧，那叫一個心無雜念、認真鑽研。

她在心裡默默地「哼」了一聲，轉身面對車壁。

到了謝國公府以後，姜舒窈從馬車上跳下來，沒搭理謝珣就往府裡走。

謝珣一頭霧水，緊跟著她往院裡走，思考到底發生了什麼。

姜舒窈回到院裡，第一件事就是衝到廚房找吃的，一天沒好好吃飯，餓得心頭發慌。她往廚房裡掃了一圈，一眼就看中了放在陰涼處蓋住的梅乾菜燒餅。

前幾日她與林氏商議著要在京城各處開一家早食食肆，店面要小，然後安排至京城各處，也不會需要興師動眾地整修裝潢。

而且早食店賣的東西必須要多，製作時長要短，才能讓大家不會吃膩，又無須等待太久，於是姜舒窈便開始琢磨起了各種燒餅。

梅乾菜燒餅很薄，看上去平平無奇，表面既沒有芝麻，也沒有千層餅餅皮上一圈圈的線條，只有咬上一口才會知道它的好。

顧名思義，燒餅裡面的餡，自然就是梅乾菜碎和豬肉肉末，不用放油，直接放進鍋裡煎。燒餅內的肥肉末受熱以後，漸漸溢出油來，豐富的油脂會浸透餅皮，讓燒餅表面變成油香酥脆的金黃色，有些肥肉末多的地方，餅皮甚至會被浸透成透明的色澤。

隨著熱度，燒餅外殼逐漸膨脹，鼓起來一個空腔，很高，圓鼓鼓的顯得十分可愛。煎好以後用筷子碰一碰，還能明顯感覺到外層那層薄皮硬硬脆脆的。

第五十四章

謝珣悄悄地在小廚房外面探頭觀察，本來在思考自己哪兒犯了錯，但一聞到香味，還是硬著頭皮進來了。

他看著鍋裡的梅乾菜燒餅，輕輕地咽了咽口水，帶點討好地、小心翼翼地問：「要喝粥嗎？我讓丫鬟去大廚房端來。」

姜舒窈回頭看他，總覺得這個垂眸抿嘴的忐忑樣和謝曜也沒什麼兩樣了，忍住笑意道：「去吧，我要素的白米粥。」

謝珣得令，出小廚房吩咐丫鬟。

因為謝珣也在，所以姜舒窈多煎了兩個燒餅，燒餅出鍋裝盤，扯上幾張油紙，晚飯就這樣對付了。

丫鬟腿腳索利，姜舒窈和謝珣剛在桌旁坐下，她們就把白米粥端來了。

謝珣還處於忐忑中，等姜舒窈動筷以後才敢吃餅。

梅乾菜燒餅，或者說任何燒餅，用筷子吃都不夠過癮，一定要捏著餅往口裡遞，張大口咬下才是最妙的。

梅乾菜燒餅的餅皮極薄，捏著是硬的，吃起來卻無比酥脆，肥肉的油香浸透到了餅皮裡，將麵粉的那層淡香帶出來，一口咬下去「喀嚓」作響。

餅裡只有一層薄薄的梅乾菜和肥肉末，不能太多，多了會鹹、會膩。肥肉末煎出了油水後和梅乾菜融為一體，乍一看，棕綠棕綠的，間或點綴著紅白的肉末。

雙手一捏，酥脆的餅皮往中間擠壓，帶著油花的透明汁水滋滋往外冒，分不清是肥油煎化了的油水還是梅乾菜泡開以後吸收的鹹鮮汁水。

在梅乾菜的襯托之下，肥肉末也顯得細碎可愛了起來，亮晶晶的，一點也不膩味。謝珣捏著餅往口裡送，一口咬下去，方才察覺到梅乾菜燒餅的妙處所在。

梅乾菜剁得很碎，一點兒也不塞牙，嚼起來脆脆的，一咬，滿口清新鹹鮮。梅乾菜若是乾吃，風味普通，但是配上肥肉卻是一絕。

梅乾菜吃油，吸收了肥肉末煉出的油，充分激發除了梅乾菜的鮮味，咬下去滿口生香，油香豐腴，菜鮮清爽。

謝珣吃完一個梅乾菜燒餅後才開口問道：「日後便是在食肆裡賣這個餅了嗎？」

姜舒窈道：「當然還有其他的，種類豐富。」

謝珣點頭，過會兒假裝不經意地提起。「咱們這附近會開賣早食的食肆嗎？」

說完以後，他欲蓋彌彰地解釋。「雖然這附近全是公侯伯等高門，但平素裡我們早食也會去外面買，就拿藺文饒來講，每日身上都要揣上幾個銅板繞一圈去五柳巷那邊買鴨肉燒餅。」

絕對不能讓姜舒窈聽出他也想吃，怕姜舒窈誤會他埋怨她賴床。

姜舒窈盯著他不說話。

謝珣又道：「若是平時早晨起遲了，大家也都是去外面買點吃食拿著上路的。」他如今不一樣了，不起遲仍會去外面買吃食，實在被姜舒窈養刁了，但大廚房的吃食千篇一律，外面的最起碼還能吃個新鮮。

姜舒窈仔細一琢磨，似乎有點道理，便點頭道：「確實是可以試試。」

謝珣面上神情沒有絲毫變化，內心卻在歡呼雀躍，幾乎要壓不住欣喜了。

翌日他往東宮上值，沒忍住，把這事說了，惹得同僚們好一陣吹捧讚揚，每日吃鴨肉燒餅都快長成鴨肉燒餅的藺成，感激涕零到給他奉一杯茶。

後來其他地方開起了早食小食肆，可西城這邊遲遲沒動靜，同僚們看他的眼神就像看一個油嘴滑舌的負心漢，惹得謝珣好一陣心虛，每日回來都要拐彎抹角催一催媳婦大人趕快安排上。

晚膳過後，兩人一個看書寫字，一個準備食材，夜深以後才沐浴一番準備就寢。

姜舒窈記著明天與林氏寫信交談的事，腦袋昏昏沈沈的，不一會兒睡意就湧了上來。

正待陷入夢境，忽然感覺手上碰到了什麼東西。

她忽而醒神，迷迷糊糊地感受了一下，似乎是……手？

姜舒窈眨眨眼，反應過來，睡意沒了，又無奈、又好笑。

自從謝珣跟姜舒窈合理牽手以後，每天晚上都要悄悄牽手睡覺，這真是……

她縮回手，謝珣嚇了一跳，他本以為她已經睡著了才敢偷偷牽手，沒想著她是醒著的。

想著今日似乎惹了她生氣，他還要牽她手，實在是不好，於是他小聲道：「抱歉。」

姜舒窈無語了，把他的手抓起來扯到自己面前。

謝珣常年習字，指節分明、手指纖長，因為練劍和用筆，手指上有一層薄繭，漂亮的手和他那張清俊的臉相得益彰。

她揉了揉他的手，道：「你怎麼回事？就知道牽手牽手牽手，不想做點別的嗎？」

謝珣驚道：「還、還能做什麼？」

你知不知道我最恨你像個木頭一樣！

姜舒窈氣呼呼翻過身來，支起上半身，把腦袋湊到謝珣臉龐前。

月光朦朧如紗，姜舒窈可以看到謝珣眼睛微微瞪大，澄澈乾淨的長眸溢出驚詫。

「還可以這樣。」

她腦子一熱，低頭往他唇上壓了一下。

謝珣感覺大腦裡轟鳴了一聲，一片空白，半邊身子都因酥麻而僵硬住了不知如何是好。

他後知後覺地感受到她留在他唇上的觸感，溫溫的、軟軟的。

姜舒窈翻身回到自己那邊，捏捏被子，出了「惡氣」，安心地閉眼準備睡下。

忽然，一陣清新的冷香傳來，她直覺有一股壓迫感襲來。

睜眼一看，謝珣學著她的姿勢，支在了她的上方。

他墨髮冰涼，隨著他的動作輕輕垂下，滑過她的臉頰，帶起一陣癢意。

謝珣大多時候都是冷著臉的，此刻也是，他垂眸的樣子顯得極其疏遠冷清，似乎不好接近的樣子。濃密的睫毛掩住眼底細碎的光芒，抿著嘴看她。

「幹麼？」姜舒窈徹底清醒了。她剛才好像幹了什麼不得了的事情。

謝珣極輕地喘了一下，在安靜的室內顯得十分明顯。

似羽毛撓過耳廓，姜舒窈感覺一陣細而微小的電流從大腦中穿過。

他道：「可以再來一次嗎？」

即便是到了這種時候，他的聲音也依舊冷靜，如泉水擊石，清越動聽。

怎麼可以有人用這種語氣語調問出這種問題？

姜舒窈咽了咽口水，不知如何答話。

姜舒窈不說話，謝珣就這樣安安靜靜地等著。他身上的冷香鑽入鼻腔，似草木清香，似幽幽墨香，將她渾身籠罩。四周太安靜了，只剩下令人眩暈的耳鳴。她攥緊手，指尖摳摳自己的手心，帶著黏糊糊的鼻音「嗯」了一聲。

這一聲很小很輕，但謝珣並沒有錯過。

他得了應允，微微朝她湊近。動作很慢，有些僵硬，湊近一點停頓一下，再湊近一點又停頓一下，似乎是找不到合適的姿勢，也怕靠太近了自己心臟受不了。

他感覺到了她的鼻息與自己的交纏，香甜溫軟，纏繞在他鼻尖，讓他有種渾身漂浮的感覺。

他湊得足夠近了，鼻尖和她若有似無地輕碰摩擦著，最後鼓起勇氣，試探地用唇壓上去。這次比上次感覺更加強烈，溫軟到了極點，甚至讓他有一些驚詫，碰觸之處升起一股酥麻的電流，一瞬間竄上頭皮，又化作熱流湧向四肢。

或許是他的姿勢帶有一點壓迫性，姜舒窈莫名戰慄著，控制不好自己的呼吸輕喘著。亂而急促的熱氣撲在鼻尖上，讓謝珣瞬間迷失在這片溫暖的馨香裡，也被她帶得有點喘，本能地、輕輕地含了下她的下唇。

奇怪的感覺從下唇騰起，姜舒窈發出了一聲羞恥的「嗯」聲，渾身一震，連忙用發軟的手一把將謝珣推開。

可她的力氣那麼小，哪裡能推開謝珣？不過謝珣感覺到了她的動作，連忙支起身子，忐忑地看她。

姜舒窈沒作聲，謝珣先慌張了。

他連忙說了句「抱歉」，接著迅速回到自己的那邊，僵硬地躺下。

姜舒窈臉紅到快要滴血，把錦被一裹，轉身面對著牆不說話了。

謝珣怕她生氣，又不敢開口問，只能安安靜靜地等著。一晚上就在這種忐忑與不安中糾結，最後陷入夢鄉時，夢裡卻只有一片溫軟的甜。

翌日，謝珣醒來時天還未亮，他下意識側頭往床側看去，並未看到姜舒窈的睡眼，只看到空盪盪一片。

瞌睡瞬間醒了，他從床上翻起來，掀開被子，穿鞋、披上外袍往外急走。

他動作太大，正在外間收拾的白芍嚇了一跳，連忙行禮道：「三爺。」

「夫人呢？」謝珣問。

「夫人起得早，說睡不著，便起來做早食了。」

謝珣愣了一下，發現自己想岔了，渾身的緊張都卸下，走回內間，穿衣梳頭。

大清早的，兩人都奇奇怪怪的，白芍想不出個所以然來便不想了，繼續擦著桌上的茶壺。

今日姜舒窈醒得早，側頭一看謝珣就想到了昨晚的事，睡意瞬間消散，乾脆起來去了小廚房。

姜舒窈和林氏都是俐落不拖拉的人，既然提出了早食食攤的點子，就定下了開張的良辰吉日，一個忙著置辦鋪面、選廚子，一個忙著琢磨吃食，都希望不要拖了對方的進度。

說到早餐，除了粥餅之外，姜舒窈還想到的是有「早餐之都」的武漢早點，比如三鮮豆皮、熱乾麵、油餅包燒賣等等。

今日她起得早，把本來應在上午才做的油餅包燒賣挪到了現在動手。

油餅包燒賣是一種很奇妙的組合，油餅酥脆油香，內裡的燒賣軟糯清甜，一口下去滿足感十足。一個油餅能塞下四個燒賣，高熱量、用料足，當早餐完全足夠了。

肉末、香菇丁炒香炒出油以後，加一點提鮮的豆豉油，和蒸熟了的糯米拌勻，倒入熬成半透明、半奶白的醇厚高湯，最後撒入胡椒粉、蔥花，燒賣的餡就做好了。

包燒賣的皮得很薄，放入一大勺餡，從頂部捏緊，看上去像個小包袱，身子圓鼓鼓的，開口處似綻放的花朵。

將昨夜發酵好的麵團取出來，做出一個個碗口大的圓形狀，起鍋燒油，油溫適合時，下入餅皮。

伴隨著噼哩啪啦的聲響，麵餅周圍泛起油花，在油中晃蕩，似充了氣一樣漸漸鼓起、膨脹，最後變成一個很泡很圓的金黃色油餅。

謝珣便是這個時候進來的，他聞著油香，疑惑道：「這是早食嗎？大清早的就吃重油的吃食，會不會不太好？」

姜舒窈沒時間搭理他，這個時候得塞燒賣了，動作不能慢，若是油餅涼了，一碰就碎，就不好劃開了。

劃開圓鼓鼓的油餅，薄脆的餅皮之中形成了一個足夠大的空腔，麻利地挾起燒賣，快速地塞入餅裡，一二三四，四個全部塞進去後，姜舒窈才得空答話。

「鴨肉燒餅難道不油嗎？」她問：「油餅包燒賣也只是看著油，實際吃起來一點兒也不油，但很扛餓，不用擔心午膳不到就餓了。」

她用油紙包好後，遞給謝珣。

「你嚐嚐，若是口味用料合適就可以販售，不合適的話我再換一個，反正今早做出來本就是試菜。」

謝珣自動忽略了「試菜」二字，接過油餅包燒賣，眼裡綻放出光彩。

這種日子終於回來了，幸福的早食！

金黃色的油餅豁個大口，裡面塞滿了燒賣，燒賣白嫩鮮滑，麵皮極薄極透，裡面鼓囊囊的餡似乎兜不住，隔著皮似乎都能看到裡面的糯米。

將油餅包燒賣湊近臉，一股淡淡的油香鑽入鼻腔，間或夾雜著燒賣的清甜，熱呼呼的，一聞到香味，剛才害怕太油的想法瞬間被拋在了腦後。

張大嘴咬上一口，「嚓」一聲，餅皮碎了，伴隨著不停的脆響，糯糯的燒賣被咬開，鮮甜醇厚的高湯溢出，熱呼呼的香氣在舌尖縈繞，咬上以後讓人下意識地「呼嚕嚕」往口裡吸著高湯、燒賣和碎掉的餅皮，一口咬下去吃得滿口都是。

燒賣很嫩，表皮很薄，糯米濕軟，吸飽了高湯，混合著肉丁的豐腴香味和濃郁的胡椒味，外頭泛著一層黏糊糊的濃郁光澤。高湯極鮮，鮮到透出了絲絲清甜，汁水充足，和胡椒一起完美抹去了油餅的膩，唯剩淡淡的油香。

油餅外皮是脆的，燒賣被咬開以後，高湯溢出，將油餅裡面那層浸軟，將糯軟、韌、酥脆三種口感完美融合在了一起。

早晨吃清粥素菜是胃裡舒服，吃油餅包燒賣卻是胃裡、嘴裡一道滿足。「你覺得能放在早食鋪子裡賣嗎？」姜舒窈一邊炸著下一個油餅，一邊問。

謝珣口裡含了好大一口，臉頰鼓鼓的咀嚼著，像是高嶺之花的外皮裡住了一隻倉鼠，他不停地點頭道：「能。」

姜舒窈手下不停，又塞了一個油餅包燒賣，打算自己吃。

謝珣探頭。「雖然一個就夠了，但是多來一個也行，謝謝。」

姜舒窈沒好意思提醒謝珣早食得悠著點，別撐壞了，便把油餅包燒賣遞給了謝珣。

謝珣開開心心接過，一手抓一個，騎著馬優哉游哉地往宮城方向去了。

中途碰著了九思巷買包子的李復、闞映，長街口買鴨肉燒餅的藺成，四人會合，一起騎著馬往宮城去。

謝珣作為一手拿一個鼓囊囊油餅包燒賣的人，在四人中格外凸出。

他吃得很香，那油餅聽著就又脆又酥，裡面夾著的濕糯糯的不知道是什麼，似乎還帶著湯汁，擠在油餅裡，隔著一人寬的距離似乎都能聽到謝珣咀嚼時的輕微聲響。

身為東宮官員，在馬上吃餅，太不雅觀了——藺成咬下一口鴨肉燒餅，嫉妒的眼淚從嘴角滑落。

向林家隔房女兒提親的想法，是不是該向娘親說說——闞映咬下一口包子……

吸溜，吸溜，吸溜——李復什麼也沒想，光饞了。

哼哼哼，直到林家早食鋪開業之前，我都會是整個東宮最耀眼的——謝珣得意地往嘴裡塞……嗯，好像吃得有點撐。

謝琅已經記不得有多久沒有和周氏說過話了，每次見到她，她都會遠遠地瞥他一眼，然後面無表情地走開。

剛開始謝琅只當她是在生氣，消了氣後他便可以哄回來，但時日漸長，他發現她不是生氣，而是連生氣的心思也不在了。

到底是哪裡出了錯？

這些時日謝琅一直在想，曾經他納妾時，周氏生氣過，但沒過幾日又會跟什麼也沒發生似的回到他身邊，好像對於這事她只是有點介意，都不用他哄，只要他對她笑笑，說幾句話，她就會喜笑顏開，忘掉那些不愉快。

有時候回想過往幾年的歲月，他覺得似乎已經過了很長一段時間，長到他快要忘記與周氏相遇時的光景了。他只模糊地記得烈馬上的少女，將馬鞭揮得啪啪作響，看見他們這群遊歷的書生，好奇又新鮮，英姿颯爽地上前來，大膽問話。

當謝琅意識到她並沒生氣時，忽然開始慌張起來。

時日越久，心緒越繁雜，以往吟詩作對、下棋的興致也沒了，整日蹙眉憂慮，扯著謝理飲酒澆愁。

一開始謝理還會陪著他，可成日飲酒不是辦法，後來徐氏和謝理談過話後，謝理也不來了。

於是，他便只能一個人在亭裡喝酒。

小妾來過，長兄、三弟來過，便是那些看著謝琅頹唐模樣的丫鬟也生了不該有的心思，也來過，偏偏他最渴望見到的人沒來過，於是那些丫鬟通通被謝琅厭煩地斥走。

厭煩。

謝琅還是第一次感受到這種情緒，或許周氏也曾厭煩過，她內心的五味雜陳，如今他總算體味到了一點。

他搖搖手裡的瓷瓶，酒液剩下薄薄一層，正欲仰頭灌進口裡，身後傳來軟糯的聲音。

「父親。」

謝琅嚇了一跳，他酒量大，並未喝醉，只是有些眩暈而已，一聽到謝笙的聲音便清醒了。他不想讓女兒看到自己酗酒的模樣，匆忙將酒瓶放到袖口下掩住，回頭看向謝笙。

謝笙讓丫鬟在遠處等著，此時只有她一人過來了。

她走到謝琅身前坐下，道：「父親，夏時已過，夜裡漸漸涼了起來，您總是在這裡喝酒，小心著涼。」

謝琅看著謝笙心頭一軟，這是他和周氏的女兒啊。

「無事，我不會醉的，只是稍微喝一些，夜裡睡得沈。」

謝笙點點頭，沒說話了，剛才那麼長的一句帶著關心的話，已經是她的極限了。

謝笙好詩文，而謝琅才華橫溢，她常常來請教，相較於周氏，謝笙和謝琅是比較親暱的。

不過雖然謝琅很喜歡這個女兒，但謝笙太過懂事，除了詩文的指點、身體上的關懷，其餘他便不知道如何對待她了，此刻見她垂頭不語，氣氛稍僵，便道：「妳怎麼來這邊了？」

「不舒服，散散步。」謝笙語氣平淡無波的道。

謝琅立刻緊張了起來。「哪裡不舒服？可有叫大夫？不舒服還出來散步做甚？」

謝笙抬眸看了他一眼，道：「胃裡不舒服，娘晚上給我送了刀削麵和好幾盤菜，吃撐了。」

謝琅的表情僵住了，因為緊張而向謝笙傾斜的身子緩緩後靠，最後坐正，艱難地道：

「原來是這樣啊，很好。妳們母女親近是好事，只是日後莫要再吃撐了，對身子不好。」

謝笙點點頭。「母親也是這般說的，她說看我吃得多她很開心，但後來我吃撐了，她又不開心了，匆忙地煮山楂水去了。」

謝琅聞言腦裡立刻出現了周氏慌裡慌張的模樣，下意識輕笑，但隨即笑容一滯，轉為苦澀。

第五十五章

夜風幽幽，吹起謝笙的髮。她走過來，只不過是因為按照規矩，見著父親得過來行禮問候，現在人關心了，話也說盡了。

她站起來，準備行禮告退，謝琅卻忽然開口道：「妳母親近日在忙些什麼？」

這個問題讓謝笙有些困惑，她歪歪頭，問道：「父親不清楚嗎？」

謝琅面上的笑更苦澀了，但他並不會在女兒面前展露出頹唐的一面，儘量用平淡的語氣道：「不知道。」

周氏不許他入她的院子，她的丫鬟們也避著他，嘴巴守得牢，不敢多言。

謝笙雖然疑惑，但還是乖乖回答了。「忙她喜愛的事。」

謝琅沒想到是這個答案，他愣愣地開口。「她將刀劍撿起來了？」

這話把謝笙也問懵了，她驚訝道：「刀劍？」

她顯得太過於驚訝，謝琅反應過來，更加疑惑了。「還能是何物？」

「下廚琢磨吃食呀。」謝笙語氣難得有了波瀾，她一屁股坐回石凳上。「刀劍？母親曾經喜愛練刀舞劍？」

周氏從嫁到京城以後就盡力迴避這些往事，沒想到被他戳破到女兒面前了。

謝琅有些心虛、有些猶豫，但話都說出了口，還是點了點頭。

出乎意料的，謝笙並未流露出嫌棄的表情，她眨眨眼，睫毛撲閃撲閃的，臉上總算帶上了些許生動的孩子氣，她慢吞吞地消化著這個事實，半晌才問：「那為何母親拋卻了練習武藝的喜好？」

這句話聽到謝琅耳朵裡，猶如晴空霹靂，驟然的巨光將他照得清醒。心裡的不解和困惑散了，謝琅感覺腦裡有些木然，不斷地重複著謝笙的問話。

「……因為我。」他從來沒有覺得說出三個字需要耗費如此大的力氣，說完以後，他整個人都頹唐了。

是啊，因為他。若不是他，周氏怎麼會從那個縱馬張揚的少女變成如今久居內宅性子古怪的婦人？而這天翻地覆的轉變，只不過幾年時光……

謝笙聽不懂他的話，但能感受到他的情緒。她有些無措，卻不想安慰這個父親。

有些事孩童雖然不太明白，道不出一二三，可心裡始終是有一桿秤的。

她再次行禮告退，走了幾步，又不甘心地返回來。

謝琅背脊不再挺直，姿態顯得有些頹敗。

這副模樣讓謝笙有些無可奈何，她忍了忍，還是開口說道：「十五那日，林氏早食食攤要在城東那邊開業，母親會去的。」她也不知道為何要說這一句，只是直覺謝琅應該去看一眼，連她都能看到母親的改變，父親卻還在這兒沈浸在過往中無法自拔，悲秋傷春，看著愁人。

謝琅沒來得及說話，謝笙就走遠了。

十五那日，謝琅特意休了假，一大早就趕到了城東的食肆。

他尋了好幾位路人問路，始終沒找到林家食肆，在街頭打轉時，忽然聞到了一股濃郁豐富的香氣，他順著香氣尋路，終於看到了林家食肆的招牌。

這鋪面很小，一點也不符合林家財大氣粗的風格，是以他初時從這裡路過時，並未細心留意這就是他要找的地方。

如今繞了一圈才來，食肆已經開門迎客了。

初秋，晝夜溫差大，清晨泛著一股淡淡的涼意，熱氣騰騰的白霧從食肆飄了出來，吸引了一大堆食客。

這附近住的人都是些手裡有閒錢的普通百姓，有一大早起來準備去趕船的商戶，也有趕著去自家綢緞鋪子的掌櫃，也有昨日回家看父母、今日一大早就得往城外趕的教書先生等等，他們從此處路過，聞見了香氣，見天色尚早，便在食肆前停住腳步。

人越聚越多，小二招呼著，食客們紛紛落坐，漸漸熱鬧起來。

此時一輛馬車悠悠開過來，在不遠處停下。

車簾一掀，穿著一身俐落棉布衣裳的周氏跳下來，轉身扶林氏下車，緊張道：「小心。」

「我身子穩得很。」林氏從馬車上下來。

「那也不該過來，若是弟妹知道了，定是要生氣的。」

「那也得過來。」林氏頓時縮了縮身子，轉頭看周氏。「妳也是非過來不可的，自當明白我的心思。」

說到這兒，周氏啞聲，辯駁道：「我就想看看我調出的口味能不能合食客心意。」

周氏舌頭靈，又是純正的古人，因此姜舒窈每樣吃食都得問一下她的意見，兩人琢磨著改正。她又勤快、又不怕苦，連揉麵筋都會親自上手，一整天忙著不帶歇氣，食肆能這麼快開張，她有很大的功勞。

「是啊，開張這日最是讓人期待的。」林氏和她一同往後門走。「看著食客為陌生的吃食駐足，吃得津津有味、滿意地離開，我這心裡面就會無比舒坦。」

周氏無比贊同，搓搓手。「若不是不合適，我真想在這兒試試我的手藝，弟妹說我很有天賦的。」

林氏無奈，扯著她往裡走。

謝琅站在轉角處，有點恍惚。

他有多久沒見過這般精神奕奕、帶點胡鬧的周氏了？太久了，久到他都快要忘掉她本來是這副模樣了。

他站在這兒，有人急匆匆路過，和他肩膀撞上。

那人身形薄，個子矮，被撞得後退兩步，瞪眼看謝琅，本欲罵幾句，見他姿容不俗，氣度斐然的模樣，又硬生生忍住，只是揉著肩膀，嘟囔幾句，走向早食攤。

這附近的住戶都認識，他一邊走一邊和食肆前吃早飯的食客打招呼。

「吃什麼啊？味道如何？」

大家嘻嘻笑笑地說著，讚揚食肆的早食。

「好吃！渾身都舒坦了。」

「原來早食還能這麼美味，以後早起也不煩了。」

「我買了一個準備帶走，咬了一口，又折回來買第二個，你說味道如何？」

「哎，老丁，今日這麼早是又到了揀貨的日子了嗎？」

老丁點頭，搓搓手臂道：「是啊。」

商船從京城過，他的貨物到了，要去碼頭驗過再卸貨。他不信別人的眼光，每次都自己去，本來想著碼頭日頭曬人，便穿得薄了點兒，誰知大清早這涼氣這麼重。

他往食肆密密麻麻的吃食上掃了一眼，沒能選出來，最後只是道：「有什麼吃了身子暖和的，來一份吧。」

「好。」小二進去，不一會兒，端出來一碗湯和一盤油餅。「胡辣湯和油餅，您請用。」

老丁往面前一看，所謂的胡辣湯是一碗有點紅、有點棕黃的湯羹，瞧不出是個什麼滋味。湯汁黏稠，有股強烈卻不刺鼻的辛香，裡面裹著各色食材，黑的木耳、棕綠的海帶絲、透亮的綠豆粉條，嫩黃的豆腐皮和麵筋，在稀薄白霧熱氣的遮掩下，顯得格外誘人。

他沒吃過這種味道的早食，此刻有些猶豫，拿起調羹舀了一勺。湯汁極為濃郁，一舀，掛起了一道芡絲，湯汁成團滴落，黏稠極了。

因著是揉麵筋的水來勾芡，湯的顏色厚實，光亮感很足，一入口，第一反應是這湯真稠，這麼稠，但口感卻依舊細膩。接著就是骨湯的清甜香氣和胡椒的麻意漸漸湧上舌尖，伴隨著那股溫熱黏稠、滑順的口感，濃郁的鮮麻味衝到了口腔裡，後勁十足，非常過癮，從舌尖到喉嚨，一路暖到胃裡。

麵筋軟而勁道，掛足了湯汁。木耳爽脆、海帶硬實、粉條彈牙，一嚼，各種豐富的口感伴隨著不同程度的麻香一同襲來。

胡辣湯雖然有辣字，但和辣椒的辛辣刺激不同，它主要是取胡椒的麻。胡椒吃起來很香，喝起來暖和，渾身的涼意都被驅散了。

他呼嚕嚕地吃著，對面忽然坐下一人。

謝琅對著小二道：「跟我來一套和他一樣的。」

老丁吃得沒空看，挾起油餅，往胡辣湯裡一按。

黏糊糊的湯汁從四面八方包裹住油餅，再挾起來，油餅頂端掛了厚厚一層黏糊糊的光亮的湯汁。放入口裡一咬，湯汁濃稠，並不會把油餅浸軟，油餅酥脆，油香清淡，還未細品，就被胡辣湯辛麻過癮、鮮香可口的味道覆蓋，酥脆與黏稠交雜，又香又麻，十分過癮。

除了在漠北，謝琅很久沒見人吃相這麼不講究了，此刻也來了胃口，等小二一端上來，立刻就吃了一口。

謝琅很少吃重口的吃食，但胡辣湯並不會讓他受不住，只因胡辣湯雖辣，卻不會讓人辣得舌疼，而是一種熱暖的辛香，辣中透鮮，鮮中有麻，滑膩、軟綿、黏糊，還能一邊喝一邊嚼，感受不同食材的口感以及散發出的香味。

他很快吃完一碗，比對面老丁的速度還快，毫不猶豫地再要了一碗。

這次小二動作依舊很快，馬上端來了胡辣湯，謝琅迫不及待的入口……

「咳咳！」一股陌生的、強烈的辣意襲來，他被嗆住，以袖掩面不停咳嗽，嗓子、舌頭辣得生疼。

林氏偷偷探頭，對周氏道：「好像辣得很厲害。」

周氏抱胸。「當然，放了三勺辣椒醬呢。」

林氏見謝琅咳得快要直不起腰了，而小二卻被周氏叫住不准遞水，猶豫道：「好像咳得太厲害了。」

「經過我手的美味，我不願讓他享受。」

周氏給林氏一個眼神，林氏立刻心領神會。若是襄陽伯在這兒，她會讓他咳死算了。

最後還是掌櫃的給謝琅端了杯水，他匆忙喝下才止住咳嗽。

老丁看他咳得這麼難受，猶豫地問：「沒事吧？這碗味道很嗆嗎？」

卻不想對面那俊朗溫潤的男子臉上露出了笑意，他垂眸笑道：「沒事，是我妻子捉弄我。」就像當年在漠北周氏非要哄著他喝烈酒，看他嗆著後，會挑眉傲氣十足地嘲笑京城的貴公子都是軟貓。

想到這兒，謝琅臉上的笑意淡去，口裡辣味散去，只剩苦澀。

他明白謝笙為何要他來看了。

周氏變了模樣，變回了曾經漠北那個開朗跳脫、無拘無束的周家大小姐，而他卻不再是那個初到漠北，招惹她動心的謝二郎了。

嫁入京城的七年日子裡，她的性子被扭曲，稜角被磨平，再做回自己時，稜角不在了，對他的情誼也不在了。

他忍著辣，強撐著將胡辣湯快速喝完，舌頭辣得生疼，卻壓不住心裡泛起一股針刺般密密麻麻的痛。

謝琅坐不下去了，結帳後匆忙離開。

「奇奇怪怪。」

老丁看他走了，搖搖頭，繼續品嚐自己面前的美味，不禁笑眯了眼。

食肆人來人往，熱鬧非凡，熱騰騰的香氣沖散了清晨的寧靜，眾多食客說笑打趣，此處只應有無限的歡愉舒暢，容不下黯然。

自從早食攤開張以後，姜舒窈便閒了下來，前段時間忙著琢磨吃食試口味，整日不得閒。現在閒下來以後，每日除了指點指點周氏以外就沒什麼事幹了。

忙的時候顧不得謝珣，現在一閒下來了，才發現他似乎不太對勁。比如大半夜的睡不著，每天看著她欲言又止，吃飯不像往日那樣香了等等。

當然，能讓姜舒窈注意到他不對勁的，最主要原因是最後一點。

今日他照例鬱鬱不樂地吃完晚膳，把筷子擱下，看著空碗發呆。

姜舒窈見他這樣有幾日了，並無好轉，便試探著開口。「你最近是怎麼了？」

謝珣抬頭，表情十分疑惑，問道：「什麼？」

姜舒窈能怎麼說，總不能說「我看你這幾天食量減少了，雖然還是比常人多，但這樣實在不太對勁」吧。

於是她只好道：「我看你有心事。」

謝珣思索了一下，有些困惑。「沒有啊。」

好吧，姜舒窈閉嘴了。或許只是因為最近他不長身體了，胃口也隨之變小了。

到了晚間，兩人沐浴換衣後，準備熄燈就寢。

兩人躺在床上，謝珣和往常一樣，默默地把手伸過來，試探著牽起她的手。

姜舒窈想到他最近心緒鬱鬱，便輕輕地回握了下他的指尖，以作安慰。

就是這個動作讓謝珣一衝動，委屈兮兮地道：「我不想和妳分開。」

姜舒窈迷迷糊糊的，一下子清醒。「什麼？」

「聖上派太子徹查貪污官吏，坐鎮督查河堤加固，我們都要跟著去。」謝珣道。

姜舒窈恍然，原來這幾日就是在憂心這個呀。不就是離京辦事，出差嘛，說什麼分開，嚇了她一大跳。

雖是這麼想，可她心頭一軟，用手指輕輕磨蹭謝珣的手背給他安慰。

他還未及弱冠，但已是位憂國憂民的士大夫了。

「我相信你能辦好的。」她不懂這些，寬慰的話說了難免顯得蒼白，只是表達對謝珣的支持。

謝珣被她蹭著手背，像被撫著脖毛的貓，舒服得直瞇眼，聽她說這句話，半晌才反應過來。

「什麼？」他雲裡霧裡的，解釋道：「這事我們已經查了月餘，證據俱全，只須到了後立刻將貪官污吏定罪押下，然後督管河堤修築加固就行了。」

姜舒窈一愣。「那你這幾日憂心忡忡是為何？」

說到這個，謝珣就愁。「此行不知耗時多久，按照常理，我怕是有半個月見不到妳了。而且處理這種公事帶上家眷不合適，我們就要分離了。」

「你這幾日憂心的居然是這個？」姜舒窈有點無語。

謝珣「嗯」了聲，話音居然帶了點委屈。「以前我也和太子出京辦事過，沒覺得有多不適應，如今娶了妻，倒變了心境。」他想著以前的日子，嘆道：「現今每日都能吃到美食，到了那邊吃不好、睡不好的，就覺得不太適應了。」

姜舒窈默默收回手，揣回自己被子裡。

謝珣盯著床帳道：「我後日就要走了。」

姜舒窈「嗯」了一聲。

謝珣不是那種會剖明心思說情話的人，姜舒窈應完了，他就不知道說什麼了。

半晌，就當姜舒窈以為他睡著了的時候，他又補充了一句。「我會儘早趕回來的。」

「好。」

過了一會兒，謝珣聽見姜舒窈平緩的呼吸聲，有些氣餒，原來不捨的只有他一人，她或許就沒往心裡去吧……

不過仔細一想，自己在或者不在，對她來說也沒有什麼影響。她每日和二嫂琢磨吃食，和岳母商量生意的事，有了他只不過是要多做一份午膳、晚膳罷了。

這麼一想，謝珣更氣餒了。

他伸手點點掛在床幔上的墜子，抿著嘴角，很是難受。

翌日，謝珣照例提著食盒上值，到了用午膳的飯點時，沒精打采地吃飯。

這副模樣惹得同僚們好一陣幸災樂禍，往日謝珣吃得香，他們只能看著，如今出京辦事，大家都得一起吃饅頭。

因著明日就要出發趕路了，今日大家都下值得早。

謝珣趕著回府，想多和姜舒窈待一會兒，一進院子就聞到了陣陣香氣。

估計又是在為林氏的食肆琢磨吃食了。

謝珣踏進小廚房，站在門口看她做飯。

姜舒窈聽到動靜，回頭發現謝珣站那兒，有些驚訝。「今日回來這麼早？」

「是，得早些回來收拾行李，養好精神，明日趕路。」

姜舒窈點頭。「正好，昨日我忘了問你了，你們去那邊一般吃什麼？」

巡查河堤是件苦差事，且此事攸關重大，沒人會講究吃食，否則就等著被人參上一本吧。若是情況糟糕，整日不吃飯都有可能。一般就是自己揣著饃，或是等當地官員送一籃子熱饅頭來，總之，想要吃好的是不可能的。

「饃或者饅頭。」

姜舒窈點頭，笑道：「我猜中了。」

謝珣不懂她為何笑，面帶疑惑。

姜舒窈便解釋。「我想著你去那邊吃飯應該只能隨便吃些飽腹，若是只有幾日還好，可這一趟得十天半個月的，怕你難熬。」

聽到她關心的話，謝珣立刻舒心了，嘴角翹起。「不會的，只是有些不適應罷了。我以前跟太子出京辦事，啃了一個多月的乾饃呢。」

姜舒窈笑著朝他勾勾手，謝珣不太明白，但還是靠了過來。

她舉起手拍拍他的肩膀。「你是我的夫君，我怎麼可以讓你在吃食上受罪呢？」

她這話聽得謝珣耳根發燙，心裡頭暖呼呼的，不過還是婉拒了她的好意。「此行輕車簡從，不能帶太多東西，食盒什麼的是用不著了，且時日長，吃食會壞掉的。」

「我自然明白，所以我並不打算讓你帶食盒呀。」姜舒窈指指放在案頭上的幾個小罐。「雖然拌飯醬算不上什麼美味，也比往日吃飯粗糙些，但帶上最起碼能就著饅頭吃。到時候你帶幾個竹筒，往裡裝上醬，吃饅頭時便可以抹醬吃。」

謝珣還是第一次聽這種說法。「拌飯醬？」

「就是能拌飯、拌麵的醬，這個是蛋黃醬、這個是蟹黃醬、這個是菌菇醬，現在準備熬的是肉末醬。」

她一邊說著，一邊揭開醬鍋，裡面盛著棕紅色的濃稠醬汁。一股濃郁的醬香味撲鼻而來，姜舒窈將剛剛炒好的肉末倒入醬鍋中，用鏟子不停攪拌。

醬汁極其濃稠，泛著油亮的光澤，鏟子在裡面攪動需要費點力氣才能保證翻動拌勻。為了防止糊鍋，要不停的攪拌，醬汁越熬越濃稠，發出咕嚕的厚實響聲。

滿屋子都瀰漫著濃濃的醬香味，鮮而鹹香。由於熬醬汁時放入了草果、白芍、良薑、桂皮等香料粉末，所以還帶著豐富的藥香和大料香。

最後倒入紅油，鮮豔透亮的紅油與棕紅的肉末醬混合在一起，讓其添了一絲豔麗的色澤，讓醬香中透著一絲絲紅油的辣香。

姜舒窈取調羹給謝珣舀了一點，遞給他嚐。「試試味道如何？少吃一點，單吃太鹹。」

謝珣接過調羹，用舌尖輕輕品了一點肉末醬。

他覺得一點也不鹹，舌尖最先品到的味道是鮮，接著一股濃郁的醬香味在口中散開，各式香料讓醬香味變得綿長豐厚，帶著一絲絲的辣意，熱辣過後，只剩下與醬香交融的回甘。

他將調羹裡的醬都送入口中，肉末醬還是熱的，鮮香麻辣的味道更甚，肉末剁得細碎，肥瘦相間，既有肥肉豐腴軟嫩的口感，又有瘦肉勁實耐嚼的口感。難怪叫做拌飯醬，若是和熱騰騰的米飯拌在一起，吃一大碗也不會膩。

謝珣的目光落在案頭上的罐子，姜舒窈見了便道：「還要試試嗎？」

謝珣連忙搖頭。「不，明日再試。」現在一口氣試完就沒有驚喜感了。

姜舒窈把這邊收拾好後，看著沙漏時辰差不多了，便到院子裡去將土窯裡烘烤的吐司拿出來。

一揭開外面的木板，濃郁的奶香味就冒了出來。吐司方正，外面烤出了一層細膩的棕皮，看著就鬆軟香甜。

姜舒窈對謝珣道：「我給你準備點三明治，在路上可以吃，沒有饃那麼乾。不過容易變乾，最好明後天就吃完。」

謝珣沒想到她特地準備這麼多吃食給他，頓時有些無措，也更加不捨了。

第五十六章

翌日，天還未亮，謝珣就早早地起床準備動身出發。

他輕手輕腳地起床更衣，沒想到姜舒窈還是醒了過來，她看著外面漆黑一片，嘆道：「這麼早就要動身嗎？」

謝珣見她被吵醒有些愧疚，道：「是，妳快睡吧，時辰還早。」

姜舒窈看他這個樣子，總算有點他要離開的實感了，心頭湧起不捨，她掀開被子。「睡不著了，我送你出府吧。」

謝珣哄她繼續睡，姜舒窈不依，起來梳洗穿衣。

本來說著送他出府，但出府以後，姜舒窈還是依依不捨的，要送他到宮門。

謝珣無法，只能依了她。幸好今日他起得早，乘馬車也來得及。

但乘馬車還是會慢一些，到了宮門後，同僚們已經到了個七七八八了。

看著謝珣從馬車裡探出身子來，只帶了個小包裹，眾人心裡莫名其妙鬆了一口氣。還以為即使是在這種情況下，謝珣的夫人也能想法子照顧到謝珣的吃食，幸好是他們想得太誇張了。

謝珣留戀地往馬車裡看了一眼後，吩咐車伕趕馬車回府，準備下馬車。

車伕正待甩鞭，車簾被掀開，姜舒窈探出半個身子，拽住謝珣。

非禮勿視，大家明面上一本正經，但眼珠子都好奇地轉了過來。

大清早的，怎麼回事？好酸啊。

她小聲道：「記得照顧好自己，好好吃飯，別忙起來把自己餓著了。」

「知道，放心吧。」謝珣點頭。「有妳給我準備的拌飯醬和三明治呢。」

好像……剛才結論下得太早了，嗚嗚嗚。

眾人怨念地望著小倆口分別。

一行人輕車簡從出發，一直到晌午才有時間歇腳。

今日是第一日，大家都沒吃乾糧，大多數能吃肉就儘量吃肉，所以都是吃肉燒餅，否則到了後面在官道上歇腳，附近沒有驛站的話，他們就只能啃乾糧了。

有人架起壺燒水，藺成摸到謝珣身邊，見謝珣掏出了三明治，好奇地問：「這是你夫人給你準備的嗎？」

謝珣點頭，藺成便沒說話了，過去要了兩杯熱茶過來，再次在謝珣身旁坐下。

藺成啃了口自己帶的燒餅，雖然清早才烤出來的，但是已經有點乾了。端起茶杯猛灌一口，一側頭，發現謝珣拆開了手裡的油紙。

藺成把目光看向他手裡的吃食，又像饃、又像饅頭，外面那層卻是白白軟軟的，裡面夾著青菜和深紅色的肉餅，看上去十分稀奇。

他看著謝珣咬了一口，果然，外面那層餅看起來鬆軟濕嫩，一點兒也不像他手裡烤過的油餅又乾又硬。是饅頭嗎？但饅頭也會乾的啊。

謝珣吃了幾口三明治，感覺到了藺成的目光，被他目光掃來掃去覺得臉上癢癢的，無奈道：「你吃餅啊，看著我幹麼？咱們只是暫歇，馬上又得趕路了。」

藺成一邊點頭一邊啃著餅，含糊不清地說：「我吃，我吃。」

「嚓」他咬了一口餅，用力地咀嚼，眼睛直直地盯著謝珣手裡的餅，神情顯得有些猙獰。再咬一口，這一口更乾了，嚼起來十分費勁，連眉心都在用力，更加猙獰了，彷彿下一秒就要過來啃謝珣一口。

謝珣被他盯得頭皮發麻，心道……還要不要人吃飯了。

他無奈地看了看四周，偷偷把自己帶的包袱打開，拿出裡面一個竹匣子，小聲地道：「這裡有沒夾餡的，夫人說只要封好就不會乾，也能保存得長一些。」他本來打算留到後面再吃呢。

他拆開竹匣子裡面層層包裹著的油紙，拿出兩片吐司，遞給藺成。「別讓他們看見了。」不是他小氣，實在是這麼多人，一人一片，一頓就吃空了。

藺成點點頭，偷偷地往道路旁的草叢鑽進去。

吐司厚薄均勻，放在鼻尖一嗅，有一股濃濃的奶香味，烘焙的甜味有一種幸福感，甜蜜綿長，居然給人一種暖融融的錯覺。

藺成咬了一口，果然，吐司鬆軟，內層帶著點奶香的濕潤，一點兒也不乾，根本不需要就著茶水咽，慢慢地咀嚼，感受奶香味和小麥的芳香在舌尖縈繞，吞咽過後，嘴裡還留有那股香濃甜美的回味。

藺成偷偷摸摸地吃著，吃完後還在草叢裡蹲了會兒，等嘴裡的甜香散去，生怕跟人說話時被人聞見，謝珣給他開的小灶就得與大家一同分享了。

兄弟們，抱歉，我們有福同享、有難同當，美食除外。

他在草叢後面蹲了很久，有人路過，覺得奇奇怪怪的，開口喊道：「藺文饒你在做什麼？蹲草叢裡蹲那麼久？」

有人把喊話的人拽走。「別說了，他定是在出恭，你怎麼喊破了，多難為情啊。」

趕著路，在第三日，吐司被吃光了，謝珣的存貨只剩下幾瓶醬。

眾人趕路三天，決定在驛站好好歇一晚上。總算不用啃乾饃了，一群人在驛站沐浴後，讓驛丞上了幾桌好菜，準備大吃一頓。

大家雖然出身不凡，但也不是什麼挑剔的人，接連吃了三天乾糧，再吃到熱呼呼的飯菜時，覺得美味到了極致。

只是驛站廚子手藝有限，且不會炒菜，烹飪方式主要是煮，上了些煮肉燉菜，眾人饑餓感消去以後，便漸漸覺得沒有才吃那會兒的美味了。

謝珣糾結了一下，還是把醬拿了出來，讓廚子下一碗素麵來，連鹽也不用加。

眾人還在用饅頭下燉肉吃，聽他這麼說，難免好奇，紛紛把目光移過來。

很快素麵就被端了上來，謝珣打開裝蟹黃醬的竹瓶，用筷子弄了一些出來。

說實話，眾人看到他拿出了一個小竹瓶時是有些失望的，畢竟之前他們可是看過謝珣每天帶不重樣的吃食食盒上值，去他家蹭過火鍋，去小吃街掃蕩美食過，如今謝珣出門，居然只帶了個小竹瓶。

他們這麼想著，就看到謝珣用筷子挾出了一大塊黃澄澄、油燦燦的蟹黃醬。

蟹黃醬細膩，乍一看滿滿的橘黃，似乎看不見一點肉，往麵條上一放，蟹油絲絲浸潤到麵條中，給白皙清淡的素麵染上淺黃色的色澤。濃郁的蟹黃香味頓時撲面而來，夾雜著豐腴的醇厚香氣，十分誘人。

麵條上裹著細膩的蟹黃醬，或深或淺，甫一入口，濃郁的蟹香味頓時染遍了唇頰四處。因著只是用來拌素麵，肥美的香氣原汁原味，軟而絲滑，時或夾雜著黃色的硬膏，越嚼越香，根本捨不得吞咽入腹。

光是賣相就能讓人垂涎三尺，挨著謝珣坐的同僚們頓時就覺得手裡的肉不香了。

平時他吃午膳，大家就沒好意思覥著臉去嚐一口，如今伙食不好，人家只帶了一小瓶妻子做的醬，他們就更不好意思讓人家給一勺了。

眾人盯著謝珣的麵碗，嚼著嘴裡帶著腥味的燉肉，看著他拌麵、入口、咀嚼……

謝珣實在是受不了了，一抬頭，眾人齊齊挪開目光。

他不懂廚藝，但是想著姜舒窈的囑咐，拌飯、拌麵都可以，那拌菜應該也是可以的吧。

他思索了一下，拿出菌菇醬，道：「我夫人說這瓶醬的味道最鹹香，大家若是不介意，我試著與這盤燉肉拌一拌可好？」

眾人不懂萬能拌飯醬的奇妙，但是對姜舒窈的手藝有著非一般的信任，連忙點頭。

謝珣用公筷挾出幾大筷子菌菇醬，稍做攪拌，燉肉燉得很透，湯汁也帶著肉皮的膠質，菌菇醬放進去一拌，濃稠的湯汁頓時染上紅棕色，攪一攪，本來寡淡的燉肉頓時增添了鹹鮮的味道。

謝珣收回手後，就已有迫不及待的筷子們伸到了燉肉上空，大力一挾，帶走一塊燉肉。燉肉軟爛，菌菇醬的濃鮮味祛除了肉的腥膻，只剩下肉香味，切成碎丁的菌菇口感明顯，很有韌勁，混合著燉肉一起嚼，滿是鹹鮮的菌菇顆粒染上肉味，越嚼越鮮，這頓飯一下子就變得有滋味起來了。

原來不需要什麼精緻的食材，光是一瓶醬就這麼下飯。

謝珣看著一群人這幾日跟蔫茄子似的，也沒有藏私的心思，每日吃菜都隨便拿一瓶子醬舀幾勺拌一拌，大家也不吃米、吃麵了，直接問驛丞要饅頭。饅頭蘸醬，絕配。

等趕到了目的地，眾人已經蹭著謝珣的醬吃了一路了，雖然挺不合適的，但舌頭它忍不住，不能控制啊！

此次河堤貪污案牽連甚廣，聖上派太子來本意是鍛鍊太子，當地官員想要討好太子，又怕惹了太子不喜，畢竟巡視河堤時做了什麼百姓們都看在眼裡，越是艱苦越能體現為百姓操勞憂心的心，哪怕是他們也要刻意灰頭土臉、滿身疲倦的，以展示父母官的憂心。

他們遠遠地恭迎太子，見太子一行人風塵僕僕，但並未像他們想像中那樣疲倦。聽說以前吳王趕路去蝗災重地時，一路人食難下咽，短短一個月人都瘦了一圈，莫非只是作秀？不過太子身分在那兒，一路上好吃好喝伺候也正常，只是到了這裡，也別想再有那些講究了。

然而太子一行人並未像他們想像中的矜貴，做起事來比他們還賣力，親力親為，往河堤上巡查時，一群人挽起褲腳，滿腳淤泥，絲毫不介意風度，一看就是真心想辦好這事。年輕人能熬，老的可不行，本以為太子來了，他們能和太子一起歇口氣，卻沒想到更累了。可能怎麼辦？只能咬牙硬撐。

修河堤的百姓們見到太子和其官員們如此盡職盡責，甚至夜間也跟著他們一起在這邊守著河堤苦熬，十分動容，幹勁更足了。大家齊心協力，長不見尾的河堤一點點加固，進度出乎意料地快。

本欲偷懶敷衍的老油條官員們只能跟著太子一行人苦熬，每日體力消耗大也就算了，吃飯只能啃饅頭，沒過幾日就餓得腳步虛浮，有氣無力。

相反，太子這邊依舊精氣神十足，雖然身上沾上了髒污，但一點頹靡的苗頭也無。

晌午飯點到，當地官員們看著再次送來的那一大籠饅頭，眼睛一翻，差點沒緩過氣來。

然而太子一行人毫無怨言，乖乖地排隊淨手，一人拿了兩個大饅頭樂呵呵地走了。

謝珣掏出竹瓶子，嚴肅地道：「剩不多了。」

太子道：「到了這個地步了，大家都省著點吧。今天誰做事做得最多，誰就能多吃一勺。」

其餘人點頭，神色嚴肅。

「量都減少吧，咱們還有回程的路。」

「是，不容貪嘴。」

百姓們遠遠地看著，只見這些貴人們一身髒污，手裡啃著與他們無異的白饅頭，神色嚴肅地商討著什麼，一看就是在為河堤失修一事憂心，心裡頭十分複雜。

他們來前，百姓們都在恨那些貪污的狗官們，哪怕是沒貪的，也沒一個官員把他們百姓當人看，一個個頤氣指使、吆五喝六的，如今見到了太子殿下和朝廷未來的棟梁大臣們，才知道人以群分，不是所有的官員都是沒良心的。

想起昨晚河堤被洪水沖破，加固河堤的百姓們眼看著就要被沖走了，還是兩位武藝高超的貴人眼疾手快地衝上去將他們救下來的，百姓們就覺得若是以後朝廷裡都是這些盡職盡責的官員們，那日子也有盼頭了。

百姓們的動容，太子他們自是不知。作為地位最高的人，太子擔起了分醬的職責。

「昨日伯淵和文饒救下五名百姓，理應分得兩勺蟹黃醬，諸卿可有異議？」

「沒有。」眾人異口同聲地答道。

藺成昨天扭了手腕，但伸饅頭的動作絲毫不見停頓。「嘿嘿。」

一勺黃澄澄的肥美蟹黃醬抹到了大白饅頭上，藺成迫不及待地放入口中。鮮美到極致的蟹香味讓他臉上露出滿足的神色，這麼鮮、這麼香，根本捨不得嚼，只待蟹黃醬慢慢在口中化開才最是美妙。

當地偷奸耍滑的官員們遠遠看著藺成的表情，再看看自己手裡的饅頭。

認真的嗎？藺家富裕，東宮官僚更是未來天子近臣，什麼好吃的沒吃過，你吃個饅頭居然露出那種神情？那是饅頭吧？是吧?!

太子分完醬，一群人圍成個大圈，大口大口啃著饅頭。

就在此時，變故突發，不知哪來的刺客假冒百姓過來謝恩，磕頭時忽然從袖口掏出劍，向太子刺來。站在稍遠一點的侍衛來不及衝過來，最先給出反應的是圍著太子的東宮官員們。

這些人多是文武雙全的貴公子，反應迅速，轉身與刺客周旋起來。可他們並未佩戴武器，也就導致此刻落了下風。所幸有人奪了劍，形勢扭轉，刺客們接連倒下。

會武的衝在了前頭，自小體弱沒練過武的夥伴就和太子站在了一起，眼看就要將刺客解決乾淨了，斜後方忽然刺來一劍，體弱的同伴矮身躲過，卻見那劍下一刻直指向太子。

他悚然一驚，下意識將手裡的東西向刺客擲出。只見肉末醬瓶在空中劃出優美的弧線，辣油拋灑，毫不客氣地濺滿刺客的臉。

辣油進眼痛若剜目，刺客痛呼一聲，本能地捂住眼睛，彎下身不停哀號。

謝珣他們急忙趕來，將刺客制伏。

「糟了！」那體弱的同伴大喊一聲。

眾人順著他的目光看去，只見拋灑一空的竹瓶可憐兮兮地倒在地上，肉末醬全部浸入了淤泥之中。

眾人大驚失色，心痛萬分。

「這半月就指著這醬了！你怎麼能丟了呢？」

「丟的是哪個！不是蟹黃醬吧？」

「我看看，不是不是。」

「你怎麼回事？怎麼把醬丟了，當時交給你的時候不是讓你抱好嗎？」

丟醬瓶的人不禁痛哭。「嗚嗚嗚。」

被踩在腳下的刺客眼睛火辣辣的痛，尤其近距離聽到他們絲毫沒把他放在眼裡的談話，氣得心絞痛：能不能給刺客這個令人膽喪魂消的職業一點必要的尊重？

痛失一瓶醬料後，東宮專業蹭飯小分隊氣氛低迷。這幾日分的醬越來越少了，吃慣了前幾日的濃厚口味，再蘸那一點點醬，真覺得這饅頭吃得沒滋沒味的。

於是百姓們發現太子一行人那朝氣蓬勃的精氣神沒了，取而代之的是一個個蔫頭耷腦，神情沮喪。

看來行刺一事還是讓他們心裡有根刺吧？尤其是太子，這些時日勞心勞力，卻被偽裝成百姓的刺客刺殺，肯定是十分難過。

太子確實是很難過。

「都是孤的錯！」他嘆道：「若不是為了保護孤，清章也不會將醬瓶投擲出去以救孤。」

大家想到以後的日子只能啃白饅頭，回程路上又得吃水煮乾饃，就紛紛沈默。

「殿下，這不是您的錯。」謝珣受不了他們這種怨婦模樣了，站出來寬慰道。

「嗯。」太子點頭，神情苦澀。「伯淵啊，你說，這損失了一瓶，你就只剩下三瓶了。」

謝珣直覺不對勁，蹙眉看向太子，正欲答話，忽然感受到了一圈人飽含希冀的眼神。

太子見他不吭聲，繼續邊搖頭、邊感嘆。「三瓶，只有三瓶了，那麼小的三瓶……」

這是在套他話嗎？難不成他還會把醬瓶子藏起來晚上偷偷蘸饅頭吃？

「咳，內子並未想到我會將這拌飯醬分享給大家食用，所以只做了我一個人的量，按一個月的量來算的話綽綽有餘。」謝珣無語道。

太子贊同地點頭。「啊，確實是，表妹也不會想到這點。」雖然表面贊同，但內心無比鬱悶，姜舒窈又不是沒見過東宮這群人的厚臉皮，為啥這點都想不到？看來還是他們行事太克制了，未曾給她留下深刻的印象。

謝珣眉頭抽了抽。「殿下，慎言，內子與您並非表哥、表妹的關係。」

太子嘻嘻哈哈道：「弟妹，弟妹總行了吧。」他站起來摟過謝珣的肩。「伯淵，咱倆誰跟誰啊？不必拘謹。」

太子與同僚們都是青年才俊中拔尖的那群人，於政事上也大有所為，可為何平素行事會如此跳脫，時常讓謝珣生出無力之感，有種下半輩子要和他們共事會帶不動他們的錯覺。

一群人苦哈哈地把拌飯醬吃完，連瓶壁上附著的也沒有放過，這邊事畢，在此處停留三日整歇，大家就準備回京覆命了。

來時趕路，回時也不能耽擱，只是不需要那麼著急了。

這次河堤貪污一案，太子一黨辦事可謂盡善盡美，加固了河堤、收了民心、抓住了貪官污吏，當然，還順便把一群刺客捆一捆往京中押去了。

因著太子險些遇刺，他們不敢再輕車簡從了，由駐紮在州府附近的小將親自率軍護送他們回城。

第五十七章

謝珣在外的日子苦哈哈，度日如年，而姜舒窈的日子一如既往的安寧平和。

自從周氏跟著她學廚以後，兩人每日琢磨吃食，得閒出府逛一逛，十分自在，只有在夜深人靜時摸著空盪盪的床板，才會想起在外吃苦辦公的夫君。

這時，姜舒窈十分愧疚，畢竟督管修築河堤是個苦差事，更可能會遇到危險，她怎麼著也得多惦記著他吧？

就在她愧疚到達了頂峰時，一封加急信送到了謝國公府。

徐氏最先收到消息，聽到「加急」二字就是一激靈，再聽是走太子的路加急送過來的，更是慌了神。

連謝理也失了往日的鎮定，他是官場老油條了，第一反應就是思考河堤貪污一案的背後利益關係，此事牽涉眾多，更何況還有太子在場，多少人都盯著他們的，莫非……

最重要的是，家信送到時，還收到太子的口信：莫要聲張。

他手一抖，茶盞差點掉了。

「妳送給弟妹去，此事不必告訴母親。」他沈思一番，肅容道。

徐氏慌張地點點頭，定了定神，匆匆忙忙往三房趕去。

姜舒窈正在想著謝珣，就看到徐氏急急忙忙地走了過來，發著抖把信遞給她。

「這信是太子派人加急送來的，太子還說莫要聲張。」徐氏托盤而出，好讓姜舒窈在拆信前心裡有準備。

姜舒窈心一沈，想到自己這些時日小日子過得舒坦，毫不惦記夫君，更是心裡刺痛。她深呼吸幾口氣，顫抖著手拆開信，映入眼簾的首先是——密密麻麻的、擠過來擠過去的、你一句我一句、筆跡不一的字跡。

姜舒窈懵了，仔仔細細一看，在第一行找到了謝珣的字跡。先說了些敘家常的話，問她是否安好，接著說他一切都好，很快就會歸京。寫到這兒，筆鋒一轉，似乎正欲寫下一些細膩的少男思念心思時，突然頓住。

接著，就是一行瀟灑的字體闖入眼裡。

「弟妹可安好？」

姜舒窈那個緊張迷惑的心思被砸了個七零八碎，耐著性子看完了太子的絮絮叨叨，無非就是他們有多悽苦，遇到了刺客有多心驚膽戰，重點是醬沒了以後有多可憐兮兮。

後面就是藺成了，也是套了會兒近乎，七拐八拐提到了醬上面。

後面緊接著是各種字跡，有自稱是她隔房四舅母的姪子的，有自稱是她母親在江南時閨中密友的兒子的。到最後，信紙寫滿了，寫不下了的也會在犄角旮旯也擠出了一行字。

千言萬語，總結下來就是六個字「感謝有妳的醬」。

姜舒窈讀完信，表情比拆開信前還要沈重。

太子的「莫要聲張」，應該也是覺得此事做得太過於丟人了吧。

徐氏嚇得不敢呼吸了，小聲道：「弟妹，可、可是有什麼噩耗……」

姜舒窈回神，搖搖頭。「並不是。」

徐氏見她表情依舊沈重，咽了咽口水。「那妳為何這般神情？」

姜舒窈嘆口氣，目光眺望遠方。「我只是在努力壓制下一些大逆不道的想法罷了。」比如，東宮是這組人馬，太子這個位置能坐穩嗎？太子此次險些遇刺，東宮官員是不是應該反思一下平常的行事作風呢？

在東宮眾人踏上回程路的第二日，姜舒窈的「愛心包裹」成功抵達。

謝珣收到她送來的包袱時，還沒有反應過來，就被一群不知道從哪兒冒出來的人圍住了。

「咦？怎麼包袱這麼大，裡面包的可是個木匣子？」

「若是裝醬料瓶，怕是得有十瓶了吧！」

「嘶——」有人倒抽一口涼氣。

「瞧你那沒出息的樣子。」藺成得意洋洋。「就知道醬瓶、醬瓶，你難道就沒想過有比醬瓶更好的東西嗎？」

他搖搖摺扇，風流倜儻，彷彿當代謀士。「比如說，醬罐！」

眾人發出沒見識的讚嘆。「藺兄高見，藺兄高見！」

謝珣撥開他們，面上一派冷淡漠然，內心的小人已經在跳腳了——煩死啦煩死啦！

他將包袱放在桌上，小心地拆開，裡面果然是一個木匣子。

他的手放在木匣子的鎖上，所有人的眼神跟著移過來。

「……這是我夫人寄給我的什物，我現在要打開了，你們是不是該迴避一下？」

確實是不太好，眾人你看我、我看你，默默地走出房間，給謝珣留下一排蕭瑟的背影。

謝珣這才將木匣子打開，最上面一層放著兩張信，一張是敘話的，一張是叮囑。

謝珣先拿起敘話的那張信仔細地讀了一遍，姜舒窈的字依舊難看，但在謝珣眼裡，卻是十分可愛。她寫信不像常人那般喜歡咬文嚼字，而是想到什麼就寫什麼，一張信讀完，彷彿是她站在他面前說了會兒話。

謝珣臉上露出笑意，多日的疲憊在此刻散得一乾二淨。

謝珣少年初識情滋味，難免青澀，將一封信讀了一遍又一遍。

在屋外等著的一行人沒耐心了，交頭接耳道：「怎麼這麼久？」

「要不，去看看？」有人提議。

他們點點頭，偷偷地探出腦袋，就見到謝珣正捏著信細細地讀著，笑時如雲消雨霽，眼眸燦若星辰，全然不似以往的冷臉。

剛才氣勢洶洶、準備繼續用一張厚臉皮闖天下的眾人咽了咽口水。

「那什麼，誰剛才說要去問問他的？」

在最前面的那個人立刻後退三步，站在第二位的人一臉懵，醒神後跟著撤退，然後就輪到第三個人一臉懵……

負責護送太子回京的小將軍連六踏入客棧，就看到了這詭異的一幕——一群人在走廊上打著圈轉悠，不知道在幹麼。

他抱胸，臉上露出費解的神色。京裡那群貴公子一個個長得人模狗樣的，怎麼卻腦子不太好使似的？

謝珣讀完家信，才拿起第二張信來讀。

這張信就寫得公事公辦多了，叮囑送來的醬和燻肉的簡易做法。

燻肉？

謝珣放下信，打開匣子底層，果然見到了一大盒切好了的燻肉。他記得姜舒窈說過，燻肉經過醃製、蒸煮、燻烤，只要放於乾燥的地方，三伏天那陣子也能十日不生蚊蠅。

謝珣想了想，把醬料罐拿出來，然後把木匣子蓋好，放到陰涼處。

暫時還是不要讓外面打圈的人知道燻肉才好，否則不知道又得鬧出什麼啼笑皆非的事。

他抱著醬料罐出了屋門，正你追我、我追你不亦樂乎的眾人紛紛頓住。

他們視線下移，看到了謝珣手裡的罐子，露出滿足的神色。

一群人老老實實跟在謝珣背後下樓，小將軍已率著副將們坐了下來，行伍出身的他們身上帶著的氣勢，與京中被捧著長大的貴公子們完全是兩個樣。

「明日一早咱們就啟程。」小將軍連六最看不慣的就是這種京裡來的文臣。「莫要拖沓，若是啟程時有人未至，我們也照樣趕路。」

這話一說出口，剛才還笑嘻嘻準備打招呼的人笑臉就僵住了。

連六說完，也不理他們，吩咐小二上菜，囑咐道：「要肉。」

東宮眾人自不可能和其他兵將們坐一起，最後只能和連六同坐一桌。

身分不同，飯菜自然先緊著這桌，小二連忙擺上來幾碗燉肉。

連六一日不吃肉心裡就燒得慌，見燉肉來了，咽了咽口水，想著要多搶點肉，而且要只吃肉，其餘的米啊、羹啊、饅頭啊他根本吃不下去。

正欲動作，被人攔下。「太子殿下還未來。」

他一愣，太子居然要和下屬們一同用膳？

還未消化這個事實，就看到東宮那群嬌生慣養的貴公子舉舉手，對小二道：「給我拿兩個饅頭。」

「我也要，拿三個，大的！」

「直接給我們上一籃吧！」

……到底誰才是嬌生慣養的那個啊？

連六覺得此事有貓膩，他家裡世代武將，在與文臣相處上栽過跟頭，自小就被家中長輩教導與文臣相處時要留有心眼，於是看著燉肉擺在面前，他卻不敢動筷了。

若是大家都吃饅頭他卻吃肉，這樣一對比，莫非是要潑他髒水，說他不敬太子？

正當他疑惑時，太子從樓上下來了。

他才沐浴過，簡簡單單束著髮，奔向飯桌的腳步透著歡快與雀躍，甚至還有一絲絲小調皮，一點兒也不像連六想像中的那種高高在上的模樣。

太子看著醬罐，笑容更大了。

他往主位上一坐，掀起袍子。「諸位久等了，咱們用膳吧，都是兄弟們，不必拘謹。」說完才瞥到坐在桌上的連六。

雖然太子餓了，迫不及待要吃飯，但是他還是記著作為太子的風範，對連六點點頭。「連將軍。」

連六行禮。「太子殿下。」

一般這種時候大家都要寒暄一下，比如說一說明日的行程，客套一番等等，但太子並未按照常理出牌，敷衍地打完招呼後道：「好了，大家動筷吧。」

他看著醬罐子，算了算回程的路。

不用趕路的話，一日三餐，得按時吃。再加頓宵夜，不過分吧？

又記著這次大意失醬瓶的教訓，他道：「咱們還是按照規矩來，不要揮霍。」

連六尖起耳朵。

揮霍？揮霍金銀珠寶？感覺聽到了什麼不得了的東西。

「還是由我來分吧。」醬罐子放在面前，太子微微一笑，拿起乾淨的調羹，挖出一勺灑在燉肉裡，用公筷攪一攪，寡淡素白的燉肉頓時變成棕紅色。

人總是貪心的，太子嘆道：「只可惜只能讓肉汁沾上味道，並不入味。」

謝珣掏出書信，唸著姜舒窈給的做飯指南。「我夫人說可以用來炒米飯，十分簡易，還可以用來拌麵條，味道也不錯。若是要炒菜、炒肉，放入一勺味道也會變好，只可惜客棧裡的廚子不會炒菜的技藝。」

太子來了興致，讓廚子下了一大碗素麵，放入菌菇肉末醬一拌，白皙筋道的麵條裹上炒入味的菌菇肉末，嚼起來嫩而彈牙，時或間雜著幾顆花生碎，口感豐富。

於是大家分了麵，又分了醬，呼嚕吃完拌麵，又吭哧吭哧啃完饅頭，最後喝一口帶著肉香味和菌菇肉末醬的鹹鮮麻辣味的湯汁，十分滿足。

連六本就心存疑慮，看著他們一個個吃個大白饅頭和素麵都這麼香，不禁懷疑此事有陰謀。

不就是放了一勺醬嗎？至於嗎？他家裡雖然不講究吃食，但也請了會炒菜的廚子，放油、鹽、醬油、醋炒好以後，也就那樣，還沒有原汁原味的燉肉來得過癮呢。

他慢條斯理小口小口地吃著，等到東宮一群人吃飽喝足後挺著肚皮優哉游哉上樓歇息時，他才敢把燉肉碗拖到自己面前。

香，燉肉真香！

他三下五除二把燉肉嚼完，眼神不由自主落到剩下起先那碗加了醬、沒吃乾淨的燉肉裡。那碗燉肉湯汁濃稠，紅油浮在上面，只剩幾塊肉丁躺在碗底，燉肉軟爛，似乎肥肉都化成了水，融入到了黏糊的湯汁裡。

他不再猶豫，拖過來吃了一口。

他想像中的加了醬的燉肉應該就是增添點了鹹味，但一入口，才發現並非如此，首先在舌尖上綻放的味道是辣，不是蒜的辛辣，而是一種痛痛快快的辣。

這可真是奇了，他默默地拿起原本發誓不吃的大白饅頭，往碗底裹了一圈，開開心心地吃了起來。

翌日，一行人正式上路。

連六護送太子跟行軍一樣，早就規劃好了路線，什麼時候停，什麼時候行都是計劃好了的，這樣比起他們來時匆忙趕路更省精力，但也更費時間。

一行人走走停停，還未走出多久，就遇到了件麻煩事。

說麻煩，其實就是件小事，無非是有上京的官員女兒想與他們同行。

她攔了連六，說明自己的來意。反正也不是真的行軍，連六覺得幫一把也是正常。但太子這邊先有了意見，他們不是吃喝玩樂遊歷來的，大家都趕著進京，這位嬌滴滴的大小姐能受得住嗎？

那邊的回答自然是「受得住」。既然如此，大家也就都沒意見了。

可誰知這位小姐不好好在馬車上待著，每日都要出來晃上一圈，尤其是在驛站歇息時，她總會過來行禮道謝，眼神老往謝珣身上瞟。

說來心酸，她看上的不是裡面最有權的太子，也不是最有錢的關映，而是最俊的謝珣。

對了，當初姜大要死要活也要嫁給謝珣，不就是愛慕他的出塵風姿嗎？

大家一邊蘸著醬，一邊默默流淚。

謝珣是這一群人中最敏感的，對此女的小動作十分不耐。然而東宮眾人卻覺得謝珣反應太大，不就是有女子示好嗎？視而不見就行了。

但謝珣很難視而不見。當他夜晚躺下，摸出姜舒窈的書信準備回味時，房門被敲響了；當大家路上歇腳時，他摸出姜舒窈的書信打算回味時，她又過來攀談了；當夜晚就地歇息時，他靠在馬車上，看著明月思念媳婦時，她又過來偶遇了……

謝珣煩不勝煩，對她示以冷臉，但她毫不氣餒。

謝珣終於對她說了重話。「小姐請自重，我家中已有妻室。」

這話一說，那位小姐馬上就哭出了聲，除了她帶的丫鬟，這隊伍裡全是男人，一聽女人哭，一個個都不敢吱聲了，不斷把目光往謝珣身上掃。

甚至有那種憐香惜玉的兵士還會私下嘀咕謝珣，說他假正經，或是家中有悍婦。

行路兩日，連六和謝珣說過幾回話，不熟，但他管不住自己的嘴，叼著根草過來幸災樂禍道：「有時候，多一樁風流趣事是美談。」

謝珣冷笑一聲。他看著東宮眾人避如蛇蠍避著那位小姐，無人敢上前幫他抵擋時，終於決定拿出殺手鐧了。

是夜，謝珣打開木匣子，拿出燻肉。皎潔的月光照亮他清俊的眉目，他勾起一個志在必得的笑容，本就清冷的五官越發冷肅。

想要解決惡狼，就得放出一群惡狼！

翌日晌午，一行人在官道上歇息吃午食，大家和前幾日一樣，用瓦罐將水燒開蒸軟乾饃蘸醬吃。

眼看著那位小姐又要厚顏過來攀談了，謝珣動手了。

他按照姜舒窈書信上所寫的，將早就切好的臘肉扔進瓦罐鍋裡，瓦罐鍋底滾燙，不一會兒就聽到滋啦滋啦油脂迸濺的聲音。

燻肉外層烏黑乾燥，內裡卻是深紅軟嫩，帶著獨有的炭香味，一入瓦罐，瞬間熗出了香氣。

謝珣用筷子在瓦罐裡撥弄兩下，給燻肉翻面，這時候香氣更加濃郁了，白嫩的肥肉部分受熱逐漸轉化為透明，晶亮油潤，似一層軟彈透亮的滑玉，滋滋地往外冒著鹹香的油水。

姜舒窈信中說她將這燻肉處理得細緻，無論是乾煎，還是用大蔥熗，或者是配著竹筍、青菜炒，甚至直接用水煮麵都是很美味的。

因害怕哭哭啼啼的女人而離謝珣很遠的東宮眾人，頓時想起了何為「義氣」。

這豐富濃郁的鹹鮮肉香味，一下子就讓他們想到了同樣美味的小吃街，然後就想到了姜舒窈，還突然產生了同理心與責任感。

兄弟之間，有福共享、有難躲開，但謝珣不一樣，他是簡簡單單的兄弟嗎？他可是姜舒窈的夫君！

有鶯鶯燕燕撲到謝珣面前，他們本來還秉著他成親前的習慣，有多遠躲多遠，以防被殃及池魚，但現在他們清醒了。謝珣成親了，妻子是姜舒窈，有鶯鶯燕燕撲上來他們卻躲開了，這樣對得起姜舒窈嗎？義氣何在？

要是謝珣和姜舒窈生了嫌隙，他們還能有好吃的嗎？

於是他們浩浩蕩蕩地走到謝珣身邊，誠懇地認錯。

謝珣臉上帶著若有似無的冷笑。「不必抱歉，你們何錯之有？畢竟曾經我也連累過你們，鑽進了別人給我設的圈套，差點娶了設計之人。」

眾人臉皮臊得慌。

謝珣將瓦罐從火堆上拿走，放在泥地上，然後拿起蒸濕了的饃，往裡面夾了幾片燻肉。燻肉煎過後微微縮小，肥膘部分顯得薄透了許多，而嫩而不柴的瘦肉部分裹上了瑩亮的油水，邊角部分水氣被油煎走，帶著微微的焦脆。

謝珣在一群人的目光注視下，將自製燻肉夾饃放入口中。

咀嚼的第一口，一股鹹鮮味就迅速充占了口腔各處。煎過後的燻肉完全沒有肥肉的那股膩，變得又香又醇，鹹味被饃沖淡，只剩複雜的鮮味。

有花椒、桂皮、丁香，砂仁等複雜藥香，也有甜麵醬、黑麵醬等醬料的醬香味，還有燻烤時果木的果香味，以炭烤味打頭，以無窮的鮮結束，謝珣多日的疲憊都在這口肥而不膩、油香鮮鹹的燻肉中散盡。

第五十八章

即使瓦罐已經拿離了火堆，但是那股濃郁霸道的鹹鮮油氣仍然縈繞在附近上空，勾得就地歇息的兵士們不斷吸氣。

「真香。」

「肉怎麼會那麼香？不像單純的肉味。」

「是咱們沒見識吧，老大肯定吃過這種肉。」

連六啃著自己的乾饃，越啃越沒勁，聽到他們的討論更覺得嘴中無味，往遠處挪了一些，遠離這誘人的香氣。可風卻將這香氣四處吹開，走到哪兒都躲不開，連在馬車裡梳妝打扮的小姐也撩開了車簾，吸著鼻子聞是哪兒來的香氣。

連六看看自己手裡的乾饃，嘆了口氣，默默地結束今日的午食。

謝珣毫不留情，將瓦罐裡的燻肉片吃得只剩下兩、三片，此時有人端來茶盞，他飲下一口，渾身都舒展了。

他瞥了可憐兮兮的同僚一眼，掏出信紙，指著一行字唸道：「若是趕路中途歇息，路邊有野菜，也可擇點同燻肉一同炒。」

謝珣能不計前嫌真是太好了！

一群人連忙進林子裡找野菜，用泉水洗淨後返回，在謝珣的指揮下將野菜放入瓦罐裡。

野菜嫩生生的，又沾著清冽甘甜的泉水，往瓦罐裡一放，頓時逼出清香的水氣來。先前燻肉的肥油被煎化了，在瓦罐底部留了厚厚一層，油熱以後，與野菜碰撞，頓時發出噼哩啪啦的響聲。

野菜被油煎軟了，溢出的汁水與燻肉的油水混合在一起，散發著無比誘人的香氣。野菜熟了之後將瓦罐拿下來，可見裡面泛著一層透亮的油水，野菜的湯汁與燻肉本身的油混合在一起，完美融合了清香甘甜與鹹鮮醇厚。

挾出一根野菜，綠油油的野菜裹著透亮油潤的色澤，放入口中，清脆爽口、油香四溢。燻肉的味道如此霸道，將本身濃郁的熏香味與鹹味滲透到了野菜裡，不需任何調味品就能讓野菜可口誘人。

眾人一哄而上搶完野菜後，瓦罐底部還留有湯汁。

他們對視一眼，有人搶先將乾饃掰開，放進去泡一泡。

野菜放得多，多餘的油分早已吸進了野菜裡，留下的湯汁更多是野菜的清新蔬菜汁，乾饃吸飽汁水變軟變脹，既有燻肉的醇厚鮮香，又有野菜的甘甜清爽，還有乾饃泡軟後的淡淡麵香味。

眾人來不及細品就狼吞虎嚥著將饃吞下，到口裡沒東西嚼了的時候，才反應過來自己居然沒有細嚼慢咽享受美味，只能咂咂嘴，回味剛才的滋味。

就在這時，他們避之如蛇蠍的嬌滴滴大小姐走了過來，她眨著水汪汪的大眼，嬌聲嬌氣問：「那個，請問各位大人，你們吃……」她無比自信，覺得他們一定會憐香惜玉。

話還沒說完，就感覺這群風姿綽約的少年郎們齊齊轉頭，如狼崽護食一般看著她，彷彿她不是女人，而是要與他們廝殺奪食的惡狼。

她直接被嚇得倒退幾步，一時沒弄清楚狀況，灰溜溜地回到自己的馬車上。

午食過後，大家繼續趕路。

夜裡到達驛站，眾人停下稍作整歇。

謝珣喜潔，到了驛站第一時間便讓人抬些熱水來沐浴，剛剛邁入浴桶準備好生沐浴一番，忽然察覺不對勁，他怎麼隱隱約約感覺屋外有人在晃動。

此時不比尋常，出門在外有小廝守著門，如今無人守門，誰都可以進來。雖然身為男兒，這種想法很詭異，但謝珣還是覺得要小心一點，莫要讓姜舒窈以外的女人看了他的身子。

他定下心神，仔細地聽著門外的動靜。

外面的人只是「咚」一聲，輕輕敲了一下門便頓住了動作，應該是聽到了屋內輕微的嘩啦水聲，就此一個動作，謝珣就能判斷出屋外是何人。

謝珣站起身來，伸手勾衣服，就在此時，屋外傳出動靜。

「啊！」一聲淒厲的女子的尖叫聲劃破長空。

屋外的小姐轉身，差一點就撞上在她背後默不作聲的藺成。

驛站的燭火本就黯淡，藺成半張臉隱匿在搖晃的陰影中，實在是可怖。

小姐捂住心口，嚇得花容失色，強撐冷靜問：「這位大人，你有何事？」

藺成性子好，但也不是無條件的好性子。

「妳在這兒站著做甚？」他皺眉看著在此處的小姐，神情不大好。他看看謝珣的門，又看看她，似乎猜出了她的意圖，臉上露出嫌棄的神色。「這位小姐，請妳自重。」

小姐曾不小心聽到過京裡的長輩談及謝珣的婚事，知道了姜舒窈與謝珣成婚背後的故事。在她看來，謝珣就是個脾氣好、家世好而且很好賴上的玉面郎君，前途無量、是京城最優秀的兒郎，只要豁出去臉面，說不定就能博到一樁好婚事。

她冷下臉來，厚著臉道：「公子請慎言，平白無故污人名聲，實非君子所為。」

她理直氣壯說完，覺得又一次成不了事，便只能轉身準備回房，誰知一轉身，背後不知何時站了一大群人，他們同樣黑著臉，齊齊看著她。

「啊！」她再次尖叫一聲，勉強認出來這些人是白日見到的大人們。

可為什麼，他們的眼神如此可怕？彷彿是民間傳說裡深夜出來覓食的惡狼，眼睛冒著幽幽綠光。

她被嚇得倒退幾步，差點撞上藺成。她定定心神，剛才的勇氣全無，不敢從這群人面前走，便準備從藺成那條道繞路折返回房。

「啊！」一回頭，本來只站了藺成一人的走廊上不知何時又多了幾人，一群人眨眼間就將她包圍了。

白日一個個都俊朗無雙、貴氣翩然的公子們，現在看她的眼神都變了。

她咽咽口水，小聲道：「請問……可以給我讓讓路嗎？」

關映瞥她一眼，大家都是從小被灌輸君子之風長大的公子哥兒，哪怕是自己被莫名其妙的女子歪纏時，也不會說重話。

可此時他卻開口了。

反正夜深人靜的，此處只有他們，誰管什麼君子不君子的。更何況白日他們已經醒悟了，若是不管，如何對得起姜大小姐？謝珣的清白得由他們守護！

「謝大人已有妻室，妳深夜來此是為何事？」

「我們讓妳同行是行善，隨時都能把妳丟下。」

「行了，謝大人不是妳能肖想的，妳想要糾纏他，先得過了我們這關。」

小姐被他們刺得滿臉通紅，難以相信自己的耳朵。「你、你們？」過他們那關是怎麼一回事啊？莫非他們還是婆母不成？

藺成不耐煩地讓路。「快走吧。」

小姐又羞又氣，想要反駁卻又畏懼這行人，畢竟人家之前客氣是君子作風，現在他們撕破臉面，她就沒有依仗了。

她「哇」一聲哭出來，跌跌撞撞地跑走。

東宮這群人看她回房後，一顆心勉強落地。

接著你看我、我看你，默契地打招呼。「睡不著？」

「是呀，出來轉轉。」

「今夜月色甚好。」

「巧了巧了。」

實際為何來此，大家都心知肚明。

他們在謝珣門口站了一會兒，謝珣房門終於打開了。他鬢角微濕，一看就是剛沐浴完。眾人頓時警覺，幸好今晚出來覓食了，否則謝伯淵清白不保，他們如何向姜舒窈交代？

謝珣一看他們躲閃的眼神就知道他們為何來此，但今日他們有功，謝珣也不想和他們計較，便道：「進來吧，我取些燻肉，咱們去把燻肉熱一熱。」

謝珣和他們入了廚房，廚房正巧有米，謝珣想著姜舒窈信裡提到的燻肉做法，便道：「宵夜吃些養胃的吧，熬些肉粥可好？」

驛丞怎麼可能讓他們親自動手，聽到動靜後便披上衣裳來了廚房，聽到謝珣的話，連忙搶下做飯的活計。

謝珣並未推託，將姜舒窈說的做飯法子說與他聽。

驛丞點點頭，雖然覺得這樣做飯似乎太過簡單，但還是照做了。

驛站不大，房間都留給了貴人住，兵士們就在大堂隨便擠著。夜晚的風祥和溫柔，裹著鮮香味漸漸飄入大堂內，剛剛鋪好褥子的兵士們聞見這香味，頓時停住動作，不斷吸著香氣，腹鳴如鼓。

連六住的房間離那位小姐近，她一進屋就開始哭號，硬生生將他的瞌睡蟲嚎走了。

他起身穿衣，準備出門晃悠一圈避避瘟神，一推開門，一股鮮香綿柔的香氣瞬間鑽入了鼻內。他肚子「咕嚕咕嚕」叫了幾聲，嗅著香氣尋到了廚房。

因為大堂是兵士睡覺的地方，他們去大堂吃宵夜實在是不厚道，所以大家就打算在廚房湊合著吃，反正也都不是瞎講究的人。

驛丞熬完粥後就回房歇息了，謝珣便主動承擔了分粥的任務。

雖然沒有小火慢熬，但熬粥時不斷攪拌著，大米依舊被煮得軟融，或許是肥肉的膠質融入到了粥裡面，讓粥似勾了芡，黏糊糊的，米湯裹著深粉色的肉丁和油汁，泛著淡淡的柔和光澤。

翠綠的蔥花點綴其間，給白皙濃稠的米粥增添上一抹清新的亮色，看著像是一碗簡單素粥，實則大家聞著香味都知道會有多麼美味了。

連六摸到廚房，一看廚房裡擠這麼多人，想起今日晌午謝珣煎的肉，頓時明白了這香味從何而來。

他正欲轉身離開，卻見到太子打著呵欠從遠處走過來。

太子似乎還沒睡醒，只是本能地聞著味道行走，到了連六跟前，連六正要行禮，他卻跟沒見到這個人似的，仰著下巴嗅聞著，直接和他擦肩而過。

夜裡寂靜，連六似乎還聽到太子吸鼻子時的「欶欶」聲。

今晚東宮並非全員到場，來的人都心照不宣地沒去叫其他人，畢竟人越少，他們能分食的分量越多。

謝珣將粥分好，正欲把鍋底那層最為濃郁的粥全刮到碗裡，太子就來了。

太子迷茫地看著大家，愣了愣，來到桌邊，深深地吸了一口氣，蒸騰的熱氣裹著鮮香的味道鑽入鼻內，太子終於從朦朧的睡意中清醒。

「這是宵夜？」

謝珣無奈，不用太子說，另取了一個碗，給他盛上一碗。「是。」

太子雙手捧著碗，暖意傳到手掌，他說話比平時慢了不少。

「真好。伯淵，真好。」

謝珣默默地遠離沒睡醒的太子，往一旁喝粥去了。

大家呼嚕地喝著粥，太子忽然想起。「咦，我剛才進來好像見門口站了個人似的。」

眾人一愣，靠門近的那人出門看了眼，眾人便聽到他的聲音在門外響起。「連將軍。」客套了幾句，連六跟在他後面進來了。

見到大家目光投來，他摳摳臉，有些難為情。

藺成捧著碗，見他來了，隨口提起。「對了，那位小姐明日咱們不要和她同行了，這幾日在路上耽擱太久，接下來的時日需要加緊行路才是。」

連六想著剛剛聽到的哭聲，似乎明白了點什麼。「藺大人，就算她冒犯了你，也是個弱女子，不至於吧？」連六倒不是假好心，只是在軍營裡待慣了，沒見過女人的險惡之心。

藺成瞥他一眼，不說話，慢條斯理地抿著粥，用舌頭輕動，讓飽滿的大米在嘴裡融化，鮮香的肉味和醇厚清甜的米香在舌尖縈繞，暖意流入胃裡，渾身舒服極了。

「啊。」他嘆一句。「真香。」

連六喉結滑動一下，再次摳摳臉。

在場眾人沒一個理他，連六尷尬地站不下去了，正準備離開，謝珣把他叫住了。「連將軍，這裡還能湊夠半碗粥，你要嗎？」

連六猶豫了一下，還是伸出了手，接過了粥碗。

接過碗的那一刻，他忽然想到了前幾日好像那位小姐一直糾纏的人是謝珣，想著剛才自己說的話，他有些面紅耳赤，道謝後捧著碗灰溜溜地往屋內走，不好意思在廚房多待。

謝大人如此溫和有禮，想必一定是被冒犯到了極點，才會想著趕人走吧？

粥的香氣不斷鑽入鼻腔，他沒忍住，站在拐角處先喝了一口。

一連吃了好幾日的乾饃，如今喝上一口鮮香綿密的肉粥，他頓時渾身一震。

姜舒窈做的燻肉醃的時間不長，更像是滷肉，因為調整過口味，光吃燻肉就不會鹹，何況是與粥煮在一起。大米吸了油，口感軟糯綿密，咬開帶著絲絲縷縷的肉香，醇厚的米香給肥瘦相間的肉丁去了最後那一丁點的膩，喝起來既有絲滑香濃的鮮，又有回甘清爽的醇，實在是可口極了。

他舒服地喟嘆一聲，小心翼翼地捧著碗，準備回房慢慢享用。

就在他路過小姐的房間時，小姐聞聲突然衝了出來，臉上還掛著淚珠，一頭撞到了他身上。

本就只有半碗的米粥從他手上飛走，「啪」一聲在地上摔了個稀爛。

「連將軍……」小姐嚇了一跳，捂著胸口，委屈兮兮地看著他。

這次這一群人裡面，就連六最有風度了，雖然看著粗糙，但為人卻是缺心眼，也不與她計較，更何況她常聽人說，軍營裡出來的漢子最是憐香惜玉了……

想到這裡，她心裡有些得意，臉上的神情越發委屈，淚珠掛在睫毛上，楚楚可憐。

她正想開口哭訴，保持著捧碗姿勢僵硬地看著地上四散的白粥的連六動了。

他轉頭看向小姐，小姐心裡一喜。

快啊！快問她為什麼哭，她正好告上一狀，這裡與那群文官不對付的就只有他了，他一定會為她主持公道——

然後她就聽到了連六崩潰的大吼。「妳賠！妳賠！」

連六這一嗓子可把小姐嚇壞了，她難以控制表情，一臉驚恐地躲回房間裡。

翌日，她梳洗起床後天還未亮，正準備下樓吃些熱呼呼的早食時，丫鬟推門而入。「小姐，不好了，連將軍他們不見了。」

小姐猛地起身，袖子打翻茶盞，濕了衣裳。她無暇顧及，直接衝出屋子，只見昨夜擁擠的大堂內此刻無比空盪。

「他們去哪兒了？」她難以置信，尖銳的嗓音劃破驛站寧靜的清晨。

他們去哪兒了？當然是走了。

連六臭著張臉行在隊伍前面，一早上饃也沒啃，水也沒喝，一看就是在嘔氣，副將們紛紛躲開他在隊伍後面跟著。

到了晌午，大家停下來歇息時才發現似乎有些不對勁的地方。

蘭成啃著乾糧，環視一圈。「哎，前幾日那個纏人精不見了。」

大家往隊伍後頭望了一眼，確實沒看見那輛突兀的馬車。

蘭成想到昨夜連六為小姐辯解的話，無比好奇發生了什麼。

他啃著自製肉夾饃，晃晃悠悠來到連六跟前。

「連將軍。」

連六靠在樹幹上，正悶不吭聲地啃著乾饃，聞言抬眼看了蘭成一眼，語氣不太好。「蘭大人。」

「那位小姐呢？」蘭成問：「我怎麼沒見著她的馬車？」

連六咬下一口乾饃，用一種極為平淡的語氣道：「哎呀，忘了叫上她了。」

蘭成扯了扯嘴角。這傢伙，說謊的樣子也太假了點。不過，無論他們之間發生了什麼爭執，蘭成都不關心，他來這兒就是為了耀武揚威的。

「這樣啊，連將軍真是粗心大意。不知道的，還以為她惹了連將軍不快呢。」

提起這個連六就是氣。吃不到的就是最香的，昨夜連六躺下，餓得睡不著覺，在床上翻來覆去打滾，腦海裡全是那小半碗香噴噴的肉粥。

尤其是現在正餓著，他卻只能啃著乾巴巴的饃，再憶起昨夜那碗暖融融的、鮮香四溢的肉粥，就更加饞了。

蘭成的心眼小，一看連六那模樣就知道他嘴饞了，也不走了，往他身邊一坐，津津有味地嚼起餅來。
離得近了，肉香味越發濃郁，藺成還在狀似熱情地與他搭話。
「連將軍到了京城歇息幾日呀！可尋了去處？這些時日趕路辛苦，還是多歇幾天吧？嚐嚐咱們京城的美食。不是我自誇，咱們京城別的不說，美食可是很拿得出手的。」
連六最看不慣的就是京城那些人高高在上的模樣，活像他們這些人沒有吃過什麼美食。
「不勞藺大人擔憂，我歇上一、兩日就回，至於美食什麼的，京城的吃食，應該不合我的口味。」
出乎他的意料，藺成並未反駁，而是露出了一個極其欠揍的笑容。「是嗎？希望連將軍記住你這句話。」
他說完，站起身來，拍拍衣裳上的土灰，搖搖晃晃地走了。
連六把饃揣進衣服裡，用袖子搧走藺成拍出來的灰，看著他的背影氣得咬牙。
他究竟在得意個什麼勁啊?!
藺成作為姜舒窈的「娘家人」，最是聽不得別人質疑她的手藝，就等連六那個土包子進京大開眼界，到時候他就算是請假也要出來看他笑話。
就這樣，互相看不順眼又行了幾日，快要到京城時，一行人收住了趕路的步伐。
連六看著黑沈沈的天氣，搖頭道：「恐怕要落雨了，咱們今夜就在驛站住下吧。」
藺成雖然愛跟連六抬槓，但見天色不好，只好同意了。

然而還未趕到驛站，忽然一陣電閃雷鳴，伴隨著一聲劇烈的雷聲，大雨傾盆而下。行路最忌遇到瓢潑的大雨，雨水嘩啦啦地打在身上，在眼前織起一層細密的雨幕，連路也看不清了。

連六是上過戰場的人，對危險有本能的直覺。他看著藺成他們策馬準備加速趕到驛站，連忙攔下。

藺成本來想罵他腦子不清醒想淋雨，一見他神情嚴肅，趕緊閉嘴，警惕地往四周看去。

狂風暴雨之下，太子的馬車也被淋了個夠嗆。

他把木匣子用坐墊蓋住，念叨道：「可不能淋濕了。」

話音剛落，一陣尖銳的嘯聲劃破長空，伴隨著刀劍出鞘的聲音，一群黑衣刺客從山後冒了出來，直往太子這邊衝。

殺意凌厲，刀劍碰撞的聲音被雨聲掩蓋，太子掀起車簾，怒吼。

「有病啊？這麼大的雨行刺！」

雙方都被雨淋得睜不開眼，刺客是覺得自己天賦異稟嗎？

他剛剛冒出頭，守在馬車旁的謝珣就將馬靠了過來，一抬手把他的腦袋按了回去。

「殿下在裡面待好。」

太子咬牙。「上次也是他們！」失醬之痛，他絕不會忘。

謝珣拔劍，沈默了一息，嚴肅地道：「不是他們。」

大雨會讓箭失了準頭，但刺客依舊不停射箭，無論射中的是敵是友，他們都沒有停手的意思。

連六的人在外圈攔住刺客，但對方打起來毫無章法，純粹是以命在博，死也要將他們往後逼。

連六直覺不對，但大雨擾亂了他的思緒，一時半刻想不清楚。他一邊殺敵，一邊努力思索。耳邊忽然傳來隱約的破空聲，他正欲抬劍抵擋，旁側劍光一閃，箭矢被趕過來的人擋下。

謝珣道：「不能再退了，他們想把我們逼進山谷。」

連六回頭一看，果然見到後方山谷上似有巨石，隨時都會推下來。他怒罵一聲，發號施令，兵士們齊齊應聲，轉換策略，一同往前奮勇殺敵。

就在此時，天空響起陣陣雷鳴，大地顫動，伴隨著這聲令人驚懼的響動，後方山谷上的巨石成群滾落。

第五十九章

姜舒窈看著霧沈沈的天，內心升起難言的焦慮。

周氏拍拍她的肩。「在想什麼？」

她回神，搖搖頭。「沒什麼。」

「這天說變就變了，記得加上件衣裳，莫要著涼了。」

姜舒窈點點頭，繼續與周氏商議生意上的事情。

正說到關鍵點上，徐氏從外面跑了進來，身後跟著一串追不上她的丫鬟。

姜舒窈難得能見她失了規矩的模樣，正要打趣，就聽她顫著聲道：「不好了，太子殿下遇刺了！」

姜舒窈心裡一直緊繃的弦頓時斷了，腦裡一片空白，下意識道：「那他呢？」

不用點名道姓，徐氏也知道說的是誰，她喘口氣道：「馬上回府了，說是受了傷，聖上派了御醫過來……」

話還未說完，姜舒窈已拎起裙襬往外跑去。

此事必然會驚動老夫人，姜舒窈跑到府門時，老夫人和謝琅、謝理已在此等著了。

府門打開，謝珣被兩個兵士抬了進來。他臉色蒼白，身上已簡單包紮過，閉著眼睛，似乎不太清醒。

老夫人當即就嚇暈了過去，一群人手忙腳亂地扶著。

他們都在管老夫人，只有姜舒窈一心記掛著謝珣，忙將兵士往三房引。

「他傷得可重？」

兵士垂頭答道：「不重，只是淋了雨，現在發起了熱。」

姜舒窈心裡一顫，古代發熱可是要命的。

她強壓著內心的慌張，理智地安排丫鬟們收拾床鋪，將謝珣安置到了東廂房。

御醫很快就到了，先開一副退熱的藥，再為謝珣重新包紮。退熱的藥湯熬好後，姜舒窈幫忙灌下，幸好謝珣雖然燒得迷糊了，但還知道吞咽，勉勉強強喝完了藥湯。

幾個時辰後，他額上的熱度終於退了下去，姜舒窈剛剛鬆了口氣，到了後半夜他又再次燒了起來。

一驚一乍的，到了第二日晚上，謝珣才徹底退了熱。

御醫年紀大了，精力不濟，見謝珣退熱後便準備離府，道：「退熱後便無大礙了，好生養傷，我明日再過來為他換藥。」

姜舒窈連忙道謝，讓人取了銀兩塞給御醫。

御醫雖說謝珣無大礙了，但姜舒窈還是不放心，強撐著睡意坐在謝珣床前，時不時用手背試試他額頭的溫度。

白芍勸了幾回，姜舒窈不依，她便沈默地退下了。

到了後半夜，姜舒窈迷迷糊糊地快要睡著時，謝珣醒了。

他一動，姜舒窈立刻驚醒，正要喚人來時，就對上了他迷茫的雙眼。
「妳怎麼又入我夢裡了？」
姜舒窈忽上忽下的心驟然落地，笑著道：「什麼夢呀？快睡吧。」
謝珣咕噥了句什麼，再次昏睡了過去。

翌日，謝珣醒來時，姜舒窈已經趴在床邊睡著了。
他眨眨眼，看看床帳，沒反應過來身在何處，下意識伸手去摸胸口的家信。一抬手，就牽扯到了傷口，痛得倒抽一口氣。
姜舒窈驚醒，一抬頭就看到謝珣瞪大著眼看著自己，有些呆呆的。
「怎麼樣了？可有哪裡不適？」
姜舒窈伸手去碰謝珣的額頭，被他側頭躲開。
她一愣，還未反應過來，就聽謝珣道：「妳先出去一下，讓我的小廝進來。」
久別重逢，他又受了傷，姜舒窈沒想到他醒來第一句話會是這個。
「你怎麼了？」
謝珣把頭偏得更朝裡了。
姜舒窈一頭霧水，雖然不解，但傷患最大，還是依了謝珣。謝珣躺了兩天，除了喝藥，什麼也沒吃過，她出門吩咐完，便到了廚房為他熬白粥。
白粥熬好，再回房時，發現謝珣已經半坐了起來，神清氣爽，墨髮半束，連衣領也是整齊的，一看就是剛剛梳洗打扮過的樣子。

姜舒窈疑惑地走過去，將碗放下。

謝珣搶先一步開口。「好久不見。」

「你叫小廝進來……是讓他們伺候你梳洗？」

謝珣的笑僵在臉上，耳根漸漸轉紅，想到自己那副狼狽的模樣被她看了去，就恨不得提劍回去屠了那幫刺客。

「瞎折騰什麼！你忘了自己受了傷了？」

謝珣見她生氣了，忙道：「只是小傷。」一激動，牽扯到傷口，臉霎時就白了。

見他這樣，姜舒窈火也發不出來了，端著碗在他床邊坐下。「你兩日未用食了，喝些素粥墊墊肚子。」

她不說還好，一說謝珣就忽然覺得腹中空空。在外面湊合吃了那麼久，好不容易回家了，終於可以吃美食了，結果卻因為受傷，只能喝些素粥。

謝珣看著那碗寡淡無味的白粥，覺得有些委屈。

姜舒窈不知他所想，舀了粥吹了吹，將勺遞到他嘴前。

謝珣乖乖地張口，白粥帶著純淨的米香味，軟糯至極，從喉間滑下，暖意十足。

「沒味。」他抱怨道。

姜舒窈抬眸看了他一眼，謝珣心中一個激靈，混沌的腦子清醒了不少。他暗罵自己怎麼起了孩童性子，說些胡話，實在是丟人，正欲開口解釋時，姜舒窈忽然湊了過來。

看著她的容顏在眼前放大，他腦子再次陷入混沌，只感覺落在唇上的溫軟一觸即離。

姜舒窈重新坐回原處，彷彿什麼也沒發生似的，再次舀了勺粥，遞到他嘴邊。

謝珣傻愣愣地張口喝下。

「現在呢？」

謝珣微愣，品了一下。「甜的。」

「還要喝嗎？」

「要。」

連六和兄弟們氣勢洶洶地站在小吃街街頭，如臨大敵。他手臂受了傷，脖頸上掛著白布條，和他那副英氣蓬勃的神情一點也不搭，顯得有些滑稽。

「就是這兒？」副將懷疑地看了一眼。

連六點頭，心中雖有不解，但極力表現出不屑的模樣。「姓藺的說就是這裡，呵，我還以為是什麼不得了的酒樓呢！」他目光掃過看不見尾的街道，又掃了掃街道兩旁看上去十分樸素的食肆。「咱們那兒的酒樓，可比這兒的闊氣多了。」

「就是。」

連六傷得不算重，但皇帝特意叮囑讓他在京城養好傷再回去。連家在京中有宅子，按理說連六應該窩在那兒養傷，但他並不想在宅子裡憋著，又被嘴欠的藺成激了一回，便跑來小吃街看看藺成究竟在得意個什麼勁。

小吃街來來往往的都是百姓，大家都很放鬆，只有他們幾個腰板挺得筆直，一副緊張的模樣。他們膚色是常年日曬後的小麥色，面容冷峻，一看就不是尋常人，食客們下意識給他們讓出一條道。

跟在連六身後的兵士們看百姓們都在瞧他們，有些擔憂。「將軍，他們為什麼這麼看我們？」

連六也漸漸僵硬了起來。「不會進來要先交錢吧？」他聞著空氣中未曾聞過的美食香氣，越發心虛。「不、不會訛人吧？我就說姓藺的不安好心，一定是想著法子坑我呢！」

他這話入了旁邊食客的耳，那人奇奇怪怪瞅他一眼，瞧著是個體面人，怎麼說話這麼難聽呢？

「這位公子此言差矣，這條小吃街您往京城一打聽，是出了名的物美價廉。」

連六努力讓自己顯得不像個鄉巴佬，故作淡定地點點頭。「咳，我就是隨口說說。」

他領著副將們飛快往小吃街走，甩開剛才那人後才鬆了口氣。

到了小吃街裡面，食客更多了，食物的香氣也越發豐富濃郁，幾人不約而同地咽了咽口水。他們你看我、我看你，最後還是連六做了決定，抬手往面前的店一指。

「就這家吧。」

此時店內客人還不多，尚有空桌。連六一行人選了張桌子坐下來，剛剛坐下，小二就拿著炭筆和紙過來了。

「幾位客官要點什麼？」

連六學著以前京城來的公子哥兒的模樣，假裝用很熟練的口氣道：「有什麼招牌菜，都招呼上來。」

小二愣了下，解釋道：「客官，咱們這兒是賣麻辣拌的，招牌菜的話要看您想加什麼。」他將菜單遞給連六。「可以加丸子、蟹棒等葷腥，還可以加麵或者是粉。」

連六對著菜單，他從小不愛讀書，不怎麼認字，好不容易菜單上的字都認識，組合在一起卻不知道是什麼。

「麻辣拌是何物？」他小聲嘀咕道。

「不知道啊。」

因為怕露怯，連六只得指著菜單隨便點了幾個，道：「嗯，就這些吧。」

小二記下，問：「來四碗？」

「對。」

「什麼口味的，您看這邊有微辣、麻辣、酸辣、甜辣、酸甜辣……」

連六不認識「辣」字，再次隨便指了一個。

小二點頭退下，不一會兒，四碗熱氣騰騰的麻辣拌就擺到了桌上。

這下幾人的表情比剛才看不懂菜單時還要僵硬。「這是什麼？」

麻辣拌有點類似於麻辣燙，都包含了豐富的食材，只不過麻辣拌無湯，可根據食客的選擇，可以從甜、酸、辣中自由搭配選擇。

麻辣拌有肉、有菜、有麵，食材豐富，顏色繽紛，香醇濃厚的芝麻醬均勻地裹在食材上，紅油鮮亮，比起帶湯的麻辣燙來說口味更厚重一些。
這麼一大碗大雜燴，瞧著新奇，聞著也新奇，連六幾人不由得擔心價錢會不會太高。待小二離開以後，他們才猶豫著動筷。
攪一攪麻辣拌，濃稠的芝麻醬帶起一陣鮮香麻辣的香氣，混著酸甜的味道撲面而來，實在是叫人食指大動。
連六挾起一塊深綠的海帶片，瑩亮的芝麻醬裹在表面，點綴著芝麻醬，紅油微閃，看著就十分誘人。
連六從小長在北地，不怎麼吃過海產，更沒吃過海帶。海帶表皮微脆，滑溜溜的，咬下去的口感又很實，彷彿吸收萃取了大海的味道，但那層海腥味被麻辣酸甜的味道壓下，只餘下濃厚的鮮味。
再挾起一根青菜，青菜比起海帶來說更能裹湯，菜葉被浸泡入味，挾起來沈甸甸的，一入口，全是麻醬的味道，嚼著脆，麻醬味綿長細膩，醇香味溢滿了唇頰四處。舌尖感覺到了微微麻辣，但卻因為其中提鮮增味的酸甜，讓人不自覺忽視了辣味帶來的刺激，只剩過癮，直到最後，才能品出青菜的清新。
連六徹底愣住了，這……剛才進來時有食客說這裡「物美價廉」，一定是夥同姓藺的來訛人的吧？如此美味的吃食，怎麼可能價廉呢？
不過他立刻就拋開了這個想法，品嚐美味最重要。
魚丸彈牙，鮮味十足；肉腸皮脆，內裡軟糯，十足的澱粉是靈魂，一定要細膩的口感配上肉香味才算是正宗；寬粉嚼勁十足，嫩嫩滑滑，裹滿了醬汁，吸溜入嘴，在舌尖跳動，嚼起來很容易讓人上癮。

菜品豐富，滿滿一大碗，卻很快就消下去一大半，碗底剩下的芝麻醬和麵條裹在一起，更顯濃稠。

此刻麵條已經被泡軟了，吸飽了醬汁，有點軟，筷子攪拌起來會發出黏糊糊的聲響，一挾就是一大筷子，將殘留在碗底的芝麻醬全數吸附，濃稠至極。這是麻醬味最濃的時刻，彷彿嚼的不是麵，而是純粹的醬汁，每一口都能感受到醇香在口裡迴盪，有一種讓人無比滿足的幸福感。

連六一行人呼嚕呼嚕地把碗底的麵條吃乾淨，最後一口還用筷子在碗底轉一圈，把麻醬全部帶走。

他們吃完後，無比滿足地抬頭，就見到一位娘子站在面前古怪地看著他們。她眉眼藏著英氣，打扮俐落，身形挺拔，明豔似火，氣質一點也不像京城裡嬌滴滴的大家閨秀。

連六吃過癮了，一直擔憂的心還未放下，生怕這位是此店的掌櫃，來訛錢的。

他咽了咽口水，努力表現得不像個鄉巴佬進城。「咳，掌櫃的結帳吧。」

那娘子聽他開口，眉頭微蹙。「聽你口音，不像是京城人士。」

連六頓時不開心了，他的口音有那麼重嗎？

「怎麼？我、我們那裡也有很多美味的吃食的，比如說，比如，嗯……那個什麼，羊肉湯！可美味了，還有炙野豬……」

那娘子打斷他。「你是北地來的？」

他有點驚訝。「妳還能聽出來？」

「是啊，因為我也是北地人。」那娘子笑了笑，又微微垂眸，神情半是懷念，半是落寞。「羊肉湯和炙野豬，哪裡算得上是什麼美味啊。」

連六不愛聽了，但是麻辣拌放在自己面前，他還真不敢大言不慚胡亂吹牛。

周氏抬頭，看他們一個個膚色微黑，眼神明亮的模樣，更生起對漠北的懷念。「上過戰場？」

連六莫名覺得眼前的人氣勢十足，不自覺地就答道：「是。」

周氏臉上露出親切的笑意，不知道想到了什麼，看向他們的眼神帶著一絲欣慰。「小二，再給這幾位小哥來幾碗麻辣拌，還有隔壁的腸粉、手抓餅什麼的，都來一份，掛我帳上。」

連六稀裡糊塗地沒鬧明白是怎麼回事，那邊周氏已準備走了，走到一半，又回頭指指連六。「他受傷了，不能食辣。」

等小二應下下樓以後，連六才反應過來，忙叫住周氏。「哎，這位夫人，什麼叫掛妳帳上？」

周氏回頭，無所謂地笑笑。「難得見到北地來的後生，我請你們吃一頓吧。」她補充道：「回北地可就吃不到了。」

一出口，她自己也愣了一下，神色黯然，不顧背後的喊聲，她俐落地下了樓。

出了食肆，周氏安靜地站在街邊，看小吃街人來人往。食客們個個面露笑容、歡欣滿足，有忙碌了一天來這裡用美食犒勞自己的商人，有專門來解饞的老饕，還有帶著一家子來遊玩解饞的丈夫……他們的身影逐漸和記憶裡已經模糊了的漠北百姓的身影重合起來。

她心裡一顫，內心深處有一股陌生喧囂的情緒在鼓噪。

她將目光望向北方，輕聲呢喃道：「回北地……」

謝珣雖然退了熱，但胸前的刀傷未癒，一劑湯藥下去，又沈沈地睡了過去，這樣反反覆覆的，傷勢逐漸好轉。

姜舒窈把生意的事全部託付給了周氏，也不琢磨吃食，連早前謝理、謝琅、謝珮來看望，她也只是用簡單的茶水招待，每天就守著謝珣養傷。

謝珣對此感到很不適應，勸道：「我身上只是小傷，並無大礙，妳不必麻煩。」

姜舒窈搖頭。「不行，我不放心你，還是守著吧。」

謝珣本能地要說些客套的話，連忙用理智克制住自己，咬著唇，不讓自己出聲。雖然這樣聽上去很可惡，但他確實很希望姜舒窈能多在他身邊陪陪他。

姜舒窈看他咬著下唇，以為他傷口痛，緊張地問：「怎麼了？不舒服嗎？」

她說著就要靠過來，謝珣想到自己在床上躺了一天，悶了身汗，未曾梳洗，生怕自己身上有氣味，連忙躲開。「妳不要過來！」

姜舒窈知道他喜潔的毛病又犯了，前幾次她還會叫小廝進來幫他擦擦身子，但今日她決定不慣他這個毛病了。

「你只是在床上躺著而已，哪至於一日梳洗兩遍？牽著傷口受了涼，反倒得不償失。」

謝珣是很愛乾淨，但這個時候愛乾淨最大的原因並非自己不舒服，而是因著姜舒窈在身邊，他總覺得要保持乾淨整潔才好。只是這份心思不能道明，他抬眸看姜舒窈一眼，又飛快地挪開。

姜舒窈沒注意他的小動作，往床邊坐下。「忍著吧，晚上睡前再叫人進來給你擦身子，現在先喝藥。」

謝珣不甘心地撇撇嘴，想要反駁，又怕惹姜舒窈不快。眼看著姜舒窈要靠過來餵藥了，他那股彆扭的小心思又犯了，連忙抬手道：「我自己來。」

這一下抬手太猛，牽到了傷口，手一歪碰到了姜舒窈的手腕，猛地將藥碗掀翻。滾燙的湯藥灑在他的前胸，痛得他悶哼一聲。

「你怎麼回事！」姜舒窈見狀顧不得其他，連忙靠過來檢查他胸前的包紮。

他胸前受了傷，褻衣也只是鬆垮的繫著，撥開衣領後，裡面上藥了的布疋便露了出來，那白布已被褐色的湯藥染髒了。

姜舒窈嚇得連忙問：「燙著了沒？」

她靠得這麼近，謝珣都不敢呼吸了，哪裡回答得過來。

「別動。」

姜舒窈聽他不說話了，連忙取了剪子，按住他把包紮剪開，以免傷口沾水化膿。

第六十章

隔著衣物，姜舒窈的手掌溫暖又柔軟，謝珣頓時不敢再動作。

她剪布疋的時候很小心，生怕傷著了謝珣，湊得很近，近到謝珣能感受到她的鼻息。

她垂眸的時候睫毛顫動著，十分專注。

謝珣默默地偷看著她，熱度從脖頸爬上耳根，臉上逐漸轉紅，連眼眸也被這熱氣蒸得更加濕潤明亮。

偏偏她動作過於細緻，剪一下，瞧一眼，再摸一摸，很怕一個不小心牽扯到他的傷口。

這對謝珣來說真是無比煎熬，想讓她快一點，又不想讓她離開。他逐漸神遊天外，懊悔自己沒趁她出去煎藥時，讓人進來幫他擦擦身子、梳梳頭髮。

就在此時，姜舒窈開始剪裡層了。

她的手指勾著布疋的邊緣，指腹在他肌膚上滑來滑去，帶著微麻的癢意讓謝珣渾身僵硬。

姜舒窈感覺到了他的緊繃，剛才因著他搗亂而掀翻湯藥的火氣頓時散去了，軟了語氣，問：「很痛嗎？」

她一抬頭，視線正巧落入謝珣的眼眸。他垂眸看她，眼尾微挑，弧度優美，睫毛擋住澄澈的眸光，眼睛濕亮亮的，顯得有點委屈。

姜舒窈被他的美色攻擊，不禁抬起下巴親了他一口，哄道：「抱歉，不該凶你的。」

謝珣本來就迷迷糊糊的，什麼都沒說、什麼都沒做，又被她親了一口，頓時更暈了，腦子裡酥酥麻麻的，不知道東南西北。

姜舒窈絮絮叨叨地解釋道：「御醫也說了，叫你好生養傷，不要亂動，你一天擦兩回身子，肯定要牽著傷口的，這樣折騰下去得多久才能好呀？」她剪完一遍，輕輕地扯起布疋，將環繞在他身上的白布條卸下。

因為不敢讓謝珣動，所以她只能跨過謝珣到床內去弄他斜後方的布條。誰料謝珣是屈起腿的，她沒注意，一下子就被絆住了，撲倒在錦被上。

「沒壓著你吧？」她連忙起身，話沒說完，碰到了什麼，勃然大怒。「是誰這麼粗心，床上居然有匕首——」說到這兒，伸手去碰。

「嗯。」本就是屈腿以作掩飾的謝珣痛哼一聲，嚇得姜舒窈立刻收手。

她本就是一時慌張沒反應過來，現在見到謝珣滿臉通紅、羞愧欲絕的模樣，哪還有什麼不明白的？故作鎮定飛快地把布條取下，尷尬地溜之大吉。

「我叫人進來幫忙換藥。」

她一走，謝珣哀號一聲，一頭栽倒在床內，壓到傷口，痛得直咬牙。

對於上次謝珣情難自禁的事，兩人都假裝並未在意。可前幾日姜舒窈還會陪著謝珣在內間歇息，這幾日為了避免謝珣尷尬，晚上直接去外間白芍床上歇息了。

她這樣做是為了謝珣好，但這樣對於謝珣來說反而是種懲罰，以為她被自己冒犯，不願意在內間守著他了。

謝珣養病的這些日子不能起床，只能在床上看書打發時間，可發生那事以後，便再也不能清心淨慾地看進去書了。

姜舒窈進來的時候，就看到他正捧著書發愣。

謝珣畢竟血氣方剛，控制不住氣血也正常，姜舒窈雖然害羞，但並未往心裡去。

「書拿倒了。」她開口。

謝珣回神，連忙將書倒過來，低頭一看，字怎麼還是倒的？

姜舒窈被逗樂了，走過去在他身邊坐下。「在屋裡躺了幾天，憋得慌吧？」

謝珣把書放到枕邊，繃著臉道：「是，不過我傷已經好多了，過幾日就能下地了。」

「哪有那麼快？之前二嫂傷了腿，第二日就非要掙扎著下地，本來月餘就能好的傷，結果硬是拄了兩個多月的枴杖。」

謝珣為了保持風姿，是絕不可能學周氏拄枴杖的，只能道：「那我再好好養養吧。」

姜舒窈把稍微涼了一些的藥湯端給他。「喝藥吧。」

經過上次，每日到了餵藥的時候便格外煎熬，謝珣又羞又難堪，偏偏姜舒窈一臉毫不在意似的，可他生怕上次的狀況又發生，再也不敢鬧了。

餵完藥，姜舒窈取來清水為他漱口，問道：「晌午還是喝白粥，佐些醃蘿蔔絲如何？」

姜舒窈的手藝很好，醃蘿蔔絲也能做得很美味，脆爽開胃，鹹鮮後透著甜苦交雜，若是早食或是晚膳食用，清清淡淡的，佐粥正好，但一日三餐吃這個，謝珣實在是吃不消。

他默默道：「我想吃燻肉。」

姜舒窈當然拒絕，走回桌邊一邊翻閱信件一邊道：「病人吃什麼燻肉呀？得吃些清淡養胃的。」

若是平常，謝珣斷不會開口的，但經歷前天那事後，謝珣現在突然有種豁出去了的感覺，小聲反抗道：「可是……我想吃燻肉。」

怎麼養傷還能養出小孩子脾性了？姜舒窈回頭看他一眼。

「不行。」她果斷道。

謝珣不作聲了，鬱悶地捧起書來繼續看。

這幾日都是這樣，謝珣在床上看書，姜舒窈在桌前處理關於生意上的信件。

窗外鳥啼陣陣，樹葉晃動發出輕響，室內十分安靜。

姜舒窈處理好最重要的幾件事後，伸了個懶腰，還未再次拿起炭筆，就聽到幽幽的聲音從背後傳來。「……我想吃燻肉。」

她轉頭，無語地看向謝珣。

謝珣眼神透露出哀求。「吃一點肉就好了。」他正是餓了胃口比牛大的年紀，辦差那一個月就沒好好吃過飯了，回來還日日喝粥、吃素，哪能受得了啊？不是他饞嘴，若是換了藺成他們來，恐怕第二日就要撒潑打滾要肉吃了。

姜舒窈無奈，想了想，妥協道：「好吧，給你熬鴨肉粥喝。」

周氏來時，姜舒窈正在炒鴨肉，小火慢慢煸油，滿屋子都是香腴的味道，旁邊還燉著鴨肉湯，鮮得人直咽口水。

「咦？」周氏一進來就奇道：「怎麼在燉鴨湯，難道午膳用鴨湯佐素粥？」

姜舒窈笑道：「哪能啊！是用鴨湯湯頭熬鴨肉粥。」

「鴨肉粥？」她湊過來，嗅嗅鴨肉湯的鮮味。「等會兒做好了給我嚐一口，若是好喝，我便學了給阿笙做。」

周氏與謝笙的相處越發和睦起來，一個大剌剌、一個文靜古板，兩人居然默契地找到了最合適的相處方式。雖然不能像尋常母女那般親密，但也能每天安安靜靜地相處些時辰，兩人都很滿足。

「好啊，這粥清淡鮮香，很適合小孩子喝。」姜舒窈轉身看向逐漸拋開過去的周氏，感嘆道：「二嫂，妳每日都為阿笙變著花樣做吃食，如此用心，我相信妳們母女會越處越好的。」

周氏一愣，不好意思地笑笑。「哪有，我就是隨便做做，我手藝又不好，學的花樣也不多，翻來覆去就那樣。」

說到這兒，她想起正事來了，把手上的罐子拿給姜舒窈看。「妳嚐嚐我磨的調味粉，配比合適嗎？」

周氏時常自己琢磨些吃食、佐料配比什麼的，每次都要讓姜舒窈第一個嚐，算是對「師父」的信任。

姜舒窈取來筷子，蘸了點調料粉入口。調料粉很鹹，但鹹味壓不下去後勁裡的那股麻辣，辣中帶鮮帶甜，味道濃郁辛香，十分成功。

周氏是姜舒窈遇見過最愛吃辣的人，自從第一次嚐過後，就徹底迷上了辣味，辣度越來越重，向姜舒窈討教學習也大多學的是川菜，用她的話來說就是「辣得過癮」。

所以這份調料，辣正是是亮點，姜舒窈品著調料粉，腦海裡突然冒出一個念頭。「二嫂，我們可以用這調料試著做辣條！」

「辣條？」周氏聽這菜名就很有興趣。「怎樣做？」

姜舒窈忙著給謝珣熬粥，不能手把手教學，只能把法子說給她聽。

做辣條一般選用麵筋或者豆卷，做起來都很耗費工夫，也不急這一時半刻。

周氏取來紙筆把法子記下，準備回自己院裡琢磨。

走到一半，被姜舒窈叫住了。「哎，妳不是要學鴨肉粥嗎？」

周氏連忙繞回來。「瞧我這記性。」

鴨肉在砂鍋裡熬煮慢燉，化出了薄薄一層鴨油，金黃亮澤，在清透濃香的鴨湯表面浮動。這時候便可以放米了，依舊是小火慢熬，讓大米在湯裡慢慢膨脹，充分吸收鴨湯的鮮香甘美，光是吃米就能品出鴨肉味。

鴨肉不會像豬肉那麼厚重，但鮮味絲毫不差，豐腴清甜，肥美不膩，對於久食清淡沒嚐過葷腥滋味的謝珣來說，是很好的解饞肉食。

熬煮鴨肉粥要把握好火候，不能像常規的米粥一樣熬得越稠越好，反而應保留大米本身的軟糯彈性，入口顆顆分明、香滑清甜，襯著鮮美醇厚的湯味實乃美味。

熬好粥以後，放入薑絲、蔥花去膩增鮮，最後再將煸過的鴨肉放到粥上。

做法並不複雜，周氏記下了，取勺嚐了以後，讚嘆道：「油而不膩，香甜嫩滑。鴨肉粥可以放於小吃街賣，用作早食也不錯，聞著就讓人食指大動。」

姜舒窈笑道：「怎麼什麼都能想到生意上去，小吃街已經放不下吃食了，母親還在尋鋪面擴長街道呢。」

周氏打趣道：「妳快緊著妳夫君去吧，生意上的事自有我和伯母念著。」

姜舒窈搖頭輕笑，端粥回了東廂房。

剛入內間，謝珣就聞見了香味，差點忘了身上還有傷就爬了起來。

「做了什麼？」

「鴨肉粥。」

姜舒窈不讓謝珣大幅度活動手臂，所以這幾日都是她餵他喝粥的，但現在謝珣聞見香味，熬不住姜舒窈一勺一勺餵，伸手便來端粥喝。

姜舒窈勸阻無果，只能取矮桌來架到他面前，讓他不必端著碗。

鴨肉粥湯底清透，米粒顆顆圓潤飽滿，金黃的鴨油浮在碗邊，不多，卻已融於米湯之間，給鮮美的鴨湯裡添了一絲豐腴的油氣香味。

謝珣迫不及待舀一勺入口，香醇鮮美的鴨湯和清甜彈牙的米粒完美融合在一起，味道濃郁卻不鹹，米粒吸足了香甜的鴨湯，而鴨湯中又有大米的清香，細膩的鴨肉被熬碎，入口豐腴，肥美而不膩，吞咽以後暖意直達胃裡，唇頰間的鮮美甘甜久久不散。

姜舒窈在一旁道：「若是炸點油條，切段泡進去，味道也是極好的。油條很吸湯，外皮又不會軟，鴨湯的鮮正巧能去膩，有油香卻不會太過，吃起來很解饞。」

每次謝珣吃飯時，她便會在旁邊閒聊些和吃食相關的話題。她嚐過的菜品很多，蘿蔔也能說出花來，這也是謝珣前幾日能一直咽下醃蘿蔔絲的主要原因。

一碗下肚，謝珣頓時覺得這傷受得太值了，不用上值，還能喝上剛出鍋的香噴噴、熱呼呼的暖粥，怪不得林家早食店生意如此好，明明開在城東，城西的達官貴人們也聽說了，尋休沐日趕過去嚐一次，回來便常常念叨著那滋味。

從入朝為官後便兢兢業業的謝珣，忽然生出了裝病的心思，打算等傷快好了時再動一動讓傷口裂開，這樣又能多歇幾日。

不過油膩的食物姜舒窈不敢讓謝珣吃多，晌午吃了鴨肉粥，晚上又換回清淡的素麵了。

過了幾日，周氏來找姜舒窈時，她才猛地想起了還有研究辣條這事。

之前她告訴周氏做辣條要麼用麵筋，要麼用豆卷，周氏回去試驗了幾回，最後折騰出了豆卷，按照姜舒窈的方法做了一小盤，自己嚐著覺得美味至極才敢拿過來給姜舒窈品嚐。

姜舒窈看著面前紅亮油香的辣條，不禁咽了咽口水。

這可是辣條啊，最讓人上癮的小吃之一，沒想到她有一天還能在古代吃到手工辣條。

她用筷子挾起一根豆卷，在周氏期待的目光裡放入口中。

豆卷勁道，咬開一口麻辣的佐料和紅油觸到舌尖，霸道的鮮香麻辣味瞬間席捲了整個口腔，只是一小口，厚重豐富的辛香料味道卻遲遲不散，又麻又辣，十足過癮。

「我按照妳的法子捲的豆卷，沒想到薄豆皮捲起來還能如此美味。」

說到這兒，她指指旁邊那盤豆皮。「我把三張薄豆皮疊起，用同樣的方法也做了一份，妳嚐嚐如何？」

姜舒窈一看，這不就是老式大辣片嗎？

她讚嘆道：「二嫂妳真聰慧，自己一個人居然只花了幾天時間就做出了成品。」

周氏瞪大眼睛，一副無語的模樣，道：「關我什麼事？這是妳給的法子。」

姜舒窈放下筷子，一臉認真地道：「二嫂，妳在廚藝上很有天分，在這方面又肯吃苦，這兩點就足夠讓妳隨便在一家食肆裡獨當一面了。」

姜舒窈意在表明她早就出師了，但「獨當一面」一詞卻觸動了周氏心弦，她愣了一下，一時有些沈默。

「二嫂？」姜舒窈發現她表情不對勁，喚了她一聲。

周氏連忙拋開內心繁雜的心緒。「可惜這麼美味的吃食，只有妳我兩人獨享，阿笙年紀小，吃不得重油、重辣的吃食……對了，還有大房，我給那邊送一點過去。」

姜舒窈疑惑道：「大嫂也不怎麼能吃辣呀。」

周氏揚眉一笑，風風火火地走了。「就是知道她不能吃才送過去呢！要麼辣著、要麼饞著，哈哈哈哈哈。」

周氏和徐氏不對付了這麼多年，可謂十分了解徐氏了，當紅亮麻辣的辣條擺在徐氏面前時，徐氏立刻就猜出了周氏的想法。

辣味聞著很開胃，即使她不喜辣，但還是嚐了一口，頓時被強烈的麻辣味道俘獲，辣味裡帶著一絲絲甜，吃起來竟然有些鮮味，豆卷嚼起來韌勁十足，豆香味和麻辣味融合在一起，嚼了很多下以後竟然還有味道，實在是讓人驚訝。

可惜她吃不了太多辣，吃完一根以後便塞了一口綠豆糕來壓下辣味。

她正用清茶吞下綠豆糕時，謝理從外面進來了。

他難得見到徐氏狼吞虎嚥的模樣，又驚訝、又擔心。「怎麼噎著了？」

徐氏搖頭，吞下綠豆糕以後解釋道：「沒有，只是喝得急了。」

謝理點頭，忽然被她面前的辣條吸引了目光。「這是？」

「麻辣味的吃食，叫什麼辣條來著。」

「麻辣啊？」謝理咽咽口水。「三房送來的？」

「不，是二房送來的。」

答案出乎謝理的預料，不過仔細一想又不意外，畢竟周氏跟著姜舒窈學了那麼久廚藝，每日都在練習，能做出一盤美食也不奇怪。

想到二弟與二弟妹的爭執，謝理心中嘆了口氣。話說二弟已經有兩個月沒和二弟妹說話了，前一陣子他出去了一趟，再回來後整個人都消沈了，也不知發生了何事。

徐氏一向了解他，見他思索的模樣就知道他在想什麼，溫言規勸。「你可莫要去摻和他夫妻倆的事。」

謝理摸摸鬍子。「我明白，我怎麼可能伸手去管自家弟弟夫妻之間的事。」他一邊捋鬍子一邊嘆氣，嘆一半，想起不對勁的地方了。「夫人，妳不是和二弟妹不太和睦嗎？為何我瞧妳近日的行徑，竟是有為她做主的意思，比如管住碎嘴的丫鬟不讓她們傳報二弟妹的事給二弟；比如幫二弟妹善後，母親到現在也不知二弟妹整日往外面跑；比如不讓我陪二弟買醉——」

徐氏溫溫柔柔地打斷他。「哪有的事。」她溫婉的笑容標準，把盤子推到謝理面前。「你來嚐嚐辣條，味道不錯。」

謝理被他帶偏了，拾起一根辣條入嘴。豆卷表皮被辣油浸潤，豆卷內裡厚實不乾，滿是香辛料的香味，辣、麻、甜、香、辛，很有嚼頭。

「不錯不錯。」他捋捋鬍子。「味道妙極。」

他又嚼了一根後，便停下來問道：「夫人不用了吧？明日我帶去上值，累了嚼一根應當很解乏。」

徐氏當然不會和他爭辣條，所以第二日謝理便用油紙裹著辣條，快快樂樂地上值去了。

早膳謝理喝了粥，覺得嘴裡沒味，便嚼了根辣條。雖說他們講究吃相，但辣條是新奇玩意兒，看著就貴重，而且尺寸也不大，不影響風度，謝理覺得嚼辣條比拿著燒餅吃好太多了，於是他便坦然地嚼著辣條上值了。

姜舒窈正巧一大早就往二房去找周氏商量早食新品和辣條改進的事，剛好撞上去上值的謝理，只見一個臉比教導主任還黑的中年美大叔，居然正有滋有味的嚼著辣條，臉上還透著嚴肅品嚐、認真鑒賞的神情，這畫面太美……

謝理見到姜舒窈，把辣條咽下，用古板的語氣和姿態對姜舒窈打招呼，這下子更像是大清早巡邏抓早自習遲到學生的訓導主任了。

他離開後，姜舒窈站在原地久久不能回神。

沒有看錯的話，大哥定是把辣條帶去上值了。若是他的同僚與東宮那群吃貨一樣嘴饞，京城豈不是要掀起一陣中年官員嚼辣條的風潮？這也太可怕了點吧！

第六十一章

自從辣條做出來以後，周氏就一心撲到了上面，同時還開始琢磨起了其他辣味菜，按她的話來說，就是等冬日到了以後，辣菜吃起來會很暖和。

而這邊林氏嚐了辣條後，結合姜舒窈的意見，又開始蠢蠢欲動想要折騰點零食店出來，被姜舒窈按住，讓她在家裡好好養胎。

一開始周氏只是做了麻辣的，後來將香辣的、五香的全都做了個遍，這樣謝笙看書乏了，也能嚼幾根解解乏。

當然，周氏最愛的，還是最辣的那種口味。

暖意直入腹裡，跟漠北的燒刀子一樣辣，吃起來那叫一個痛快！

每每想到這裡，她都會有些悵然若失。也不知道何時開始，她總是時不時想起漠北，念頭一旦升起，便再也不能壓下。

謝笙見周氏又發呆了，輕輕喚了她一聲。「母親？」

周氏回神，見謝笙已經將鴨肉粥喝光了，笑著道：「吃飽了嗎？」

謝笙點點頭，猶豫了一下，還是問道：「母親可有心事？」

周氏想著自己剛才的念頭，有些慌張地將目光移開，生怕女兒看穿了她思念漠北的想法。「無事。」

謝笙沈默了幾息，緩緩嘆了口氣。「母親可有和父親談過？」

她忽然提起謝琅，周氏渾身一僵，連忙問道：「怎麼了？」她與謝琅起了爭執以後，最怕的就是波及到謝笙。她走過去，握住謝笙的手，道：「無論我與妳父親之間發生了什麼，妳都是二房嫡長女，妳父親也會一如既往的疼妳……」

謝笙沒有明白周氏寬慰的心思，在她看來，這本就是理所應當的。她道：「母親，我明白的。我本就是謝家嫡女，我依仗的是我的身分、是祖母的寵愛、是謝家的規矩，並不是只有父親的疼愛。」

周氏沒想到謝笙會這樣說，女兒小小年紀比自己還看得清楚，她心中酸楚，半晌不知如何開口。

謝笙這些時日與周氏相處和睦，母女間的生疏散盡以後，天然的親近便回來了。她回握住周氏的手。「母親，您也是。您是謝家二夫人、周家嫡女，為何這麼多年來一直拘著自己？」

謝笙不明白情愛，不懂周氏願意為了謝琅而壓抑自己性子的心思，只是不解為何母親多年與後宅妾室計較，越發消沈拘泥，藉著這個機會，乾脆把自己存了許久的疑惑問了出口。

周氏沒想到自己會有和六歲的女兒談論這種事的一天，她苦笑道：「因為我以為這樣會讓妳父親回心轉意，也以為這樣能讓妳過得更好一些。」

周氏提及這些，謝笙就看不太明白了。

她歪著頭思考，周氏抬手揉揉她的頭道：「別想了，那都是些荒唐的做法，我到現在才明白根本不值當。」

謝笙點點頭，沒有接話了。

兩人陷入了沈默，周氏便岔開話題，叫人收拾好碗筷，準備回二房琢磨吃食了。剛站起來，忽然被謝笙叫住。

「母親。」

周氏回頭，看到謝笙臉上難得露出了羞赧的神色，眨著大眼睛問道：「我、我能看您耍一次劍嗎？」

周氏徹底愣住了。

謝笙見狀，連忙低頭道歉。「是我要求太無理了，請母親不要介意。」

周氏先是愣住，而後便笑了出來。「妳從何得知我會武藝的？是妳父親嗎？」

謝笙毫不猶豫就把謝琅賣了。「是。」

周氏笑聲微滯，最後乾脆收了笑，隨意在院子裡折了根細枝，道：「我有很多年沒有舞劍了。」

話音落，手腕一翻，軟趴趴的細枝條在她手裡忽然硬挺起來，連帶著碎葉的尖端也凝上了劍氣。

謝笙看呆了，匆忙地站起來細瞧，生怕錯過一招一式。

周氏從小跟殺敵上陣的哥哥們練習武藝，劍招絲毫不遜男人，只是用一根枝條就能掀起一陣風，她剛舞了幾個招式，手裡的枝條忽然脫手，直直地朝院門飛去。

她將手裡的枝條當成用了多年的寒霜劍，但枝條只是枝條，在空中劃出凌厲的弧線後，便在半途跌落在地。

謝琅站在院門口，神色複雜地看著她。

周氏瞥了他一眼，收住擲劍的氣勢，不願多看他一眼。

從上次在早食食肆見到周氏以後，謝琅就消沈了多日，不敢，也無臉見她。

今日再見，卻是她舞劍的模樣。

時光回溯，她的身影與初見時張揚明豔的少女漸漸重合。

謝琅心中酸楚，無法再壓抑住情緒，朝周氏大步走來。「我能和妳談談嗎？」

周氏被他擋住了去路，蹙眉道：「我與你無話可說。」

「我有。」謝琅道。

謝笙站在一旁，周氏不想讓她多看兩人的爭執，便勉強同意了。

兩人往旁邊走了段路，尋了處安靜的亭子坐下。

周氏一坐下就不耐煩地道：「你想說什麼？」

成親七年，她何時對謝琅這個態度過。謝琅心中苦澀，軟著語氣道：「妳就如此厭惡我嗎？」

畢竟曾經有情，周氏見他這副溫柔的模樣，沈默了一陣子，最後將凌厲氣勢散去，沒有回答他的問題，只是平淡道：「想說什麼？說吧。」

想說的話太多，謝琅不知從何說起，最後道：「妳將武藝撿起來了？」

「並未。」

謝琅看周氏側頭不願瞧他，自嘲一笑，很是無奈。「其實……我們不必如此的。」

周氏投來疑惑的目光。

有些事情，起了頭以後便沒那麼困難了，謝琅道：「我們怎麼會走到如今的地步？世間夫妻，只是有情還不夠嗎？」

「情？」周氏嗤笑一聲。「你倒是說得出口。」

謝琅被她的話刺痛。「若影，我們就不能心平氣和地談談嗎？」

周氏轉過身來，深吸一口氣，厲聲道：「好，我們談。你說你有情，可你若是真有情，為何會有了我還納妾？為何會與其他女人有孩子？」

她的諷刺和質問讓謝琅有些懵，他脾氣一向溫和，並未惱怒，聽了她的話後眼底盡是茫然。

「妳……介意？」他回想了以往七年。「妳若是介意，為何不直言？這麼多年，妳只是小小地鬧一回，翌日便沒了氣，我便以為妳只是孩童脾性，不喜與人分享，鬧一鬧便想通了。」

周氏錯愕地看著他，怒極反笑。「我的劍是不能讓人摸的，我的馬也是不能給別人騎的。若是珍愛，為何要分享？謝書允，我不是孩童脾性，我是心裡有你。」

「所以妳是介意別的女人分了我對妳的心意？」謝琅心中一顫，似懂非懂，問完又溫聲道：「若影，我怎麼會呢？在我心中，妳和她們是不一樣的。妳是我的妻，是我的心上人，她們是妾室，怎麼可能分走我對妳的心意？」

周氏聽到他的話，久久沒有言語，只是靜靜地看著他。她心中的意難平、心中的不甘，還有那一絲絲壓抑不住的留戀，都在謝琅眼中真心實意的不解中散盡了。

「罷了。」她忽地一笑，搖搖頭。「從一開始，我就想錯了。」

謝琅見她這樣笑，心中慌亂至極，差點坐不住。「若影……」

她看著謝琅，緩緩道：「你是京城來的公子哥兒，矜貴萬千，從小就被人捧著長大；而我是漠北長大的女兒，從小就跟著哥哥們滿城縱馬，摔摔打打著長大，我們本就不是一路人啊。」

她越想越覺得可笑，語氣透著如釋重負後的釋然。「我就該隨了爹的話，在漠北尋個好兒郎嫁了，若是他們敢問出這樣的話，早就被我用鞭子抽一頓了。」

她越是這樣語氣平淡釋然，謝琅就越慌張，心裡似被人緊緊捏住一樣，酸疼地快要喘不過氣了。

謝琅見她起身欲走，忙抓住她的衣袖，語帶懇求。「我不明白，妳說明白一些可以嗎？」

周氏回身，冷漠地問道：「你還想聽什麼？」

想著她剛才的話，謝琅再也無法欺騙自己她還會回心轉意了，心尖如被鈍刀磨割，他用盡力氣，蒼白地問：「我還能做些什麼？」說到這兒，緩緩放開她的衣袖，問道：「……妳心中可還有我？」

「我心中有你。」周氏答得痛快。

謝琅完全沒想到她會這樣說，心頭升起狂喜，卻在視線與她的目光對上以後全數散去，如墜冰窟。

「因為你是阿笙的父親，是我的夫君。」她理理衣袖，給謝琅宣判了死刑。「但我不再傾慕你了。從今往後，你納妾也好，收人也罷，我都不會再在意了。」

她說完，毫無留戀地走了，彷彿只是說了句輕飄飄的道別詞。

謝珣正是年輕，且從小習武，傷勢比常人好得更快，躺了一陣子，便可以活動了。他在床上躺久了，感覺連走路都快要忘了，本來姜舒窈只是讓他在三房院子裡轉幾圈，他卻非要在府裡面轉。

姜舒窈無法，只能依了他。「你若是累了，一定要說，不要強撐著。」

謝珣無奈。「我傷在胸，不在腿。」

正巧吃了晚膳，姜舒窈只當他散步消食了，牽著他的手，同他一起在府裡轉悠。走到一處，謝珣忽然頓住，姜舒窈以為他傷口不舒服了，立刻緊張起來。

他感受到了，捏捏她的手。「我沒事，只是看見二哥了。」

姜舒窈隨他的目光看去，果然看著謝琅枯坐在涼亭內，不知道坐了多久。

謝珣見他一動不動，還是有些擔憂，對姜舒窈道：「我去和他說幾句話，妳等我一下可以嗎？」

姜舒窈點頭答應，在原地等著謝珣。

謝珣緩步走到謝琅跟前，直到在他面前坐下，謝琅都沒有任何反應。

「二哥。」他不得已，開口喚了一聲。

謝琅回神，抬頭看看他，又看看天色，才發現天已經黑了。

「你怎麼在這兒坐著出神？」他本想調侃謝琅幾句，卻在見到他神色時，收住了笑，問道：「你和二嫂談了？」

謝琅點點頭。

謝珣不知該說什麼，二房的事他不想插手，只道：「莫要在這兒枯坐，早點回去吧。」

謝琅忽然開口。「三弟，你……莫要負了三弟妹啊。」

謝珣蹙眉道：「我當然不會。」

謝琅聞言一笑。「我知道，你不是我。」他的笑容一如既往地溫和，只是苦澀之意太過濃重，不再像以往那樣令人如沐春風了。

畢竟是自己的親哥哥，謝珣想要勸慰，又不知如何開口。

謝琅搖頭道：「我知道你想說什麼，沒事。三弟妹還等著你呢，你快回去吧。」

謝珣抬頭看向姜舒窈，她正在不遠處踢著石子玩。

他想著姜舒窈與周氏的相似之處，還是沒忍住道：「二哥，你到底怎麼想的？」

謝琅不解。

「你若是心中沒有二嫂，為何又要鬱鬱寡歡，變成如今的模樣。可你若是心中有二嫂，又怎麼會看上其他女人，納她們入府傷了二嫂的心？」

連初通情愛的弟弟也比自己看得明白。

謝琅心臟一縮，搖頭道：「我也沒有想明白……到底是有恃無恐，實非良人。

「行了，你快回去吧，我再坐一會兒，再想想。」

謝珣點頭，起身往姜舒窈那邊去。

剛剛走到，姜舒窈就忙牽起他的手，一點也不怕路過的丫鬟、小廝看見笑她。

謝琅遠遠地瞧著，等他們消失在他的視線以後，才從回憶中醒來，悵然若失。

謝珣傷勢轉好以後，姜舒窈又回到了以前的習慣，每日都要花大量的時間琢磨吃食。前一陣子謝珣出京公辦，姜舒窈準備不及，只能給他帶上醬和燻肉，但既然有了前車之鑒，她便重新開始考慮起做些便攜、易做的吃食了。

謝珣養病時常常分享路上的趣事給她，姜舒窈也就對古代人的習慣更了解一些。

一般人趕路不會像遊歷那樣帶些鍋碗瓢盆米肉菜的，大多都是吃乾糧。謝珣他們嫌棄乾糧吃多了哽得慌，會用熱水的蒸氣熏一熏，讓乾糧軟和後再蘸醬吃。

他說越多，姜舒窈腦子裡的想法就越清晰。

在只有熱水的條件下，如何能做出一道美味鮮香且易攜帶的飯食來呢？

她這幾日一直在廚房忙活，謝珣傷勢略好以後，便跟著她到了廚房，站在一旁看熱鬧。

謝珣踏入小廚房，第一眼就看到了被卸下的窗戶，空蕩蕩的，窗前架著高木架，上面垂著許多的麵條。如今麵條的水分已經差不多被晾乾了，正好進行下一步的製作。

「為何把麵晾了起來？」他奇道。

姜舒窈一邊將麵條取下，一邊解釋道：「這就是掛麵了，麵條晾乾以後更易於保存，下次想吃麵時就不用重新和麵、拉麵，直接取一把掛麵丟入鍋裡煮便是了。」

謝珣點點頭，嘆道：「原來還可以如此啊。」說完，頓了頓，忽然想到一事。「若是這般，那我下次趕路就能帶上掛麵煮麵，不用再吃乾巴巴的乾糧了？」

姜舒窈笑道：「光帶把麵有什麼好吃的？」

「還有醬。煮了掛麵，用醬一拌，正好。」他很快就把伙食安排好了，只是這麼一說，肚子居然有些餓了。

姜舒窈思考了一下。「這樣也行。」

沖泡食品種類繁多，比如紅油麵皮、乾拌麵之類的，除了麵以外，還有沖泡的粉絲，都是用熱水煮一煮或者泡一泡就能食用的。

但是說到沖泡食品，他們都比不過人氣最旺的沖泡食品——泡麵。

泡麵和上述的方便食品不同，它的麵條是油炸過的，泡煮過後更韌、更香，若是沒熱水，拿來乾吃也行，味道絲毫不遜小吃，且油炸以後保存的時間更長。

她做的掛麵是常規的細長型，取下來後入鍋煮熟，撈出來過水瀝乾，等到麵條差不多乾了以後，鍋裡倒入大量的油，放入麵條。

「嘩啦」一聲巨響，油香味四溢。

因為謝珣成日躺著，姜舒窈怕他不好消化，所以一直沒讓他吃重油、重口的吃食，如今一聞著油香味，謝珣就不停吞口水。

迸濺的油泡消下去以後，姜舒窈用長筷將麵條撈出。

麵條揉了雞蛋進去，炸過以後有股濃郁的醇香味，火候控制地剛好，出來的麵條色澤金黃，根根分明，看著就酥脆可口。

謝珣吃過饊子，但都是纏繞成一股一股，以為姜舒窈便是做的這個了，雖不解為何要做成根根分開的模樣，他還是捧場道：「好香的饊子。」說罷，偷偷繞到姜舒窈旁邊，欲伸手偷一根吃。

姜舒窈回身，他立刻縮回手，心有餘悸。

「不是饊子，就是麵。」

「麵？」謝珣疑惑更甚。「為何要炸麵，這酥脆的麵條可怎麼吃？」

「麵條當然是煮著吃或者泡著吃了。」姜舒窈開始準備泡麵調料。因著沒來得及曬蔬菜乾，所以湯底的清新鮮味不能靠蔬菜乾了，得全靠料包提供。

她背過身，謝珣又開始蠢蠢欲動。

正準備動作時，姜舒窈再次轉過來，取醬料，看到謝珣站在一旁，道：「你站在這兒我不太方便做飯。」

謝珣只能往後退了一步，看著那金黃酥脆的麵條嘴饞。

真香啊！外面的饊子就沒這麼香。難道是因為揉了雞蛋進去的關係？

「晚上我想吃煎蛋麵。」他提出請求。

姜舒窈自然應下。

就在謝珣思考怎麼吃點泡麵的時候，門外跑進來一個小蘿蔔頭，蹦蹦跳跳地喊著。「三叔！三嬸！」

因為謝珣傷著，徐氏不准雙胞胎常來打擾他，所以雙胞胎已經許久沒來三房了。再來到三房，不僅謝昭興奮，連謝曜也跟著在後面小跑了起來。可惜謝珣有傷，他們並不能撲到他身上撒嬌，只能在他面前停下。

謝珣剛把泡麵塞入嘴裡，謝昭就跟個小牛似的衝了進來，將他逮了個正著。

謝昭黑葡萄般的大眼睛滴溜溜轉了幾圈，看著謝珣，嘿嘿笑著。「三叔～～」

謝珣內心尷尬至極，表面還要故作鎮定，他招招手，謝昭和謝曜便走了過來。

姜舒窈正背對著他們，看不見他們的小動作。

謝珣小聲道：「你們三嬸不讓我吃油重的。」

謝昭點頭，表示理解。

謝曜卻安安靜靜地看著他，彷彿在說：這就是你偷吃的理由嗎？

謝珣更尷尬了，大哥、二哥說他兒時性子與謝曜一樣，難怪他從記事起就被當小大人看待了，面對這樣的小童實在是讓人很無奈啊。

他剛才偷吃被看見，謝昭有樣學樣，同樣踮著腳尖扒拉泡麵吃。

謝昭比謝珣大膽多了，嚼得「喀嚓」響，一根接一根沒有停下的意思。

謝曜看看謝昭，又看看謝珣，也跟著過來踮腳拿了根泡麵吃。

謝珣被他們的吃相勾出了饞蟲，也跟著一起吃了起來。

泡麵下去了小大半時，姜舒窈轉身了，一眼就瞧見偷吃的兩個小孩，大的那個剛剛收手，沒被抓住。

「謝伯淵！」姜舒窈蹙眉道：「小孩子不懂事，你不懂事嗎？」

她走過來問雙胞胎。「洗手了沒？怎麼問也不問就吃了，萬一不能吃呢？」

謝昭抬頭看謝珣，似乎有把他供出來的意思。

謝珣連忙接口。「他們問了我的。」

姜舒窈聞言盯著謝珣，讓謝珣一時有些心虛，正待承認錯誤，就聽姜舒窈咕噥道：「就你這樣，以後怎麼教孩子！」

這話擊中了謝珣，他一下就羞紅了臉，垂頭道：「是我的不是，我一定改正，做一個好父親。」

待姜舒窈拿走泡麵，回廚臺煮麵時，謝珣還在那兒蹙眉嚴肅反思。

謝昭從袖裡拿出剛剛順勢藏好的泡麵，「喀嚓喀嚓」嚼著，仰著脖子對謝珣道：「三叔，三嬸有身孕了嗎？」

謝珣一下子就被點醒了。

對啊！八字還沒一撇，他在反思什麼？

第六十二章

這邊姜舒窈開始做泡麵，為了測試麵條的厚薄是否合適，她分別煮和泡了一碗，成品都不錯。

醬料包醬香濃郁，肉香十足；粉料包用紫菜、香菇等磨成粉，混入香辛料，做出來的成品和現代的泡麵味道差不多，甚至因為用料足，更多了一股葷肥滷香的味道。

醬料包煮出來的湯雖是比高湯更清，但因為粉料包的作用，鮮味並不差，再加上泡麵做的時候揉進了雞蛋，醇香味也被彌補。

姜舒窈兩邊各嚐了一口後，覺得味道不錯，便撒上了蔥花，燙了青菜放進去，最後按謝珣的要求，煎了個雞蛋鋪上去。

因著兩個小傢伙也在，姜舒窈也給他們分了兩個小碗試味道。

三人站一排，沒有端到桌案上就等不及吃了。筷子一挾，吸溜入嘴，動作整齊劃一。

炸過的雞蛋色澤金黃，麵條比起常規的拉麵更加筋道，且過了油，雞蛋的香被高溫鎖住，吃起來更加鮮香醇厚。說是泡麵，但因為是拉製而成，更像是拉麵，即使是泡出來的，也不會失了那份獨特的韌滑。

爽滑的拉麵裹著清透醬香的湯汁入口，火候剛剛好，既讓醬料包的滷香味融入了拉麵，又不會讓拉麵吸收太多湯汁而變軟、變糯，失去它本身的勁道嫩彈感。細嚼麵條，濃郁的蛋香和清淺的油香在舌尖縈繞蔓延，比起普通麵條來說，有種獨一無二的美味。

吃完麵條後，仰頭喝下麵湯。

清透的麵湯主在突出一個醬香和滷香，細碎的肉末同湯汁一同入口，細細品來，還有麵條散在湯中的麵香和蛋香，不用高湯打底也能有這般的美味，莫說是趕路饑餓的行人，就是在家裡待著的人也不能拒絕這碗拉麵。做起來又快又方便，鮮香可口，吃起來暖融融的，唇頰留有餘香，只覺得完全沒有過癮。

於是吃完麵以後，三人就站著不走了，眼巴巴地等著姜舒窈再次炸麵。

只可惜姜舒窈正待繼續時，老夫人那邊派人傳話過來，大房的老大、老二從書院回來了，讓三房晚上過去吃家宴。

別說兩個小的了，連謝珣都有些失望。

到上房時謝曄、謝皓已經到了，謝昭、謝曜擠出笑來迎接從書院歸來的兩個哥哥。兄弟相見格外熱絡，大房四子打了招呼，往桌前落坐，剛剛坐下就齊齊垮了臉。

雙方對視一眼，都很不解對方為何不開心。

在謝曄、謝皓看來，他們從書院回來，好不容易可以自由了，卻沒法去小吃街痛快吃喝一頓，必須得先和一家子吃頓家宴，實在是煩悶。想著與同窗道別時的場景，謝曄、謝皓就很不豫。同窗認為小吃街已經夠美味了，他們回謝府以後定當吃得更美味一些，對於同窗羨慕的眼神，兩人只覺得十分無奈。

他們不僅吃不到比小吃街好吃的美食，還得同老夫人一道吃些清淡寡味的飯菜。

比如面前這道湯煨甲魚，做得精緻，喝著也鮮，可就是少了那新奇、刺激，比起這些食材矜貴的佳餚，他們更想吃的是油香麻辣的炸串和熱燙痛快的麻辣燙啊！

而在謝昭、謝曜看來，他們好不容易被母親放去了三房，今晚可以蹭頓晚膳了，卻因著大哥、二哥回府而泡湯，難免可惜。

小輩們不開心，長輩們倒是樂呵呵的。

就連不怎麼露面的謝國公也來了，看著謝曄、謝皓頗為欣慰。「一眨眼，你倆也到了科舉的年紀了。」

老夫人也笑著附和了幾句，問著可準備好了，是否安排妥當。

謝曄、謝皓一一回答。

老夫人說著說著招招手，丫鬟走過來向謝曄、謝皓奉上木盒。

「祖母？」兩人不解道。

「打開看看。」老夫人和藹地笑著。

兩人打開木盒，見裡面躺著根上好的人參。

鄉試規矩嚴，吃住都得拘在小小的號房裡，吃的也只能帶乾糧，無非就是些乾饃、饅頭和鹹菜，提一籠進去，吃上足足三天。還不敢多喝熱水，免得來回跑廁所。

謝珣當年科考時就受了罪，最後一天不吃不喝，全靠一口氣撐著，最後提早交卷出來，只因實在是餓得難受了，又不想繼續吃那外皮乾硬成石子的饅頭了。

所以一根人參對於考生來說極其重要，就算食宿跟不上，含上一口，答卷的精力就不會洩了。

「多謝祖母。」兩人滿懷感激，起身道謝。

謝珣突然想起一事，插嘴道：「對了，你們不用帶鹹菜，帶上你們三嬸做的肉醬。」他和東宮同僚們是最明白饅頭蘸醬的美味的人。

雖然不明白肉醬是什麼，但是「三嬸」三個字就是活招牌，謝曄、謝晧連忙道謝。

這時姜舒窈道：「不如帶上泡麵吧，我用竹筒裝著，你們泡一桶、丟一桶，比啃饅頭美味多了。」

謝珣恍然，贊同地點頭。謝昭跟著討論，徐氏連忙讓兒子道謝，謝理問泡麵是什麼，周氏問什麼時候琢磨的吃食，連謝珮都在一旁小聲探問。

一群人熱熱鬧鬧的，老夫人掌家三十多年，就沒有見過哪一次家宴如此放鬆吵鬧過。今日謝琅不在，否則怕是也會加入話題。

上次老夫人被打臉後，蔫了許多日倒也想通了，每日誦經禮佛，安靜地在壽寧堂待著，不問三房的事了。

如今再看，彷佛只是一眨眼，曾經那個人憎人嫌的姜舒窈竟然成了謝國公府最受寵愛的人。她想不明白，太想不明白了，會做點吃食，就真這麼惹人喜愛？她的名聲不是不好嗎？就連寡言的謝國公也被他們吵吵鬧鬧的氣氛逗笑了，問身邊的謝理。「瞧你這樣，似是吃過三兒媳做的吃食？」

老夫人等著他們安靜下來，卻久久沒有等到，氣氛反而越來越鬆快。

連她都有些懼怕的寡言嚴肅的大兒子居然覥著臉問：「三弟妹，辣條可要放在林家食肆賣？我的同僚們嚐了一次後，整日都纏著我要。」

「應當會的，不過這事大哥得問二嫂，辣條更多的是經由她的手做的。」

「既然辣條要賣了，蛋糕呢？」

都什麼跟什麼呀？老夫人聽得頭疼，忍無可忍吼道：「安靜！規矩呢！」

眾人齊齊地轉頭看她，讓她一時有種自己格格不入的感覺。

她咽下那口氣，目光在一桌人的臉上滑過。

變了，都變了！

她現在確定了，曾經不喜姜舒窈的人紛紛倒戈了，不僅倒戈，還眾星捧月、無比喜愛姜舒窈這個本是格格不入的人。

大家正說到興頭上，老夫人就是想要打斷他們聊天也無從入手。

無論是在閨中，還是嫁到謝國公府以後，她人生幾十年來就沒有哪頓家宴吃得熱熱鬧鬧、嘰嘰喳喳的。她並非全然不喜熱鬧，但這熱鬧一點也不符合規矩，所以她本能地反感。

「罷了。」她出聲，放下筷子。「我身子不舒服，你們吃吧。」

她說自己身子不舒服，謝家人都得有表示，紛紛出聲問候。

老夫人不耐煩地擺擺手。「你們用吧，我只是年紀大了，易乏。」

畢竟老夫人多年就是肅著臉的模樣，沒人察覺她的不豫，等她走後又重新恢復了熱鬧。

老夫人身子本來就沒事，回到壽寧堂時辰尚早，還未到就寢的時候。既然睡不下，便枯坐著，坐了一會兒肚子卻餓了，嬤嬤便叫人去大廚房要了碗素羹。

老夫人喝了幾口後便把調羹放下了，嘆道：「果然是年紀大了，明明腹中空空，可面對飯菜依舊沒什麼胃口。」

嬤嬤勸道：「老夫人，瞧您說的什麼話，您若是年紀大了，那奴婢豈不是半截身子入土了？」

老夫人今日心情鬱鬱，笑不出來，只是搖搖頭。「我就是年紀大了，有時候著實是看不透那些小的們心中在想什麼了。」太子來謝國公府、皇后賞賜姜舒窈、太子親自為小吃街撐腰，一樁接一樁的，老夫人不僅臉疼，還疼到懷疑自個兒是否好壞不分了。

「莫非，我才是那個討人嫌的人？」她自言自語著。

嬤嬤聞言連忙垂下頭，不敢應聲。

胃口不好、心情不豫，再加上年紀大了，老夫人的身子也沒有以前硬朗了，記著一件事便反覆的琢磨思考，生怕她自己才是那個討人嫌的存在。

幾日後老夫人接到了封邀請眾人賞花的帖子。賞花只是個名頭，目的是為了讓大家聚一聚、聊一聊，否則整日窩在自家府裡都要憋出病來了。

老夫人雖然沒什麼興致，但還是去了，去了以後又開始想心事。她一想事，臉上的神情越發刻板嚴肅了，惹得其他人紛紛交頭接耳。

有那眼神精的，想巴結老夫人的婦人見她神情鬱結，眼珠滴溜溜一轉，搭話道：「容老夫人今兒是怎麼回事，可是有煩心事？」

老夫人地位高，是高門主母們簇擁的對象，貴女及笄若能讓她插簪，臉上都有光。她一不開心，哄著她說話的人一抓一大把。

「讓我猜猜，可是妳那兒媳又不省心了？」同她年紀相當的老夫人說話就輕鬆多了，以老姊妹聊天的口吻揭開話題，接下來大家七嘴八舌的附和道，話匣子便打開了。

姜舒窈可謂是京中風雲人物，耍著手段嫁了謝珣以後，絲毫沒有「安分」的苗頭，反而越演越烈，碼頭開食肆、打造小吃街、早食食肆，聽起來就讓人咋舌。

好好的一個高門主母，為何要身上沾上銅臭味？

正當大家等著看她笑話時，人家不僅沒有如她們所想那般失敗，反而把生意做得風生水起，連自家夫君、兒子也念叨著林家的吃食，時不時下值後繞路過去買點吃食回來。

「聽說她時常往那小吃街拋頭露面呢。」

「她母親不就是那個性子嗎？不過當年有群沒皮沒臉的要強占了林家的家業，襄陽伯夫人跳出來撐住家業也是情有可原。可是林家如此富裕，光吃著娘家的老本她就幾輩子都花不完了，何至於繼續斂財？」

「是啊，這種兒媳婦真不省心，聽說不僅去小吃街逛，碼頭也去過呢，真是不懂規矩！」

一群人議論紛紛的，老夫人臉越來越黑。

「砰」一聲，她將茶盞摔在桌面上。

剛才還七嘴八舌說姜舒窈閒話的人才意識到自己拍錯了馬屁，連忙垂頭，生怕惹了老夫人的嫌。

「好一個不懂規矩，原來妳們口裡的規矩是用來壓別人，而不是用來約束自身的？」她的目光掃過誰，誰就一抖。

若是此時被她點名道姓說沒規矩了，話一傳出去，她們女兒近些年議親都會難了。

幸好老夫人不是得理不饒人的，她冷淡地說了幾句後，便以身子不爽利為由離開，留下一群人坐在屋內暗自咬牙，生怕有人傳出她們嚼舌根惹惱了容老夫人的話柄。

老夫人離開以後並未馬上回謝國公府。

這些日子她心頭憋悶，便吩咐車伕繞著河畔轉了一圈，最後乾脆下了馬車，在河邊吹吹風、透透氣。

「妳說，她們說的可有道理？」老夫人問嬤嬤。

嬤嬤連忙躬身。「老夫人，您可別往心裡去，都是一群沒規矩的長舌婦罷了。」

老夫人笑了一聲，臉上神情更難看了些。「我往心裡去個什麼勁？我難道不是和她們想的一樣嗎？」

嬤嬤不敢說話了。

老夫人順著河畔走，幽幽地道：「規矩？規矩到底是個什麼？老了，倒也糊塗了。」

她頓住腳步，站在河畔發呆，嬤嬤在一旁站著不敢吭聲。

眼看天色暗下來，嬤嬤正待出聲提醒，卻聽老夫人忽然道：「林家小吃街位於何處？」

嬤嬤一愣，她家那口子是外院做活的，對外面的事很了解，所以她自然有耳聞，答道：「約莫就在這條河的盡頭。」

老夫人點點頭，道：「走吧。」

嬤嬤一愣。「老夫人可是要回府？」

老夫人搖搖頭，慢慢地順著河畔往前走。「去小吃街。」

嬤嬤徹底傻了，跟著走了一段才反應過來。「老夫人，不乘馬車嗎？」

「走過去吧。」

老夫人此次去赴宴並未帶很多下人，撇開兩名車伕以外，就只有一個嬤嬤。兩人步子慢，到了小吃街以後天色已經完全暗下來了，小吃街掛起燈籠，如火龍一般將整條街道映亮，正是熱鬧時候。

別說老夫人了，就是嬤嬤也不適應這樣人來人往的熱鬧。

老夫人站在小吃街街頭，驚訝道：「這就是林氏小吃街嗎？」

嬤嬤也很驚訝，她只是知道小吃街生意不錯，卻沒想過如此紅火。這麼長、這麼寬的一條街，居然擠滿了食客，有一看就是手裡拮据的百姓，也有穿著綢緞的貴人，人擠人的，放眼全京城也沒有其他地方比這兒更熱鬧了。

老夫人也不知為何想要來看一眼，本來說看一眼就走，可這看一眼就被震驚呆了。

她的目光往旁邊移去，旁邊有一條略窄的街道，硬生生被收拾出來和小吃街街頭銜上，街頭架起了長木架，上面掛著碩大的招牌，這麼霸道，一看就是林氏的風格。

這條街沒有這邊繁華，食肆也還未修好，只是擺起了一長街的食攤，但仍然十分熱鬧。

這條街是新闢出來的，賣的也是價錢便宜的吃食，雖仍有手頭闊綽的老饕在裡面搜尋美食，但來往穿梭的更多是普通百姓。

老夫人想了想，抬腳朝新街走了過去。嬤嬤連忙在後面跟著。

食肆看著尚可，食攤卻是簡陋到了極致。

老夫人餓了這麼多天都沒胃口，可一邁入飄蕩著豐富香味的小吃街，居然開始有點饞嘴。不過她轉了一圈，看著食攤攤主從一大口鍋子裡舀吃食出來賣，饞蟲又默默地消下去了。

兩人繞了一圈，準備走出小吃街，到了街頭，忽然被人叫住了。

街頭食攤的攤主正巧攤前沒食客，見她們倆來回一圈沒有找見吃食，熱心道：「這位大娘可是不知道吃點什麼？」

老夫人還是第一次直面攬客場景，一時不知如何應對。

攤主見她不答，便以為自己猜中了，抬手指向旁邊的食攤道：「不若看看這家雞汁豆腐串？」

不往自己食攤攬生意，反而幫別家攤子攬客？

老夫人出於好奇，沒有離開，而是來到了那家食攤。

食攤前站著一位衣著簡陋的老人家，衣裳洗得發白，雙目有些渾濁，鬢髮花白，見有食客靠近，連忙道：「您吃點什麼，來一碗雞汁豆腐串？」
她應當有眼疾，落到老夫人身上的目光有些飄，所以離這麼近也看不清她身上的布料有多昂貴，不是會在這兒用食的人。
嬤嬤自然應當替老夫人回話，但此時看著這位老人家，她一時張不開口。
「我家的雞湯都是用整雞熬的，可鮮了。」她口舌不好，不會攬客，看著也不像手上麻利的，所以食攤前一直沒有食客，此刻有人來了，連忙打起了精神。
老夫人沒答話，她是不會吃街邊吃食的。
想想要是因著自己的關係讓老人家白高興一場，她心有愧疚，讓嬤嬤給她些銀子。
老人家耳力差，模模糊糊聽到了些字眼，又看嬤嬤給了一大塊銀子，連忙道：「兩碗要不了這麼多錢的。」她轉頭對旁邊食攤的攤主喊道：「惠娘，幫我看看這要找多少銅板呀？」
方才幫忙攬客的攤主惠娘正忙著，喊道：「稍等！」
眼看老人家誤會了，嬤嬤正想說她們不是要買吃食的，老人家已經麻利地揭開鍋蓋動手準備吃食了。
「您先坐，桌椅都是乾乾淨淨的，雞汁豆腐串馬上就來。」
嬤嬤一時有些不知所措，她走到老夫人身邊，猶豫道：「這……」
老夫人沈默了幾息，道：「算了，坐吧。」
嬤嬤驚訝地瞪大眼，她不講究，在這兒吃沒什麼，可老夫人怎麼會答應？

老夫人往矮桌前坐下，矮桌雖簡陋，但擦得乾乾淨淨，即使木質不好，也是打磨出了一層亮光，並不粗糙。

揭開鍋蓋後，熱氣騰騰的白霧冒了出來，帶著濃郁的雞湯香味，瞬間讓食攤周圍染上甘醇鮮美的氣味。

嬤嬤站在老夫人身後，聞著這味道也有些饞了，不禁對老人家道：「大娘，妳為何不揭開蓋煮湯呢？雞湯如此鮮美，蓋著沒香味，難怪妳這兒沒客人。」

老人家一邊舀雞湯，一邊道：「不行的，夫人交代過，這雞湯要小火慢煨，才能讓豆腐串入味。」

嬤嬤想了一下，估計她口中的夫人是林氏，有些疑惑。「那妳這兒生意不好，妳家夫人不會怪罪嗎？」

「哪能呀！夫人說了，這食譜、做法都是她給的，生意也是她安排的，賣不好全賴她，賣好了我們卻能有賞，我們只需要保證吃食的味道，其餘的都不必擔心。」

舀了滿滿兩碗雞湯豆腐串，撒上蔥花、芫荽後，老人家問：「您要蒜汁、辣醬嗎？多點還是少點？」

第六十三章

嬤嬤轉頭看老夫人，老夫人不說話，她便答道：「來點吧，適宜就好。」

老人家目光往旁邊挪去，凝了凝目光才找到蒜汁罐子。

嬤嬤見她這樣，難免擔心味道。

雖說雞汁豆腐串看著簡單，但她眼力不好，難道不會一不小心就把調料放多了嗎？

正這麼想著，一個清脆的童音響起。「外祖母！讓我來。」

老夫人和嬤嬤將目光投向街頭，一個小女童端著兩碗麵朝這邊跑過來，氣喘吁吁的，看著她倆坐在這兒連忙道：「客官稍等，馬上就好。」

她跑過去，把碗放下，然後拖來板凳，站上去，拿起勺。「蒜汁要多還是少？要加辣醬嗎？」

老人家將嬤嬤的話重複了一遍。

女童分別舀上調料，又從板凳上跳下來，捧著碗小跑過來，把碗放在她們面前。「您請用。」

老人家慢一步跟在後面，將筷筒放在桌上。

老夫人和嬤嬤都愣住了。

女童似乎是猜到了她們的心思，解釋道：「我外祖母眼力不好，平日裡放佐料這些精細活都是我看著的，您放心，味道肯定不差。」

她說完以後回到食攤前，對老人家道：「外祖母，咱們吃飯吧！今日管事多給了我一個雞蛋，咱倆對半分。」

老夫人和嬤嬤對視一眼，嬤嬤猶豫了下，問：「老夫人，您要用嗎？」

老夫人將視線投到面前的雞汁豆腐串上。

雞湯清透，黃澄澄的，還飄著零星亮澤的油脂，豆腐乾嫩黃，吸飽了雞湯堆在碗底，青菜給碗裡增添了亮色，白皙的蒜汁和花生碎綴在中央，聞著鮮香撲鼻，暖意融融。

她沒胃口的時日，府裡大廚房可謂是費盡心思為她做吃食，天上飛的、海裡游的，全都給她端到了桌前，她都沒胃口。

但此時坐在乾淨的矮桌前，燈籠發出昏黃的暖光，街道上人來人往，耳旁是女童與老人家的談話聲，老夫人感覺麻木依舊的胃逐漸醒來，她忽然餓了。

老夫人開口道：「別站著了，妳也坐吧，吃一碗。」在嬤嬤震驚的目光中，取了筷子，準備用餐。

稍微拌勻調料，挾一筷豆腐串入口，豆腐串裹著濃郁鮮香的雞湯入口，鮮香酣醇的香味在舌尖綻放，暖意散遍口中，還未咀嚼，就被這雞湯的肥美清甜味勾起了饞蟲。

老夫人是第一次吃豆腐串，瞧著新鮮，嚼著也新鮮。豆腐串外皮韌實，耐煮，能包湯。內裡吸足了雞湯，柔軟細膩，一咬，溫熱的雞湯便在口中迸濺開來，既有雞湯的鮮，也有豆製品的醇。

雞湯熬得夠久，小火讓鮮味全部都透了出來，浸透了豆腐串和青菜。豆腐串沈甸甸的，放入口裡的時候顧不得姿態，得稍微吸一下，免得雞湯滴落，一邊吸湯，一邊咬，咀嚼到後面，豆香味越發濃烈。而青菜清脆爽口，進一步豐富了口感。

吃完豆腐串，留下的雞湯也不能浪費。

食攤沒有調羹，老夫人猶豫了一下，還是端起了碗喝。

雞湯清澈，過濾掉了香料，碗底只留有煮爛的雞肉末和花生，喝完雞湯將碗底的乾料倒入嘴裡，細細咀嚼，收尾收得十足過癮。

直到放下碗，她才陡然意識到自己今天完全沒了規矩，在街邊坐下也就罷了，居然吃了起來，還吃得一乾二淨，連吃相都不顧了。

她吃完了以後，臉色不太自在，正巧旁邊食攤的惠娘忙完了，跑過來幫忙找錢，看到老夫人臉色不好，一下子就緊張了。「這位大娘，可是味道不好？」

味道哪裡會不好？甚至是太好了，讓老夫人開始懷疑自己了。

「不是，味道很好。」

惠娘點頭，這才看清她的衣料並非普通料子，能得口味刁鑽的貴人的肯定，十分開心。「那就好。」她找來銀錢放在桌面上，嘆道：「也不知道何時這邊食肆能修好，到時候就不用在街邊吃，那些貴人們也不會嫌棄咱們的吃食了。」

老夫人並未搭話，惠娘便自顧自說著。「唉，也不知道小姐什麼時候來，聽老街的人說，小姐之前去那邊待了幾天，一一改進了食譜，味道更上一層樓了，到時候您可要記得再來嚐嚐。」

老夫人一愣，惠娘口中的夫人是指林氏，那麼小姐就是姜舒窈了。

姜舒窈居然在小吃街待了幾天？

想著那人來人往的小吃街，再想想她拋頭露面改進食譜的樣子，老夫人難以置信，脫口而出道：「成何體統？」

惠娘不懂她反應為何這麼大，莫名其妙道：「什麼體統？」

「林家小姐可是拋頭露面在那街上走動？」

惠娘笑開了花。「是啊，小姐一點架子都沒有，有那運氣好的，還能得她手把手傳授手藝呢！」

老夫人倒抽一口氣，道：「她怎麼能如此不守規矩？」

惠娘這才聽出了老夫人反對的語氣，再看老夫人那震驚和不贊同的神色，頓時不高興了。哪來的大娘？居然指點到她家小姐頭上了。

「這位大娘，您這可說岔了，妳瞧瞧這條街，哪個女人是守規矩的？」

她指著對面的食攤。「她家相公是個喝死了的酒鬼，剩下一大家子喝血吃肉，硬生生奪了他們母子僅剩的家財，她若是守規矩，不出來賣吃食，她們母子就會活活餓死。」她又隨意指了幾個。「她若是守規矩，就會被兄嫂賣進那腌臢地賺銀兩；她若是守規矩，就會被兒媳、兒子欺負死；她若是守規矩，就會被送給八十歲老頭子當玩意兒。」

惠娘最後指向賣雞汁豆腐串的老人家。「還有胡大娘，若是她守規矩，不讓小花跟著出來賣吃食，她們祖孫倆得靠什麼養活自己？」

惠娘一口氣說完，轉身對老夫人道：「這條街的女人沒一個守規矩，但這裡卻是全京城最熱鬧的地方，達官貴人、平民百姓，誰來了都得說一聲好吃。」

在食攤後面蹲著吃麵的女童聽到自己的名字，從食攤後面探出個腦袋來。「是啊，規矩有什麼用？夫人說了，只有手藝是真的，學一門手藝去哪兒都餓不死。」她笑道，眼裡充滿憧憬。「等我再大一點就可以學算帳了，夫人說只要我合格便會用我，到時候賺了銀子，我就把家裡的茅草屋頂加上大瓦片，下雨天就不會滴水了。」

老夫人只是脫口而出的一句，沒想到會被如此反駁，她看著惠娘，一時不知如何言語，有些不知所措。

惠娘見她神色不像是刻意找碴的，也軟了口氣，搖頭道：「要我說，規矩都是吃人的東西。您不懂，小姐是懂的，她告訴我們，人生在世，活得快樂最為重要。她雖然沒明明白白說過這句話，但她收留我們、教我們廚藝，不顧身分在這兒拋頭露面，把小吃街變成京城最紅火的街道，讓我們自在地重活一遍……這一樁樁、一件件，都是在說這個道理。」

她說完，食攤來了食客，連忙轉身回去招待了。

秋夜微冷，食攤飄出熱氣騰騰的白霧，街道上食客來往，或是駐足，或是擦肩而過，燈籠隨風搖晃，橘光灑在食攤前，投下一圈圈亮影，和縹緲的熱氣融合在一起。

明明四周是老夫人最討厭的吵鬧，可她卻覺得內心無比平和，盯著那燈籠發起了呆。

老人家見老夫人坐在那兒不動了，以為是惠娘惹了她不快，忐忑地站起身來，布滿皺紋的手在洗得發白的圍裙上擦了擦。

女童見狀道：「外祖母，快吃呀，麵糊了就不好吃了。」她順著老人家的視線看向老夫人，見她在那兒坐著發呆，跑過來問道：「您還要來碗嗎？」

老夫人回神，和女童天真的視線撞上。

「阿花，快過來。」老人家從方才的對話察覺到了老夫人的尊貴，連忙叫不懂事的孫女過來，生怕惹了貴人的不快。

老夫人忽地就笑了，她道：「好，再來兩碗……」她說到這兒卡住，看向嬤嬤，問：「等會兒回去給妳家孫子、孫女也帶上幾碗可好？」

嬤嬤鬆了口氣，也笑了。「好，他們一定會喜歡這個吃食的。」

女童攬到了生意，笑嘻嘻的，蹦蹦跳跳走了。

過了一會兒，她端著兩碗雞汁豆腐串過來放在桌上，正要轉身，被老夫人叫住。「妳過來和我們一起吃如何？別蹲在那兒吃了，坐下吃吧。」

客人不嫌棄，阿花當然願意坐著吃了，連忙端了碗過來。

食不言，寢不語。

老夫人挾起豆腐串頓了頓，最後還是開了口。「妳家裡，只有妳和妳外祖母了嗎？」

「是呀，我娘前年冬天沒熬住，走了。爹娶了後娘，不要我了，我就跟了外祖母。」

老夫人摸摸她的髮髻。「苦了妳了。」

「不苦不苦，自從夫人讓我們來小吃街做活後，我每日都能吃飽呢！」

「哦？吃些什麼，這裡還管飯？」

一老一少吃著飯慢慢地聊著，從這家的故事，聊到那家食攤攤主的故事，再聊到小吃街的故事，人生百態、生活冷暖，全都融在了一碗簡簡單單雞汁豆腐串裡。秋夜的寒氣被美食的香氣沖散，熱氣帶起溫馨熱鬧的白霧，寒夜漸冷，冬日終至，但小吃街裡不幸的人們未來只有暖春。

自從暑熱退去以後，皇上就蠢蠢欲動地想出宮遊玩了。秋老虎緩步過去，隨著天氣逐漸轉涼，皇上每日望眼欲穿，最後表示實在是宮裡坐不住了，帶著一群人浩浩蕩蕩地出宮前往皇家獵場狩獵。

天家出行排場自然是要跟上，除了宮妃、大臣，大臣家眷也要跟著去。

姜舒窈聽到這個消息後十分雀躍，對皇上、大臣們來說去圍場自然是狩獵的，但對她來說去圍場可不等於郊遊嗎？

從接到消息的那一刻她就開始準備用品了，到了出行那日，行李堆了一整個大箱子。

謝珣傷勢漸好，前些日子拆了包紮後就不再精細地養傷了。

他從院裡進來，看著姜舒窈那一大箱子就頭疼。「這是準備了多少？」

姜舒窈看見他，一拍額頭。「糟了！我忘了把你的行李算上了。」

謝珣無奈。「不必了，我傷勢並未大好，不宜狩獵，去也只是走個過場，帶幾件衣裳便好，其餘的什麼也不用帶。」

按理說謝珣作為有傷的病人，姜舒窈應該緊著他，退一步，把空間留給謝珣的行李。

但謝珣這麼說了，她實在是捨不得自己準備的東西，便湊過去道：「謝謝你，你放心吧！我帶的都是能用上的，你出去狩獵，我就在屋裡等你回來，備著吃的、喝的等你，保證你能玩得很開心。」

謝珣垂眼看她，沒有說什麼。他正在活動右臂，左手還捂著胸口的傷，這麼冷冷淡淡地垂眼看她，活像她明知不該還在欺負病人。

姜舒窈知道謝珣的性子，只是長得冷了，並不會因為這個怪她，但她仍然有點愧疚。她踮起腳尖，湊上前親謝珣一口。一觸即離，謝珣沒預料到，因為驚訝而微微瞪大眼。

姜舒窈笑道：「你真好。」

謝珣只是給她讓了行李位置而已，並未覺得自己做了什麼，她這麼正經八百地誇他、謝他，讓他摸不著頭腦的同時又有點受寵若驚。

姜舒窈親完他後又回去分門別類裝置物件了，謝珣捂著胸口，在她身後站著。

姜舒窈朝左走，他也朝左走，姜舒窈朝右走，他也朝右走。

這麼大一個人站在這兒，姜舒窈不注意都難。

她猛地轉身看向謝珣，謝珣正在認真思考自己做了什麼得到了表揚，被她的動作嚇了一跳，在腦子裡打轉的話脫口而出。「不必謝我。」

姜舒窈對他笑笑，點點頭，轉過去繼續收拾。

謝珣卻繼續站著不走。

姜舒窈覺得他有些奇怪，問：「有什麼事嗎？」

謝珣欲言又止，嘴角緊抿。

他平素裡看人的時候眼神清明，有種冷清到極致的透澈感，而現在表情仍是冷淡疏離的，一雙眸子卻格外明澈，比以往亮了許多，像是在期待著什麼。

他猶豫了一下，說了句。「……我那幾件衣裳也不用帶了，不對，換洗的話，帶一件就夠了，不占地的。」

姜舒窈把剛才的對話回憶了一遍，後知後覺的反應過來，謝珣這是在……索吻嗎？

她遲疑了一下，試探著踮起腳尖親了他一下。

謝珣睫毛顫動，努力地彎下腰，迎上她的吻。

姜舒窈解惑了，後退半步，謝珣臉上露出不捨的神情。

自從上次親過以後，謝珣一直都記掛著那滋味。只不過這事終究和牽手不一樣，牽手隨時可以找機會，再不濟的，夜裡睡前也可以偷偷摸摸地把手伸過去牽上她的，但這事可不行。

總不能往床上一躺，被子一蓋，例行公事般的問一句「今天可以親一下嗎」，多怪。

姜舒窈不知道謝珣糾結些什麼，明白了謝珣的期待以後，就準備再次回身收拾東西了，剛轉身，卻被謝珣牽住手。

一扯，她沒站穩，差點倒他懷裡。

他在親吻一事上雖然開竅慢、技巧差，但也算是無師自通，迅速地低頭捕獲住她的唇瓣。

這麼清清冷冷的一個人，連吻人也帶著克制。姜舒窈只感覺他的鼻息有些急促，渾身的墨香將她包圍，唇印在她的唇上面，就這麼愣住不動了，似乎是往前湊了湊，試探地含了一下她的下唇。

姜舒窈還沒來得及反應，他的反應卻比她還大，呼吸一滯，渾身一僵，受不住這刺激了一般，「嗯」了一聲，捂著胸口迅速後退。

姜舒窈被他這番動作嚇住了，定睛一看，他胸口前居然冒出了殷紅的血絲。

「怎麼回事？」她連忙湊近，想要看看他的傷口。

謝珣卻捂著胸，慌張地後退幾步。「沒事。」

「讓我看看。」姜舒窈更擔心了。

謝珣耳朵根通紅，再次後退，語氣帶著點咬牙切齒。「沒事沒事。」他真是要被自己氣死了，好不容易一切順利，怎麼傷口就突然裂開了？

最後姜舒窈逮住了竄逃的謝珣，押送大夫。

大夫是宮裡退下了的老御醫，謝珣傷勢穩定以後，便一直由他換藥、開藥。

他察看了傷勢以後，厲聲責問謝珣是否不聽醫囑放開了活動，否則好好的傷口怎麼會裂開。謝珣快要無地自容了，連忙解釋道他沒有。

「哼！」大夫覺得自己看穿了一切。「你莫不是想著秋獵要到了，射箭的功夫不能落下，於是就不聽老夫的話，練習拉弓射箭了吧。」

謝珣咬牙。「我沒有。」

大夫是個怪老頭，聞言覺得奇了、怪了，不做大動作傷口怎麼可能裂開？難道是他醫術有失？於是他打破砂鍋問到底，吃了什麼、做了什麼一一問了個明白。

最後大夫診完脈、換完藥出來開藥方時，姜舒窈一進內間就見謝珣生無可戀地把額頭抵在床柱上，臉冷得快要結冰了。

莫不是和大夫起了口角？

她一頭霧水，轉到外間，大夫剛好開完藥方，什麼也沒說，把藥方給她就走了。

姜舒窈更疑惑了，往藥方上一看，大夫龍飛鳳舞寫了幾句話。

「綠豆蓮子湯？」藥方上寫的不是藥材，而是藥膳的食譜。

姜舒窈往最後一行看去，只見那處潦草地寫了幾個巨大的字：年輕人，火氣太旺！

皇家獵場離得遠，又不能行得太急，一群人聲勢浩大地往獵場去了，折騰了幾日總算到了。

到了獵場，太監、宮女安排好住宿以後，男人按捺不住，換身衣裳就先進獵場周邊打獵了，而女人們大多都選擇留在屋內。

當然，像是姜舒窈、周氏等人是坐不住的。

周氏到了獵場以後，不等丫鬟們安置好行李，挎上刀，揹上弓箭，一頭扎進了林子裡狩獵。謝琅無奈，只能悄悄在後面跟著，怕她一個衝動進林子深處獵虎去。

而姜舒窈則是帶上兩個丫鬟，三人挎上小箱子，進林子遊玩。獵場常年圍著，鮮有人踏足，姜舒窈同丫鬟們摘了野果，拔了些野菜，最後逛累了，尋到一處清澗旁歇腳。

清泉旁視野開闊，岸邊都是泥土石子，沒有太多雜草，姜舒窈見環境不錯，自己也累了，便不繼續爬山玩，準備晌午就在這兒吃飯。

她早上吃得飽，現在也不算餓，只是想停下來吃點東西墊墊肚子。本意是想拿些糕點吃，直到打開箱子，看見裡面放著的烤腸。

由於要帶的東西太多，收拾起來總會有遺漏，結果這生食的烤腸就和熟食放到一塊兒了。

姜舒窈本來只想抽出糕點那一層來吃，但見到烤腸，忽然就饞了，讓丫鬟去林子裡撿一些乾柴過來，準備烤著吃。

丫鬟進林子後，她才發現自己沒有竹籤，沒法串著烤烤腸，只能在流水下尋了塊表面被沖刷得無比光滑的石頭，用石頭堆疊出兩個腳，將石板橫在上方。

丫鬟們尋來柴火，將其塞到石板下方，點柴以後，石板受熱，逐漸變得滾燙。

其實，姜舒窈更想用石子來烤吃的，現代常用火山石烤腸或是烤石子饃，那些料理出來的食物味道都很好，只因火山石受熱均勻，小巧圓潤，能保證讓食材各個方向都受熱，烤出來的食材有種天然質樸的味道。

石板受熱以後，用筷子挾烤腸上去，「滋」的一聲，烤腸的腸衣裡面就縮了縮。

烤腸是自家做的，用料足，五花肉肉糜塞得鼓鼓的。烤腸看上去圓圓胖胖的，腸衣被撐得快要脹開了。姜舒窈用筷子不斷撥弄著烤腸，以保證受熱均勻，隨著油氣不斷冒出，腸衣發出爆裂聲，烤腸腸皮破裂開，內裡被烤化了的肥油立刻流了出來。

本就被剁得細膩的肥肉糜化作油汁，將瘦肉浸潤上油氣，從薄若無形的腸衣裡透了出來，濃郁的香氣在四周瀰漫，光是嗅著味道就讓人嘴饞，

姜舒窈看著石板，想著若是謝珣在，就能讓他抓隻魚來烤著吃，滋味一定很不錯。

她這麼想著，林中忽然傳來窸窸窣窣的聲音。此處是獵場外圍，來的又都是達官貴人，十分安全，所以來人應當是其他同來遊玩的家眷……這個念頭剛剛冒出來，姜舒窈就聽到一聲熟悉的大嗓門。

「奇了怪了，我居然聞著肉味了！」

「我也聞到了。」

「哎，我聞聞——怎麼聞不見？藺文饒，是不是你用力一吸都把味吸走了！」

姜舒窈往林子口看去，就見樹影晃動之間，一群穿著藍色騎裝的人從林子裡鑽了出來，排成一長串，脖子伸得老長，仰著下巴，嗅啊嗅的，朝這邊走來了。

藺成先一步看到在岸邊烤腸的姜舒窈，猛然頓住腳步，拍手大喜道：「太巧了！嫂子，咱們這也能——啊！」

話沒說完，人就不見了。

姜舒窈錯愕地將目光下移，只見他一臉茫然地趴在地上。

藺成剛剛突然停住，山間路又不好走，後面的人沒剎住，一個撞一個的就把他推倒了。

謝珣遠遠地走在後面，見狀以手掩面，內心長嘆一聲：太丟人了！

第六十四章

藺成雖然嘴上說著「好巧啊」，其實一切早有預謀。

謝珣胸前有傷，不能同他們痛快狩獵，便想著出去轉一圈露露臉後就回去陪媳婦。狩獵有趣、縱馬有趣，但都沒有待在姜舒窈身邊有趣。

偏偏東宮都是一群厚臉皮的，一致認為謝珣是要回去吃美食了。

試想姜舒窈這麼一個人，怎麼會不在秋獵的時候折騰點好吃的帶來呢？而他們這麼多年來，也確實是吃膩了狩獵時宮人做的飯菜。

於是幾人就打著送傷者回去的名頭，跟著謝珣到了謝國公府一家住的地方。只是看著飯點要到了，姜舒窈還沒回來，謝珣猜到她這個坐不住的性子應當是出去遊玩了，便準備隨便吃點、歇個晌，結果卻被一群蹭飯的傢伙強行扯起來去尋媳婦。

「林裡危險，伯淵，我們應當去看看。」

「正是，弟妹只帶了兩個丫鬟，萬一有危險可怎麼辦？」

謝珣看他們吵來吵去的，無奈地揉揉額頭，看著滿臉擔憂的藺成道：「你擔心她有危險，拿上一筒筷子做甚？」

後來謝珣實在是被他們纏得煩了，只能同他們一起按照丫鬟說的方向去尋姜舒窈。

結果東宮眾人找到姜舒窈後，發現她只是搭了個石板在那兒做吃食，其實內心是有些失望的。畢竟在他們心中最惦記的還是當初的火鍋，時常夢裡與之相見，千般不捨卻要分離，醒來淚濕枕頭。

大家你一手、我一手的把被推趴到地上的藺成拽起來，藺成拍拍灰，走過來問：「嫂子，晌午就在這兒吃飯嗎？咱們不回去吃？」

姜舒窈自他們出現以後就在狀況外。什麼咱們？怎麼就咱們了？

藺成湊近了一點，將石板上的烤腸看得更清楚了些。

烤腸圓鼓鼓的，腸衣爆裂，肥油流了出來，將光滑的石板染上一層亮油，正滋滋的冒著油氣。

他左看右看，尋了一處坐下。「嫂子晌午就吃這一點，不會不夠嗎？」

姜舒窈看看在後面沒臉過來的謝珣，又看著一群眼冒綠光的惡狼們，默默道：「我只是停下來歇一歇，隨便吃點墊墊肚子。」

東宮眾人臉上立刻露出遺憾的神色，你看我、我看你，最後把尋求的眼神遞到軍師藺成身上，問還要不要蹭這頓飯了。

藺成沈思了幾息，問：「嫂子可還帶了什麼吃食？」

姜舒窈見他們不知為何餓壞了的模樣，又想著確實是到了飯點，便道：「我這兒採了些野果子，你們去撈條魚來，咱們就一起湊合著吃一些吧。」

東宮眾人哪有不應，高高興興走了。

謝珣這才過來，默默地靠近，嘆道：「他們平素就是這個樣子，跳脫慣了，妳別介意。」

姜舒窈笑道：「還好，就是有點自來熟。」

謝珣點頭，在她身邊坐下。姜舒窈把盒子打開，讓他吃些糕點，謝珣沒吃幾塊，東宮一行人就回來了。

水至清則無魚，這段溪流太清澈了，沒有游魚，他們便去另一處捉了些魚。身上沾了水，鞋也濕了，他們一人舉著一根小樹杈插著魚，樂呵呵地跑過來了。

「你們把魚給我吧！我來剖魚。」姜舒窈道。

東宮眾人連忙拒絕。「不用不用，我們自己來就好。」畢竟是蹭飯的，得指著姜舒窈幫忙烤魚呢，哪裡敢把自己當大爺似的麻煩她。

姜舒窈便依了他們。

一群人蹲在溪邊，看著樹杈上的魚無從下手，最後也不知是誰第一個切了魚頭，都跟著學了起來，把鵝卵石染得血糊糊的，看上去實在是可怖。

姜舒窈看不下去了，一邊讓丫鬟上前幫忙，一邊把烤腸放在洗乾淨的葉子上，招呼他們過來。「你們先過來吃烤腸吧，殺魚交給會的人便是了。」

有烤腸的誘惑，東宮一群人也不掙扎了，乖乖把手洗淨後坐了過來。

幸虧藺成帶了一筒筷子，否則姜舒窈帶的餐具還不夠。他們手拿筷子，很不好意思，畢竟覥著臉來蹭人家這一點吃的，實在是有些過分。

烤腸不多，一人分了一個，剛剛從石板上拿下來，熱呼呼、油滋滋的，用筷子一插，能感覺到內裡軟嫩的肉糜彈性十足，油水順著筷子直往外冒。

一群人齊聲道謝後把烤腸舉到面前，油香味瞬間鑽入鼻腔，外層那層透明腸衣泛著油潤的光澤，內裡擠出來的肉紅嫩細膩，肥肉早被烤化了，只剩下零星的白點。

一口咬下，被腸衣鎖住的熱氣猛地鑽了出來，帶著鮮香的肉味和濃郁的汁水，讓人燙得直哈氣，連忙把烤腸拿開。

等到熱氣散了，再放入口中，肥而不膩的汁水喚醒味蕾，鮮香味從舌尖綻放。腸衣韌而彈牙，內裡卻十分軟嫩，肉糜初嚼細膩，細嚼又能感受到顆粒，保留了肉質本身的口感，化開的肥油浸潤到肉糜之中，給烤腸添了一絲豐腴的香氣。

他們舉著烤腸，捨不得大口大口吃，便用牙齒一點點撕去腸衣，再一邊吹氣、一邊用門牙咬肉，吃完烤腸，咂咂嘴，舔舔嘴角的油水，再看投餵者姜舒窈的眼神都變了，充滿著詭異的……孺慕之情。

姜舒窈打開盒子。「還有一些，吃嗎？」

「吃，吃。」

「一根夠嗎？」

「夠了夠了，謝謝嫂子／弟妹，嫂子／弟妹真好。」

姜舒窈把剩下的烤腸全放上石板，拍拍手，不放心丫鬟剖魚的技術，便道：「妳們幫忙翻一下，我去處理魚。」

她說完，東宮眾人正準備遞給她隨身帶的匕首，就見她打開箱子，從底層拖出一個匣子，一打開，日光照射下明晃晃的，差點沒亮瞎東宮眾人的眼。
定睛一看，只見匣子裡躺著一排形狀各異、厚薄不同、光亮的……菜刀。
他們看到姜舒窈身邊放的匣子後，本以為就是自家妹妹們出遊踏青嘉歡帶的那種專門放糕點的匣子，外頭還得別上些小花，十分雅致野趣，誰知道打開是竟是滿滿一匣子菜刀啊？
老天爺啊，這是怎樣的一位奇女子！
他們的目光移到謝珣臉上，一時有些複雜。
謝珣抬眸，一群人連忙垂眼，乖巧地把手搭在膝蓋上，假裝什麼也沒發生的樣子。
姜舒窈剖魚很快，三下五除二就把魚收拾好了，拿過來放在石板上，正巧表面留有烤腸時留下的一層薄薄油脂，用來烤魚正好。
此處無人踏足，溪流清澈，魚全靠吃些小魚、小蝦養大，肉質特別鮮嫩，沒有土腥味，往石板上一丟，不一會兒鮮味就冒了出來。
姜舒窈從匣子裡拿出分門別類裝好的調料，挨個兒翻面撒上、澆上調料，因為不像常規做魚的方法需要醃製，所以調料只是在表面，但這也就更好的保留了魚本身原汁原味的鮮甜。
在嫩白如豆腐的魚肉上撒上細鹽，等到魚肉表皮漸漸焦脆，如瓦片一般翹起來時，澆上一層糖醋汁，撒上薑末，微微提味增鮮，卻又不會掩蓋魚肉本身的味道。
她在石板角落的凹陷處用辣椒、蒜末、孜然、蠔油等調出香辣蘸汁，若是有嫌魚肉滋味寡淡、不夠濃，裹點蘸汁也是可以的。

石板越燒越熱，滋滋作響，魚肉裡不斷冒著汁水，使得周遭的白皙魚肉也跟著不斷跳動，顫巍巍的，柔嫩至極。取筷子撥一撥，魚肉已經熟透了，魚皮烤成了酥脆的金黃色，鮮香四溢。此時將火滅掉，餘溫仍讓魚肉不停躁動冒油。

「可以動筷了。」她道。

幾人不是沒有在野外用過餐，但用石板烤魚還是頭一回，聞著鮮香，瞧著冒油的魚肉，誰還能顧得上臉面矜持。

他們異口同聲地道謝以後，齊齊把筷子伸向烤魚。

魚肉肥潤鮮美，少刺，極其軟嫩，挾的時候都不敢用力，生怕弄碎了嫩生生的魚肉。輕吹幾口氣，放入口中，頓時就被噴香鮮嫩的口味所俘獲。

清溪長大的魚似乎凝結了水域甘甜清美的精華一般，清爽中透著鮮甜。

表面的魚肉酥脆，裹上濃厚的芡汁，一扯就從嫩白的魚肉上分離，放入口中酥香滿溢、酸甜可口，又染上了五花肉的油氣，與酸甜去膩的芡汁融合，更顯鮮美。

一群人很沒姿態地哈著氣，迫不及待地來挑下一筷子。

為了爭最肥美的那塊魚肉，筷子互相打架，你架我、我架你，只是吃個烤魚，硬是吃出了惡狼撲食的意味。

「別鬧了！」姜舒窈開口，跟管孩子似地制止。

一群人連忙縮頭縮腦乖覺下來，老老實實用筷子排隊挾魚肉。

就在此時，謝珣頂著一張淡漠的臉，將罪惡之筷伸向了那塊最肥美的魚肉。

眾人眼睛猛地瞪大，不捨又震驚地看著他挾走那塊最肥美的魚肉，優雅地放入口中。

剛剛熟透的魚肉又嫩又韌，熱氣讓魚肉的鮮甜肥美越發濃厚。酸甜的薑醋汁讓魚肉染上了一層醇厚的芳香，回味無窮，豐腴甘美。

「還有蘸汁。」姜舒窈提醒道。

家屬待遇就是好啊！還有人叮囑著怎麼吃。

一群人還沒感嘆完，就看到他的筷子再次伸向另一條魚最肥美的部位，好傢伙，一筷子挾出了三筷子的量。

眾人本就瞪大的眼，睜得更大，難以置信地看著謝珣。

他們瞪著眼，咬著牙，咽著口水看謝珣慢慢品著魚肉。偏偏姜舒窈在場，沒有一個人敢說什麼。

以往爭食時，總以為太子才是心最黑的，沒人搶得過他，而且太子搶到了食以後，臉上總會露出得意的猥瑣笑，氣得他們直咬牙，如今才發現，搶到食以後一臉淡然彷彿不爭不搶的高嶺之花態度才是最狠的。

本以為今日太子不在，他們可以放肆了，結果……

嗚嗚嗚，謝伯淵，這麼多年的情愛與時光，究竟是錯付了！

一群人吃飽以後，優哉游哉地往回走。

丫鬟空著手，全因為吃貨團們狗腿地搶著幫忙提匣子，有些走在前頭探路，有些簇擁著姜舒窈往前走，你說一句、我說一句，生怕她摔著了。

「嫂子，您小心，前面有個坑。」

「哎，有個樹杈子，您當心。」

謝珣無奈，扯扯姜舒窈的衣袖，姜舒窈回頭看她。

「別理他們。」他說：「他們就是想繼續蹭飯。」

姜舒窈哭笑不得。「我知道，我不介意的。」

謝珣內心哼哼兩聲，媳婦喜歡分享美食、分享快樂的性子真是讓人又愛又氣啊。

他扶著姜舒窈的手臂，看著她的腳下，怕她在山間扭了腳。

姜舒窈感覺他扶著自己手臂的手強勁有力，擔心地道：「你傷還沒好呢，先顧著自己吧。」

「我已經好了。」謝珣自認為沒什麼大礙了，何至於小心翼翼的。

「萬一傷口又裂開流血了怎麼辦？」姜舒窈道：「那日——」

「那日是個意外！」謝珣連忙打斷道，頗有種欲蓋彌彰的意味，惹得前面帶路的同僚們齊齊回頭看他。

「伯淵，怎麼傷這麼久還沒好？你傷勢一向恢復得很快啊。」有人關切道：「莫不是在家裡歇太久了，又整日嬌養著……」

謝珣臉一黑，他們馬上閉嘴。他們目光落在姜舒窈身上，頗有種看破不說破的感覺。

就姜舒窈這個性子，怎麼可能不好生把傷員寵著？定是好吃的、好喝的都給供上，唉！

謝珣覺得這群人太煞風景了，又生怕他們嘰嘰喳喳說那些話讓姜舒窈覺得自己嬌滴滴的，路上順手射了兩隻山雞，向她證明他傷勢已經無礙了。

一群人到了謝國公府住的地方後，謝珣就把他們趕走了，他們雖然不捨得，可現場又不只有謝珣夫妻倆，便不太好意思繼續蹭吃蹭喝，只能想著下次再討好姜舒窈。

謝珣拉弓射箭以後，姜舒窈就擔心他傷口裂開，即便謝珣再三保證，她依然把他趕去床上躺一會兒歇息。

謝珣走了以後，姜舒窈便對著他打回來的兩隻山雞發呆，最後看餓了，找宮人要了點雞翅和糯米。

醃製雞翅之前就先將糯米蒸熟，待到涼了以後便可以炒了。

雞翅用剪子剔除骨頭以後用調料醃製，這個時候將蒸熟放涼的糯米飯混青豆一起炒，炒完裝盆後，雞翅醃得也差不多，便可以進行下一個步驟了。

她才剛剛準備往雞翅裡塞糯米，謝珣就從門框處探出了頭。

「不是讓你去歇會兒嗎？」她一邊問，一邊索利地把用勺子往雞翅裡面送糯米。

「歇了。」謝珣換了身衣裳，躺下左翻右翻睡不著，便忍不住出來找姜舒窈了。

姜舒窈見他不願也不勸了，繼續手上的事。

「這是做什麼？」謝珣也挺佩服姜舒窈的，無論在哪兒都能把美食放在第一位。本以為此次秋獵離了廚房，她要麼就去林子裡玩，要麼在屋裡陪著他，結果她居然從宮人那兒要了食材回來，繼續琢磨吃食。

「雞翅包飯。」

謝珣看她將炒好的糯米往生的雞翅裡面塞，很是不解。「這要怎麼做？為何雞翅是生的，塞的糯米卻是熟的？」

「塞進去以後將雞翅烤熟便可，裡面的糯米本就是熟的，便不用擔心烤不透，而雞翅烤出的雞汁和油水會化入糯米中……」她說到這兒，一愣。「不對，沒有烤爐怎麼烤？」

她光心血來潮想動手做點有趣的吃食，卻忘記了這不是在謝國公府，沒有烤窯。

就在她猶豫著怎麼處理已經塞好了的雞翅包飯時，有太監來傳林貴妃的吩咐，讓姜舒窈過去見她。

姜舒窈猶豫了一下，直接把雞翅包飯也帶了過去，她這裡器具不全，貴妃娘娘那兒定是能找到替代物的，哪怕是放小灶裡面烘烤也行。可到了她才發現，此次去的並非林貴妃的地盤，而是皇后那頭。

姜舒窈到的時候，皇后並一眾閨秀都在，正和樂融融地聊著天，於是捧著一盆子生雞翅的姜舒窈顯得格外的顯眼。

林貴妃與皇后有事相商，商議完後留在這兒聊天，正巧皇后的姪女來拜見，其餘閨秀想要往貴人跟前露個臉、湊個趣，也都來拜見了，一群人聚在一堂，妳壓我一句、我壓妳一句的好不熱鬧。

畢竟太子到了擇妃的年紀了，大家都想在貴人面前好好表現一番。

皇后性子和善溫柔，最喜小輩，看著一群嬌滴滴、花兒似的姑娘們，一直笑咪咪的，一點兒也不嫌她們煩人。

皇后出身尊貴，是從小養成的端莊大氣性子，林貴妃就不一樣了，她沒進宮前可是男人堆裡混過的，氣極了的時候，不費口舌，直接讓手下們抄傢伙打人也有的，如今看她們妳一句、我一句刺來刺去的，只覺得嘰嘰喳喳到讓人頭疼。

「萬小姐頭上的珠花真美，即使是初秋，戴著也跟春日一樣明媚動人呢。」

「李三小姐謬讚了，妳既不簪珠釵也不上妝，可謂出水芙蓉，天然去雕飾，倒襯得我們喜好珠釵的太俗了。」

李三小姐心頭一緊，悄悄往林貴妃那邊瞟，誰不知道林貴妃最喜金飾珠寶了。

「妳們這些小姑娘啊！一個個謙虛得緊，要本宮說，都好看，各有各的好看。」皇后樂呵呵地道。

林貴妃端茶笑而不語。

煩死了！就這點心機還往她跟前現呢？她在後宮攪風攪雨的時候，她們還沒出生呢。也就皇后那種傻乎乎的好性子，才以為大家都是相親相愛好姊妹，連帶著以為後宮裡住的全是些不爭不搶的好性子。

如今會這麼安分，還不是因為被她打薦了？哼！

她用茶盞裡放的金調羹照著鏡子。再說了，美，能美得過老娘嗎？

眼看著她們還在繼續，緊接著馬上就要開始吟詩作對展現才情了，林貴妃忍無可忍，讓人去把姜舒窈叫來。

別的不說，光是她往這兒露個臉，那些互相吹捧對方皮相的人就該羞紅了臉。

林貴妃想著她看到謝國公府帶的那一大箱子，心裡看好戲的心思越發強烈。外甥女隨她，出行帶衣裳、首飾都能帶一大箱子，也不知今日打扮得如何？一定要多簪點金釵步搖才好，壓壓她們的風頭，什麼芙蓉？什麼清蓮？唯有牡丹真國色！

然後她就看到姜舒窈穿著一身好打理的簡單衣裳，頭髮乾乾淨淨地束好，手裡還捧著個盆就過來了。

林貴妃傻了，一眾貴女們也傻了，連一直笑著的皇后也傻了。

第六十五章

姜舒窈連忙把盆遞給身後的宮女，恭恭敬敬地向皇后和林貴妃行禮。

皇后還未說話，林貴妃就撂了茶盞，難以置信地道：「妳怎麼穿這身就出來了？」

姜舒窈疑惑地道：「回娘娘的話，我剛才在收拾食材呢，穿這身好打理，弄髒了也方便換洗。」

林貴妃咬牙。「……都不收拾收拾就出來嗎？」

姜舒窈往旁邊坐著的貴女們身上看，一個個花枝招展的，還有穿淺色衣裳的，哪像是出來秋獵的模樣？

她有點懷疑自己這樣打扮是不是不對勁了，可是她在家都是這麼穿的，謝珣也從來沒有說過什麼，還每天眼巴巴地等親啊。

皇后連忙打圓場，招呼她過來。「讓本宮看看，瞧這孩子，一看就是個賢惠溫良的。」

氣成河豚的林貴妃看著姜舒窈與自己如出一轍的豔若桃李相貌，不得不佩服皇后睜眼說瞎話的本事。

自從林貴妃在姜舒窈面前吸過田螺以後，姜舒窈對她就沒有敬畏了，直接問：「娘娘，您喚我有事？」

林貴妃懶懶地道：「無事，就是讓妳來湊湊熱鬧，一起樂樂。」

姜舒窈正想繼續接話，卻感覺皇后的目光一直落在她身上不挪走。

實在是因為皇后對姜舒窈太好奇了。當初襄陽伯府撒潑打滾也要姜舒窈嫁給謝珣，林貴妃哭著過來求她，硬是要請她親自說婚，她本不願，但這麼多年林貴妃與她相互幫扶，多次識破暗害太子的詭計，她欠林貴妃良多，那是林貴妃唯一一次開口有所求，她怎能不應。

孰料謝國公府不傻，搶先求親，讓她沒能說婚，可她也明白這是謝國公府留的後路。民間話常說「強扭的瓜不甜」，她以為這樁婚事雖成了，姜舒窈在謝國公府也是過不好的。

沒想到一切並未如她想像那般，姜舒窈嫁過去以後，活似變了個人，她還常聽太子提起姜舒窈，誇讚有加。

就前一陣子辦完河堤貪污案一事，太子回宮後到她宮中用膳，非要吃什麼饅頭蘸醬，還要大饅頭，弄得御膳房一頭霧水。

於是她給姜舒窈在身邊賜了個座，想要與她多說些話，解解心頭的疑惑。

就這樣，貴女們看得眼紅。

姜大搶了謝郎便罷了，今兒又過來搶她們的風頭，這可不能忍！

皇后的姪女第一個開口。「謝夫人，不知妳帶的是何物，看著血糊糊的，有些可怕。」

姜舒窈剛剛坐下，聞言想起了正事，對林貴妃道：「對了娘娘，您若沒有正事與我說，那我能借用一下您那兒的鍋具灶爐嗎？」

林貴妃氣得倒仰，她一個心機深重的絕色貴妃，怎麼會有這麼一個傻外甥女？

不過她心思一轉，想到姜舒窈的手藝，立刻點頭道：「自然可以，不過不用去我那兒了，就用皇后娘娘這兒的就行，姊姊您說呢？」不為別的，不能用美貌壓了她們的風頭，用廚藝奪得皇后的青眼也是痛快的。

皇后自然點頭。

姜舒窈這才回答皇后姪女的問題。「那不是血糊糊的，是我調的醃料。」說完後向貴妃、皇后行禮告退，繞到後面去處理雞翅包飯了。

皇后笑道：「這孩子呀，心思純淨，一心撲到吃食上的小姑娘我還是第一次見。」

姜舒窈離開，現場氣氛再次活絡起來。

皇后整日離不得藥膳，所以住的地方搭了個小膳房。因為皇上每年都要來圍場狩獵，這裡搭建的御膳房器具一應俱全，光是灶就分好幾種。

沒有烤箱，姜舒窈便把雞翅包飯放進小灶裡烘烤，等到雞翅開始滴油以後，給雞翅表皮刷上一層蜂蜜，架起兩根鐵架，用明火烤。

火舌舔過雞翅，外層的蜜汁逐漸透亮，油脂烤融了，與炙熱的火溫相撞，發出滋滋的響聲。

隨著時間，溢出的油越來越多，雞翅表皮逐漸轉為亮澤的棕黃色，烤翅的香味越來越濃郁，油汁滴落，柴火濺起亮眼的紅光，透著鮮甜蜜汁的焦香味傳出膳房，逐漸飄遠。

膳房的宮女、太監們紛紛咽著口水好奇地往屋內瞧，以往炙肉時也沒有這麼鮮香的味道，究竟是用了什麼法子呢？

姜舒窈把帶來的雞翅包飯全部烤完了，挾入盤內，來的時候想著烤出來的一半給貴妃，一半拿回去，但現在那邊正聊得開心，她這樣端著雞翅包飯進去會不會太奇怪了？

正想著，有太監過來了。

「謝夫人，貴妃娘娘差奴才來問您是否做好了，做好了就快些過去吧。」

姜舒窈人還未至，香氣已鑽入了相談正歡的人的鼻腔。

她們聲音漸漸止住，被這香味所吸引。真是奇妙的味道，肉鮮中帶著蜜甜，甜中又有炭烤的焦香味，還有眾多難以辨別的辛香料，香氣層次豐富，多聞幾下便忍不住被這氣味所吸引。

她們還在思考是何物時，姜舒窈進來了，後面跟著個端著盤的太監。

燒烤本就是香氣逼人，何況烤的是雞翅包飯這種大雞翅，乍看一大塊，有些粗糙，但仔細一瞧，剛出鍋的雞翅還在滋滋冒油，邊角微縮，泛著焦黃的色澤，表面泛著油潤透明的光澤，襯得其棕黃蜜色的表皮越發可口誘人。

「這是……雞翅？」皇后愣了愣，平時她吃飯可沒吃過這麼大的雞翅，都是做得精細的雞肉丸、雞肉糜，膳房哪敢大剌剌擺一塊雞翅讓她啃的？

「正是。」既然皇后在場，林貴妃便不能獨享了。

姜舒窈示意，太監將盤子端到皇后案前。

「皇后娘娘若是不嫌棄的話，便試試這雞翅包飯吧。」

皇后當然不是嬌貴高傲的人，但她看著一整根雞翅還是犯了愁。

這麼一大塊要怎麼入口呀？

林貴妃見狀莫名覺得可樂，她可是吸過田螺的人了，吃相什麼的早就拋在了腦後，不就是啃雞翅嗎？多簡單的事！

姜舒窈察覺到了皇后的介意，解釋道：「這雞翅是脫了骨的，只餘皮肉，內裡塞滿了炒過的青豆糯米，只需要用筷子挾著吃便好。最外層焦香彈牙，內裡雞肉軟嫩、汁水豐沛，最裡層的糯米充實、糯軟韌香，一口下去，又是肉、又是米，十足過癮。」

別說是皇后了，就是旁邊憋著勁的貴女們聽她這麼一說，也都忽然覺得有些餓了。

林貴妃先動筷了，不雅地用筷子叉起雞翅包飯，往雞翅尖的地方咬了一口。她生得美，即使吃相不雅，看上去也是格外賞心悅目，一副瀟脫麗人的模樣。

皇后見狀舌根忽然泛起了唾液，平日不喜油葷的她此刻也有些蠢蠢欲動了。

林貴妃咬了一小口雞翅包飯，雞翅外皮刷了蜜汁後烤得極韌，邊角處有些脆脆的，咬開皮以後香濃的肉香頓時衝入口中。

雞翅的肉汁和油水全被烘烤出來了，卻被外皮牢牢兜住，在此時此刻洶湧而出，鮮香帶汁的雞肉軟嫩至極，似乎不用嚼就能在嘴裡化開。

糯米緊實飽滿，顆顆彈牙，雞汁和油脂滲透到了糯米中，既有青豆的清新味、糯米的甜香味，也有濃厚純粹的肉鮮味。

她放下雞翅包飯，細細地品味嘴裡的香氣，讓嫩肉和糯米在口中碰撞融合，若不是有人在場，她真想用手拿著雞翅包飯啃了。

「皇后娘娘，您快嚐嚐。」林貴妃忽然覺得揚眉吐氣，我的外甥女人美，廚藝還頂尖地好，還有誰能比得過她？還！有！誰！

皇后本就意動，林貴妃一勸，她便嘗試著下口了。

她這口比林貴妃要斯文許多，但仍舊被這美味所震驚。帶著蜜汁的脆皮又鮮又甜，透著微微的辣意，明明口味複雜，卻融合得恰到好處。而咬開以後，裡面的肉汁湧了出來，鮮甜至極。

她轉頭看向姜舒窈，眸裡的驚豔完全掩飾不住。

上次她喝了太子帶回來的燒仙草，只認為是姑娘家於甜食上愛琢磨，全憑取了個巧思，沒想到她這不僅僅是心思巧，而是實打實的手藝好。

正當她驚訝之時，外面傳來太監的喊聲。「太子殿下到——」

太子一踏進來，所有貴女們都忍羞向他投去目光。

明月清風、俊逸英朗，若是能嫁給他做太子妃的話，應是上輩子修來的福分。

今兒眾貴女一起來拜見皇后，就是瞅準這個時間太子會來見皇后，只不過……太子殿下似乎來得早了一些。

太子與皇帝商議完政事後，本想著回自己那兒先換身衣服再過來，沒想到路過皇后這兒就聞到了香氣，於是他一個拐彎，便面帶笑容地轉到皇后這兒。

他向皇后和林貴妃行禮，行完禮後就迫不及待地往桌案這邊走了過來。

皇后眉眼溫柔，嗔怪了他一句。「你表妹也在，怎麼不先打聲招呼？」

坐在一旁的皇后姪女呼吸一滯，嬌羞地低下頭，引得旁邊貴女們心中嫉妒。
太子恍然，面露愧疚。
「表妹。」他熱情地打招呼。
「表哥……」皇后姪女微微抬眸，杏眼含波，笑容盈盈，然後就僵住了。
「表妹，好久不見。」太子對姜舒窈道。
貴女們愣了、皇后愣了、林貴妃愣了，全場唯二沒愣的只有姜舒窈和太子了。
太子蹭著謝珣家信要醬的時候，就喊姜舒窈表妹了，姜舒窈神經大條，只在心中吐槽一句，並沒有太驚訝，可皇后卻驚詫道：「表妹？」
太子看著桌上泛著蜜汁油光的雞翅包飯，眼睛一亮，腳步中帶著小嬌俏，輕盈地坐到了皇后旁邊，答道：「正是，母后與貴妃娘娘情同姊妹——」
話沒說完，終於看到了坐在旁邊的貴女們，嚇了一跳。
這麼多人啊！
他內心陡然生出一絲絲緊張感。
見太子目光投來，貴女們紛紛收回疑惑的、嫉恨的、傾慕的目光，嬌羞垂頭。
感覺太子的目光久久沒有挪開，她們連呼吸都放得很輕了，生怕有什麼不雅的舉動。
太子殿下的目光久久停留，莫非是看上在座的誰了？
她們緊張地攥起手帕。
太子數完人頭，心情有些沈重。

這麼多人啊……可桌上這應當不是給她們吃的，所以他痛快地吃應當沒事吧？

皇后見他的目光收回後就黏在雞翅包飯上了，溫言出聲提醒。「怎麼不打招呼了，莫不是幾年未見，認不出表妹了？」

太子從茫然中回神，將目光再次投到貴女們中央，總算找到了自己的親表妹了。

他笑著打了聲招呼，看著多年未見的表妹，眼睛微微虛了虛。

太子表妹心下一顫，抵抗不住太子微虛桃花眼的魅惑，臉上羞紅一片。

太子把目光移開，心下越發冷肅。

沒記錯的話，幾年前這位表妹入宮時還是個小姑娘吧？好傢伙，當時可是一口氣喝了三碗肉羹。今天這美食，危也，危也。

皇后察覺到了氣氛的詭異，向林貴妃投去疑惑的目光。

林貴妃吃完一個雞翅包飯有點撐，正在看好戲，擦擦嘴，見皇后投來目光，只笑著對她搖搖頭。

皇后便以為自己想多了，道：「這日子過得可真快，一眨眼，你都到封妃的年紀了。」

太子還是很會裝的，即使內心惦記雞翅包飯，表面還是一本正經的謙謙君子，無奈地嘆氣敷衍。「……母后。」

皇后便歇了把話題往選妃上說的心思。

太子心想他總不能直接說「我要吃」吧，還是得把話題引一引，帶一帶。

於是他轉而對姜舒窈道：「表妹今日怎麼過來了，伯淵呢？」

姜舒窈道：「貴妃娘娘讓我來的，我正巧做了吃食，便在這兒借皇后娘娘膳房一用。」

太子挑眉。來了，就是這個時候，立刻引到吃上面！

誰知他還沒來得及喘氣，就聽到姜舒窈道：「夫君並未過來，估計歇著呢，上午大家一同出去遊玩吃喝，他有傷在身，應當有些累。」

太子探向茶杯的手微微一頓。

「大家？上午一同吃喝？」他艱難地開口。「可是同東宮同僚們一起的？」

姜舒窈點頭。「正是。」

太子握住茶杯的手在顫抖。「吃了什麼？」

姜舒窈笑道：「沒什麼，就是我自己做的烤腸，還有烤魚。」

太子的手驟然收緊，緊緊握著茶杯，痛心疾首地垂眸。

好哇，好哇！這群人昨日還在和他看星星、看月亮，吟詩作對，飲酒暢談，從詩詞歌賦聊到政事抱負，今日就撇下他一起去吃好料的了！

呵，兄弟情誼，原不過如此。

他惡狠狠地盯著雞翅包飯，今天這一盤，我一定要搞到手！哼哼。

皇后見他盯著雞翅包飯，便順著道：「你來得正好，這雞翅包飯味道甚好，你嚐嚐。」

就等這句話！

太子迫不及待地拿起筷子挾起，一口咬下雞翅包飯。

脆而甜鹹的雞皮，嫩滑多汁的雞肉，飽滿彈牙的糯米，豐富的鮮味混著米香在口中炸開。帶著熱氣的雞肉汁水豐沛，混合著表面的蜜汁，甜中帶著鮮，鮮中透著微微的辣，不用剔骨、不用挾菜，一口下去全是肉和米，不僅美味，而且滿足。

太子暢快地嚼著雞翅包飯，似乎一瞬間那些愛恨情仇、恩怨糾葛，全部散了——才怪。他吞下雞翅包飯。雞翅尚且能做得如此美味，那魚和烤腸該是什麼味道？他居然錯過了！

現場氣氛有些尷尬。太子本來也想坐一屁股就走，但是現在盯著滿盤的雞翅包飯，金臀就跟黏在了座椅上一樣，一動不動。

總不能端著一盤雞翅包飯走吧？他暗自琢磨這事是否可行。

眼看他吃下一大根雞翅包飯，皇后覺得可以切入正題了，太子的筷子又伸向了下一根。

「咳。」皇后輕輕咳了一聲，示意太子注意一點。

太子不解地抬頭，猛然想到有貴女在旁邊，肯定是要分食的，下筷子的速度猛然加快，往自己盤裡挾了兩根雞翅包飯，幾乎在空中劃出了殘影。

皇后瞪大了眼一愣，強作微笑道：「好了，這美食，也不能只本宮和貴妃、太子獨享，不如分一分，大家都嚐個味吧。」

皇后招手，太監躬身上前，端走雞翅包飯的盤子。讓小太監托著盤，他取刀將剩下的兩根雞翅包飯切開。

只是用刀切都能感覺到雞翅包飯表面的酥脆，焦黃油亮的表皮被切開，裡面的雞汁源源不斷往外湧，雞肉極嫩，刀尖一碰就化開了，露出晶瑩剔透的糯米和清新顯眼的青豆。

離得近的貴女們不禁輕輕咽了咽口水。

太監繼續切著，糯米吸飽了雞汁，緊緊黏在一起，泛著瑩潤的光澤。雞汁滴落在盤中，鮮香與油香融合在一起，無比誘人。

宮女取來筷子，將雞翅包飯分予眾貴女。

她們餘光瞥著太子，見他並未看過來，有些失望，懶懶地挑起雞翅包飯入口。

一放入口中，眼睛就瞪大了。

怎麼可以這麼鮮？鮮嫩的雞汁似乎滲透了每一顆糯米，每嚼一次都能感覺雞汁的湧動，即使是吃慣了美味佳餚，她們也不得不承認姜舒窈這道菜做得確確實實是上乘。

明明只是糯米和雞，不是蟹肉、鹿肉等特別的食材，但這味道卻半點不比上乘食材做出來的吃食差。

她們放下筷子，矜持地擦著嘴角。嘴裡的香氣還未散盡，明明一點兒也不餓，吃了一口反而開了胃口。如今她們只得壓下眼裡的驚豔，盡力使自己的表情顯得平淡。

皇后很喜歡這種與人分享美食的和睦氛圍，笑道：「味道如何？」

林貴妃一見貴女們的神情就知道她們會怎樣回答了，她笑而不語，挑眉等著。

果然，皇后姪女先開口。「謝夫人果然是心靈手巧，這吃食確實極為美味，只是我不太吃得慣呢。」

「是呢，我口味一向清淡。」

「吃食味道極妙，只不過我食素慣了，葷肉什麼的，吃了還是有些不適應。」

她們咬牙說著口是心非的話語，腹中卻餓得難受。

林貴妃輕嗤一聲，笑而不語。

一群小丫頭片子，也就只剩這點兒本事了。禍從口出，知不知道呀？

她瞟一眼臉色漸沈的太子，有些幸災樂禍。

太子還沒說什麼時，忽然聽得外面太監喊道：「皇上駕到——」

溫婉賢良的皇后、妖媚嬌貴的林貴妃、因聽了貴女挑剔的話而冷臉不悅的太子聽到這一聲，下意識整齊劃一地往盤中看去。

雞翅包飯，只剩最後一根了。

皇上人未至聲先到。「皇后，妳這裡可是做了什麼美食？朕隔著老遠就聞見了。」

剛才意在貶低姜舒窈手藝的貴女們，頓時臉皮一僵。

第六十六章

皇帝一進來，看見這麼大一堆人，愣了愣，再看太子也在，瞬間明白是怎麼回事。

皇帝來了，貴女們紛紛行禮後便恭敬告退。姜舒窈也要走，卻被皇后按住了。

皇上道了聲「免禮」，往皇后那邊走去。他來了，剩下的雞翅包飯只能是他的了。

皇后介紹了一番，請皇上品嚐。皇帝也不推辭，挾起了雞翅包飯咬一口，細細品味道：

「肥而不膩，香嫩鮮滑，實乃上乘。」

貴女們退到一半，聽到這評語，臉上頓時燒得慌。吃慣了山珍海味、美味佳餚的聖上尚且讚不絕口，她們算什麼？容得她們在這兒挑挑揀揀。

偏偏皇上的聲音不停，她們還聽到了一向高高在上，她們不敢直視天顏的聖上語氣和藹地跟姜舒窈談話。

「妳這手藝是哪兒學來的？自己琢磨的？真是江山代有才人出啊！」

臉更疼了，彷彿被人搧了一巴掌似的，她們加快腳步，落荒而逃。

她們走了以後，皇上將雞翅包飯吃完，不走了。

林貴妃看懂他的窘迫，起身牽走姜舒窈。「我與窈窈許久不見，去說會兒悄悄話。」

姜舒窈走後，皇上因想賴著蹭飯而羞愧的心總算好受了些。至少姜舒窈在這兒，他總不好久坐的。但若是姜舒窈走了，他留著也沒意思了，幸虧林貴妃與她有話說，把她牽到後面去了。

現在只剩下帝后和太子三人，話題不是那麼難找。

皇上問道：「剛才那些閨秀們可是太子妃人選？」

皇后道：「正是。」她轉頭問太子。「你可有看上的？」

太子嘆氣。「母后，我連她們誰是誰都分不清，何談看上？」

聽他這樣說，皇后便挑著給他介紹道：「中書令家的大小姐，年方十五，才情、美貌樣樣拔尖，你看如何？」

「她嫌雞翅包飯不夠美味，不行。」

……這個時候，你就能分得清誰是誰了？

皇后忍著耐心，道：「那李尚書家的三小姐呢？溫婉賢淑，秀外慧中——」

話沒說完，太子再次打斷。「更不行了，她說她不喜食葷肉。」

皇后一噎，道：「那周尚書家的五小姐總行了吧？她什麼話都沒說過。」

太子嫌棄道：「她也不行，她一口氣吃了三塊呢！別人都只吃了一塊。」

皇后臉上笑容掛不住了。「那只吃了一塊，也沒有說話的閨秀呢？」

太子瘋狂擺手。「不行不行，這不是不懂品味美食嘛，多無趣。」

皇后深吸一口氣，她進宮這麼多年從未發過脾氣，對待這個樣樣優秀的皇兒更是無比滿意，但此時此刻她忽然有種衝動，很想不顧形象厲聲說話是怎麼回事？

她壓著嗓音道：「那你——」

剛剛起了個頭，就被咳嗽聲打斷。

太子捂住心口突然開始吸氣，連忙端茶猛灌入喉。

剛才他爹來得突然，他狂塞下兩根雞翅包飯，沒來得及細嚼，有些噎著了。

姜舒窈被林貴妃拉到了後面說悄悄話。

「娘娘？」姜舒窈不解道。

林貴妃讓宮女們都退下，等周圍沒人後才問：「妳還有什麼拿手的絕活？」

姜舒窈一頭霧水。「什麼？」

「吃食呀。」林貴妃道：「就比如說同上次那道炒田螺一般美味的吃食。」

「這也不算是絕活吧。」

林貴妃哪有時間跟她摳字眼，道：「現在皇上來了，妳露臉的機會也來了，懂嗎？我知道如今宮外各種風言風語，說妳不懂規矩、滿身銅臭，更有人虎視眈眈準備分一碗羹，隨時等著林家吃食出岔子，只要妳能讓皇上開口，這些顧慮都會消失，明白嗎？」

姜舒窈一時不知道說什麼才好。

林貴妃從袖口裡掏出厚厚一本冊子，細細翻給她看。

「這是我打聽到的對手，這是那些傳妖風、嚼舌根的長舌婦，這是我算的帳，嗯，後面的是我寫的幾年之中生意上的策劃。」她塞給姜舒窈。「我於吃食行當上了解不多，勉強因打理過林家生意寫些淺薄見解，不多，只是隨便寫寫，看看能不能幫上妳一些。」

姜舒窈錯愕地接過冊子，驚訝地看著林貴妃。

聽人說林貴妃進宮以後，再也沒有打理過生意上的事，更是放出話來說無論遇到什麼都絕不插手林家生意上的任何事。

姜舒窈的眼神讓林貴妃有些不自在，她皺皺鼻子道：「我就是看妳是個可塑之才，勉勉強強還有些我的優點，說不定能在這一行做得風生水起，便想著隨隨便便幫妳一把。況且我讓人打聽過了，妳在這一行著實是有天賦的，當然，不是說賺銀子，是指搗鼓吃食。」她把冊子塞進姜舒窈手裡。「我這個做姨母的，怎麼著都得盡些心意吧？」

姜舒窈接過冊子，吶吶道：「謝謝姨母。」

林貴妃戳戳她的額頭。「這個時候不叫我娘娘了？」

姜舒窈笑了出來，正想繼續說些什麼，被林貴妃往膳房的方向推了一把。「快去吧！露一手讓他們瞧瞧，若是得了皇上的看重，以後別說是京城了，去哪裡都有塊金招牌，讓妳橫著走。」

姜舒窈一邊走、一邊翻開林貴妃給的冊子，字跡不一，有些工整、有些凌亂，還有突然擠進去的一段話，一看就是後面才添進去的。

哪是隨便寫寫啊？定是費了好一番心思。

她心裡感動，把冊子塞進袖子裡，隨太監來到膳房。

皇上出行雖是打獵，卻也不會是頓頓吃野味，膳房裡新鮮食材一應俱全。

姜舒窈看了一圈，指著一盆雞腿道：「我就用這個做頓飯吧。」

太監是林貴妃的心腹，知道林貴妃的安排，本以為姜舒窈會用山珍海味，沒承想她到頭來又選了雞肉。

而且這雞腿，可不是她要去了雞翅後剩下的雞腿嗎？這可太隨便了！

太監正要勸，姜舒窈已經端起了盆，嘀咕道：「雞翅、雞腿都用了，剩下的部位可不能浪費了，到時候炸些雞米花、雞排什麼的吧。」

太監愣了一下。

這種食材不要浪費的口氣怎麼回事？這可是要做給皇上吃呀！

姜舒窈淨手、綁袖口、取剪子，一串動作行雲流水，麻利地剔骨放入碗中。林貴妃早已讓人去她那裡拿來了她放調味料的匣子，姜舒窈醃肉時也不用擔心配料不全。

今日她準備做的是照燒雞腿飯，雖然沒有味醂，做出的照燒汁不算正宗，但鹹中透甜的風味也差不了太多。

雞腿放在一旁醃製一會兒，她開始動手蒸米飯。這個活兒膳房的人都會，連忙搶著做。

雞腿醃入味以後，鍋中放油燒熱，將雞腿肉帶皮的一面放上去。

「滋滋」一聲輕響，鹹甜的味道立刻散了出來。隨著油泡的響動，雞腿肉漸漸變成兩面金黃的模樣，因為醃料裡加了蜂蜜，所以有的地方還透著看著就焦脆的紅棕色。

雞腿肉厚度足，等到內裡的雞肉完全熟透後，外皮已經變成焦黃亮澤的脆殼。最後倒入醬汁，小火收汁，醬汁慢慢浸透雞肉，最後變得極其濃稠，似在雞腿肉上包裹上了一層鮮亮的厚膜。

將雞腿肉切條，內裡的水分完全被外皮鎖住了，切開時不斷地往外冒雞汁。沒有青花菜和胡蘿蔔，姜舒窈便隨便燙了兩種青菜擺上去，給照燒雞腿飯增加一抹亮色。

她一連準備了四碗，讓人送過去。

太子還在和皇后胡說八道逃避婚事，皇后表示很無奈，皇上表示想踹他。

三人僵持間，林貴妃走了進來，身後跟著端著盤的小太監們。

「看時辰該用晚膳了，窈窈下廚做了些簡單的吃食，皇上若是不嫌棄，便賞臉嚐嚐？」

吃過雞翅包飯，皇上自然不會嫌棄。太子更是，他寧願在這兒跟皇后胡攪蠻纏糊弄著，不就是等著吃晚膳嗎？

剛剛雞翅包飯開了胃，費了一番口舌後，太子和皇上都餓了。

照燒雞腿飯一端上來，他們眼睛就是一亮。

白皙鬆軟的米飯上躺著切成條的雞腿肉，色澤焦黃中透著紅棕，看上去油亮潤澤，上面撒的白芝麻襯得表面那層醬汁越發濃郁亮澤。內裡雞肉白皙細嫩，與外層裹醬的脆皮截然不同。

米飯剛出鍋，正冒著熱氣騰騰的白霧，帶著照燒雞腿甜鹹鮮香的氣味一道撲面而來，香噴噴、熱呼呼的，聞著就讓人口舌生津。再看那掛在雞肉上的醬汁，濃稠滑膩，閃閃發光，正漸漸浸透到米飯中，給白皙飽滿的米飯染上一層棕色。

明明只是米飯上放了一些配菜，看上去如此簡單，但就比滿桌的清寡葷食肉羹看著誘人。

皇上用膳自然比不得常人，得先讓太監驗毒。

就這會兒工夫，太子就等不及了，垂涎欲滴地看著照燒雞腿飯，喉結滾動，發出「咕嚕」一聲輕響。

什麼聲音？皇后疑惑地皺眉。

太監驗完一碗，開始驗下一碗。

照燒汁經過撥動，香氣越發濃郁了，太子再次「咕嚕」吞咽口水。

怎麼還幻聽了？皇后四處轉頭，她正在懷疑自己時，隱約聽到了「咕嚕」的腹鳴聲。

正待抬頭，忽然聽皇上開口。「太子餓壞了吧？」

不！我沒有，難道剛才不是爹您肚子響嗎？

太子不能落了皇上的面子，又不想揹這口饞到腹鳴的黑鍋，以免影響他風度翩翩的形象，於是他對驗毒的小太監道：「定是春貴餓壞了吧？」

這黑鍋一路傳來，讓被傳到的小太監只能捧著鍋一臉茫然。

驗完毒後，太子迫不及待動筷。

身為太子居然這麼沒有風度，太丟人了！

皇上嫌棄地看著他，一邊想著，一邊按住自己蠢蠢欲動的手臂不讓自己和他同步動作。

對於皇上來說，這種甜鹹口味十分新奇，直接將菜蓋在飯上的做法更是特殊，但他很快就明白了這種做法的妙處所在。

咬一口雞腿肉，濃郁的醬汁味立刻席捲唇頰，雖然鹹但卻不會讓人覺得太膩，反而是一種極致的香，甜、鮮、醬香交融在一起，瞬間喚醒了味蕾。

雞皮酥脆，浸潤了醬汁，既保留了酥感，又有吸飽了醬後的柔韌。咬開雞皮，熱氣騰騰的雞汁迸濺開來，豐沛的肉汁立馬掩蓋了醬汁的味道，鮮腴沁骨。

這個時候一口柔軟蓬鬆的米飯入口，或是用筷子挾一大塊裹著雞肉的米飯一同入口，熱呼呼的白米甘甜彈牙，雞腿肉滿是鮮甜，細細嚼、慢慢品，有種幸福的滋味。

父子兩人動作如出一轍，嘴張得很大，大口大口吃著米飯。

雞腿肉的雞汁和醬汁浸入了米飯，吃完雞肉後，用筷子粗糙地拌兩下，讓剩下的米飯、青菜都裹滿醬汁，米飯沾了汁水，微微濕潤又不會太過，入口依舊飽滿彈牙，味道卻是一絕。

照燒汁與雞汁完美融合，使米飯噴香四溢，再配上一旁的青菜，為嘴裡帶來些清爽滋味，就這種拌過湯汁的米飯，即使沒有了雞肉，再來一碗他們也是吃得下的。

太子吃掉碗裡最後一顆米飯，咂咂嘴，舒服地嘆了一聲。

皇上忍痛留了些，假裝矜持。他看著一旁的林貴妃，才猛然想起這頓晚膳出自姜舒窈之手，連忙讚了幾句，闊氣地道：「這頓飯食看似簡單卻十足美味，一定費了好一番工夫，當賞！」

林貴妃就等這句話，連忙替姜舒窈要了賞賜。

皇上心情好，哪兒有不應？

「她琢磨出這麼一道難得的食譜後，特意過來為貴妃妳做了吃，實在是孝心可嘉。」

太子吃飽喝足，摸著肚皮在旁邊憨坐著，聞言立刻發出作為姜舒窈東宮後援團的質疑和不屑。「父皇，您這可低估了表妹，她能想到的食譜遠遠不止這麼一道。」

他想著偷溜去小吃街的幸福時光，嘆道：「就說小吃街……哦，父皇您不太清楚，總之嘛，就是一條街全是吃食，哇！那裡面的吃食，足足吃個七天也吃不過癮。」

皇上感覺自己久居宮中錯過了什麼，他轉頭看著滿臉炫耀神色的太子。「你去吃過？」

「當然。」太子道，越發得意。「不僅僅如此，伯淵吃他媳婦做的飯食時，我們也能分到一點嚐嚐，那真是娶妻如此，夫復何求啊。」

皇上還未接話，太子撐著肚子，悠悠站起來，嘴上還不停地炫耀著。「還有早食食肆，上次藺文饒大早上排隊搶了十幾份，帶到東宮來和大家一起吃，什麼豆花、煎豆皮、大腸米線、煎餅粿子、腸粉小麵，嘖。」

他一下午吃了三根雞翅包飯和一碗照燒雞腿飯，撐得扶著腰，摸著肚皮，宛若孕婦。

皇上本就沒吃飽，聽他這麼一說，胃又開始抽了。他看著滿臉得意的太子，覺得他不知道在得意個什麼勁的模樣十分欠揍，假笑道：「難怪朕見你近日圓潤了不少，年紀輕輕就發福了。」

太子也不惱，他摸摸肚皮，撐著腰，悠悠告退走了。

皇后看得眉眼直跳，太子那個神色她竟詭異地覺著眼熟，怎麼這麼像因母憑子貴而張揚跋扈的妃子啊?!

謝珣怎麼著也沒想到，姜舒窈端了一盆雞翅走，領了一大堆賞賜回來。

他看著姜舒窈那副寵辱不驚的模樣，思索了一番。「妳給皇上獻食譜了嗎？」

姜舒窈正在翻箱倒櫃找東西，聞言抬頭。「沒有啊，我只是給皇上做了頓飯，貴妃娘娘趁皇上心情好的時候，給我要了些賞賜。」

謝珣本想著姜舒窈琢磨的那些食譜留在以後獻給太子，但轉念一想，離太子登基還早，且太子不需要獻食譜也會給她撐腰，不若現在打鐵趁熱將食譜獻給皇上。

「妳有想過獻食譜給皇上嗎？」謝珣問。

姜舒窈沒覺得自己的食譜了不起，何況食譜這種東西不比煉鐵、煉鋼，皇上哪會需要？

謝珣看懂了她的想法，仔細解釋給她聽。

「別的不說，就說拌飯醬。素的、葷的都好佐飯，將士們行軍艱苦，若是能得一瓶醬佐乾糧吃，定會很歡喜。再說了，妳上次給我做的吐司，封存得當的話能保證三天過去依舊軟香，比乾饃好多了。更別說泡麵了，若是此物能遍布大江南北，無論是行軍、探親還是行商的人，從此以後，路上都能享受到熱騰騰的美食了。」

謝珣道：「妳放心，皇上拿到食譜後必定不會插手太多，一定會讓林家販售這些吃食，到時候這三樣吃食雖得保證薄利，賺不了太多，但是用這些小利換來的可是皇上的撐腰。試想林家成了皇家的欽點商家，還有哪家敢與林家爭？」

「真的可以嗎？就這些？」姜舒窈被他說得一愣一愣的，她放下手裡的東西。「薄利這個無所謂，反正林家也不指望這個賺錢。」

謝珣走到她面前，垂頭看她，笑著道：「妳怎麼還沒意識到自己的手藝有多珍貴呀？」

他揉揉她的腦袋。「再說了，這也不是一筆買賣。以後若是還有像泡麵這樣的吃食，都得先給皇上獻上去。」

姜舒窈不明白這些利益關係，但謝珣說得在理，她便點頭答應。

見她應下，謝珣又道：「泡麵的食譜先不急，先把醬料和吐司的獻上去。」

姜舒窈點頭。「那我現在去？」

「不必，這事交給我就好。」他一邊說一邊往外走。「我和太子先商量一下。」

等他走了，姜舒窈才反應過來。

和太子商量？太子什麼時候成他們這邊的人了？

第六十七章

太子和謝珣鬼頭鬼腦地商量著怎麼「坑爹」的時候，周氏正在林間穿梭。一箭射穿一隻野兔後，周氏放下弓箭，大步上前提起野兔，面帶笑意。

她抬頭看看天色，才發現打獵打得太起勁了，連飯也忘記吃了。

上午出來的時候，姜舒窈見她只拿了箭和刀便叫住了她，給她帶了幾個小包袱，讓她別忘了吃飯。周氏一鑽進林子裡便忘了這事，現在才想了起來，從馬身上取下包袱。

包袱裡面裹著一根長長的竹筒，竹筒頂部用木塞子緊緊塞住。

想著姜舒窈早上的交代，周氏雖然好奇，也沒有把木塞子打開，而是尋了塊平整的泥土地，撿了些乾柴，麻利地燒火，將竹筒架在了上面。

自從姜舒窈琢磨出泡麵後，府裡便購置了一大堆竹筒，以便她繼續琢磨便攜的吃食。周氏還從姜舒窈那兒學到了如何用竹筒做粽子，比起粽葉包的味道更加清香，若不是怕糯米積食，她能一口氣吃好幾個。

竹筒漸熱，一陣鹹香的油氣漸漸冒了出來。

正待湊近聞，她忽然聽到不遠處的響動，連忙起身警覺。她身處圍場外圈，凶獸是不會出現的，來的只會是人。可是，保險起見，她仍抓起長弓，戒備地盯著傳來聲響的地方。

一個膚色黝黑的小夥子先露了臉，他正半眯著眼四處聞味，餘光瞥到周氏，渾身一震，連忙抬手示意莫要放箭。

周氏放下弓箭，對方從林裡走出來，身後跟著幾個同樣膚色的郎君。

「老、老闆娘？」連六見到周氏一愣。

周氏放下最後一層警覺，對他點點頭，放下長弓。

連六幾人聞著香味過來，見到是周氏在做吃的，反而不好意思上前了。

他們你看我，我看你，撓撓腦袋準備離開，周氏卻叫住了他們。「我可以給你們分一些。」反正竹筒這麼長，她一個人吃也太多了。

他們猶豫一下，還是過來了，一個個看上去乖巧極了。

「謝謝夫人。」能來皇家圍場的，自然不可能是個普通的商人。

他們在周氏對面的大石頭上坐下，雖然擠得難受，但又嘴饞得厲害，捨不得離開。

「這位夫人，您這是在做什麼啊？」他們的官話不標準，但周氏聽起來卻無比親切。

周氏看到他們就想到漠北同她一起縱馬的夥伴們，臉上不自覺地掛上了笑。「我也不知道，這是我弟妹給我的。」

這話沒法接，幾人便閉了嘴。

看著木塞邊緣不斷冒起小水泡，周氏便用木頭將竹筒撇出來，放在石頭上，取出隨手的匕首，一個用力劈了下去。

竹筒裂成兩半，熱氣騰騰的白霧溢出，鹹香的臘味瞬間衝了出來。

眾人往竹筒裡一看，裡面塞滿了白皙的大米，裡面夾雜著翠綠的青豆和肥瘦相間的香腸，紅紅綠綠配在一起，煞是惹眼。香腸受熱，肥肉處化作油水浸入米間，使得竹筒裡面的大米油光發亮。香腸片切得薄，瘦肉深紅，肥肉透光，細膩如玉，臘香瀰漫，讓人忍不住咽口水。臘味配白米飯實乃一絕，更何況用竹筒加熱過的，除了濃郁的鹹香外，還多了一層幽幽綿柔的竹子清香。

幾人都是皮糙肉厚的練家子，竹筒稍微涼了些便直接上手了。

周氏分給了他們大半個，自己拿了小半個，往旁邊一蹲，自顧自吃了起來。

「那個……夫人，能給我們一雙筷子嗎？」連六滿臉通紅地開口，可惜他皮膚太黑，一點也看不出來他的羞赧。

周氏對待北地來的後生多了幾分耐心，取出姜舒窈給她準備的備用筷子，遞給他們。

連六他們將筷子折成幾段，也不介意這種做法不吉利，幾人用著極短的竹筷，頭對頭就吃了起來。

香腸飯聞著香，吃起來更香。

隨便挾一筷子入口，浸潤了肥油的米飯帶著淡淡的臘味，有肉香卻無肉腥，醇厚的米香味使得臘味也多了一分香醇，配上清新的竹香味，豐腴而不膩，清新可口的同時又不會寡淡。

香腸入口的第一感受是鹹，濃鹹散去後立刻感受到了肥美的臘香，鹹化作了鮮，鮮到其餘味覺都被掩蓋了。瘦肉很有嚼勁，但一點兒也不柴，嚼起來十分有滋味。

肥肉細嫩，不用嚼，輕輕一碰就化開了，讓瘦肉也染上了嫩滑的口感。米飯中夾雜的青豆，偶爾吃到幾顆，清新解膩，在鹹味中，連最普通的豆子也變得無比清香。

北地過冬也會醃肉，但醃出來的肉從沒有這麼香過。

幾人悶不吭聲，你一筷，我一筷飛快刨完飯，連黏在竹筒壁上的米粒也不放過。

明明肥油只有香腸上面那一點，但吃完以後，滿嘴都是鮮香的葷味，回味無窮。

連六咂咂嘴，讓兄弟們再一次向周氏道謝。

人家好心給他們吃飯，他們吃完了也不好意思多待。再三道謝後，連六走前忍不住問：「老闆娘，您這醃肉是怎麼做的啊？真香！而且個個圓圓的、小小的，瞧著也好看。」

周氏答道：「肥瘦相間的豬肉剁碎了加調料，灌入腸衣，再掛起來風乾。這些香腸時間掛的時間不夠久，臘味不足，濕氣也沒散盡，不是最好吃的時候。」

「這樣已經夠好吃了，我們北地也常醃肉，可臘味完全比不上，若是我們那邊冬日能有這些臘肉、臘腸，那冬日也能多點兒滋味了……」

他話沒說完就見周氏停了筷子，面色變得不太好。

連六仔細回憶了一下，沒發現自己哪說錯話了，但也不敢多說什麼，連忙道歉。「抱、抱歉。」

周氏不知道他在道什麼歉，但也沒了胃口，把竹筒放一邊，垂眸道：「是啊，北地的冬日，難熬得緊。」

連六幾人啞然，不知如何接話，正撓頭想話時，連六看見了周氏放在一旁的匕首。

「周？」連六瞪眼了眼睛。「您難道是漠北周將軍家的女兒？」

周氏匕首上沾了油，準備等會兒用草葉擦拭洗淨便沒有立刻放回去。此時被連六認出來了，她也沒有否認，點頭答道：「是。」

連六十分激動。「那您會使周家的反手劍嗎？我爺爺當年和周老將軍比了一場，輸在了他的反手劍下，念叨了幾十年，我這一生最想見識的便是反手劍了。」說到這裡，他忽然住嘴。

眼前的女子梳著婦人髻，口音半點不帶鄉音，即使坐在石頭上，也依舊帶著京裡人的拘束，這麼一想，定是嫁入京城多年，北地的事，恐怕早就記不太清了。

他這麼想著，忽然聽周氏道：「自然會。」

她抬頭，目光炯炯，似乎一眼看透連六的心思，讓他有些心虛。

「我以為我自己都快忘了，但前些日子撿了起來，發現一招一式都刻在了我的骨子裡。」她起身，扯來草葉擦淨匕首。「有些東西，注定這輩子都忘不掉。癡纏愛恨終會散盡，幼時學來的武藝卻能陪我一生。」

她的語氣明明十分平淡，卻讓對面幾人莫名為她難過。

他們正待勸慰，周氏卻忽然轉身道：「出來吧，跟我一路了。現在想說什麼，憋不住了？」

他們抬眼看去，就見林間走出一人來。面容俊美，眉目如畫，身材頎長，明明身著暗色，卻有種溫潤如玉、霽月清風的雅致感。

他們把目光移到周氏身上，似乎明白了他的身分，向周氏打了招呼後，默默遁走了。

周氏收拾好火堆，從包袱裡掏出水囊灌了幾口，這一長串動作下來，謝琅始終沒說話。而她也不會主動問，將水囊塞好，準備翻身上馬。

謝琅就是在這時開口的，聲音一如既往的溫柔。「妳想回去？」

周氏沒好氣地回。「自然，天要黑了，我難不成還在林間過夜？」

「我是說漠北。」

周氏上馬的動作一僵，半晌沒有出聲。

謝琅走過來，鞋底踩在木枝上，發出輕微的脆響。「是嗎？」

周氏深吸一口氣，回頭道：「與你無關。」她俐落翻身上馬。「我想或不想，有什麼區別嗎？」

謝琅站在馬前，仰頭看她。「這些日子我想了很多。」

周氏不感興趣地別開眼。

謝琅面上閃過一絲苦澀，回答她先前的話。「有區別。」

「七年前妳嫁給我後丟掉了漠北的一切，有樣學樣的跟著京中婦人學，變得一點兒也不像妳。我從未問過妳為何要改變，也從未仔細想過，為何後來的妳與當年漠北初見時的妳判若兩人。我以前想著，高門主母練刀習武不合常理，妳進京以後改了也正常。」他想著姜舒窈和謝珣，自嘲一笑。「但整日下廚合常理嗎？開食肆、開小吃街合常理嗎？若我當年能問一問妳，或是妳能對我說一句妳心中所想，我們是不是就不會變成如今這副模樣？」

周氏不答，謝琅便站在馬前等。

她久久不開口，謝琅便明白了答案。他點點頭，重新提起剛才的話題。

「我不想再重蹈覆轍了，所以我今日來問妳。妳想回漠北嗎？」

無論謝珣是否有提出獻食譜給皇上的法子來，林家都是打算開賣熟食醬料的商鋪的，有點類似於後世的連鎖店。

有了新的活計，姜舒窈和周氏又陷入了忙碌中。

不過周氏卻沒有以往那麼幹勁十足、活力滿滿，常常揉著揉著麵團就開始走神兒。這種狀態並不像她才開始沈溺於情傷時的樣子，而是一種更深的悵然。

周氏不想傾訴，姜舒窈也不會刻意去問，只是儘量用別的東西吸引她的注意。

新的菜譜、新的食材、新的烹飪方式……往往遇到了這些，周氏就會從悵然的狀態裡走出，全神貫注地專注在學習中。

不知為什麼，她總是下意識地想要學些熱呼呼的麻辣食譜。

這一天，周氏正在三房練習姜舒窈教她的羊肉泡饃，有丫鬟匆匆忙忙跑了進來。

丫鬟氣喘吁吁地在周氏耳邊說了句什麼，話未說完，周氏手上的瓷碗落地，發出刺耳的脆響。她提起裙襬，沒頭沒腦地衝了出去。

姜舒窈嚇了一跳，趕緊上前來問丫鬟。「妳和她說了什麼？」

丫鬟也正愣著，聞言趕忙解釋。「奴婢沒說什麼呀，奴婢只是說舅老爺進京了，現在國公爺正招待他呢。」

「舅老爺？」

「周大將軍。」丫鬟道：「周大將軍進京述職呢。」

她們還沒弄清狀況時，周氏已經飛奔到了正院。她嫁入京中七年，很久沒這麼痛快地跑過了。精緻的髮髻被跑散，衣領、裙襬也帶上了褶縐。

她站在正院門口，遲遲沒有動作。

丫鬟們好奇地瞧著她，見周氏這副不同往日的模樣，暗自猜測她今日是不是又要大鬧一場。

周氏理好髮髻，又將褶縐抹平，垂頭看了會兒映在地上的影子。

高髻、華裙，挺拔而秀麗，她看著影子，竟有種陌生的感覺。

忽然，前方傳來一聲在京城鮮少聽到的粗糙大嗓門。「好了，不用送了！國公爺保重！」

京城裡的人，哪怕是武將也是俊美的儒將，哪會像面前的人一般，高大威武，滿臉鬍鬚，活像隻大黑熊，走起路來虎虎生風，惹得路過的丫鬟紛紛退避，明明只是道別，那蒲扇大的巴掌揮起來像是要打人。

周氏看到這副場景，沒忍住噴笑了出來，笑著笑著淚珠忽而從臉頰滑落。

「大哥。」她喚道。

周大將軍的身形一頓，定睛朝站在不遠處的周氏身上看來。他的眼睛越瞪越圓，難以置信地開口。「小妹？」

周氏嫁入京裡以後，和娘家的聯繫漸漸變少。京城和漠北隔著千里，書信走得慢，周家也不是什麼文化人，難以寄思念於信紙，只能寄些漠北的土儀給她。但京城繁華，吃穿用度樣樣比漠北好，哪裡缺他們寄的那些土儀？所以到了後來，連土儀也不寄了。

周氏才嫁過來那兩年正是鬼迷心竅的時候，周大將軍進京述職想來看她，拖了些大包、小包的東西，被京城人暗地裡嘲笑土包子，周氏又氣又惱，偏偏還要強壓著性子，硬生生忍住。

他們無論從外形還是性情上都與京城格格不入，以前周家人從不在意這些的，但現在周家的寶貝小妹嫁到了京城，總得為小妹著想一二。

周大將軍讓跟在他身邊的斥候去打探了圈消息，聽到小妹在宴會上被那些貴女嘲笑得發火離席，便猜到估計是他們讓她丟了臉面，生氣了吧？

周大將軍看著自己拖的沾滿風塵的馬車，默默嘆了口氣，小妹應當是不願見他的。

果然，他去謝國公府拜見，周氏並未來見他。

如今幾年過去，他學了上次的教訓，想悄悄來、悄悄走，卻沒想到踏出門檻的那一刻，見到了七年未見的周氏。

近鄉情怯，何況是面對經年未見的親人。

「大哥，你要走了嗎？」周氏問。

周大將軍撓撓頭，不知如何回答。一開口，滿是北地的口音。「不急，明日再啟程。」

謝國公從後面走出來，見到周氏也有些驚訝，不過他一向性子和善，見狀便道：「你們兄妹許久未見，周大將軍就別急著走了，不如在府裡多坐會兒，兄妹間敘敘話。」

周家大哥自然是想和小妹敘話的，但是怕自家小妹心中不願卻又抹不開面拒絕，便道：「不用了……」

周氏卻先一步截住他的話。「大哥，你留下吧，就坐半個時辰就好。」

謝國公便不打擾兄妹敘話，將堂屋讓給他們。

周家大哥又坐回了那把客椅上。椅子做工精緻，用的是黃花梨木，雕花大氣，但著實小了些，他身形威武，坐在上面甚是憋屈，十分不自在，覺得融不進這裡。

他抬眼看向對面的周氏，眼裡帶上幾分欣慰。

小妹和他一點都不一樣，看上去體面端莊，和京中養在深閨長大的大家小姐沒什麼區別，身上半點不見當年那個潑辣丫頭的影子。

「大哥，這些年家裡怎麼樣？」周氏開口問。

周家大哥聽到這個問題鬆了口氣，至少這個問題他是能回答的。他笑道：「都好、都好。日子過得可真快，我馬上就要當爺爺了，但妳六哥那個臭小子還沒成親，二十有五了還整日沒個定性，為了躲娘，往邊城那邊住下了，妳說，這秋季馬肥羊肥的，蠻子又不過來，他一副保家衛國的模樣，還真當娘信啊？」他一拍額頭。「對了，老六還讓我給妳帶的匕首，說是前年從蠻人二皇子那兒奪來的，我一腳就把他給踹飛了，我說咱小妹現在是謝國公府二夫人，要送禮物也得送些什麼珠釵啊、寶石啊，送匕首是怎想的，那狗小子……」

見周氏表情不對，他說話聲越來越小，最後一個字到了喉嚨硬咽了下去。

他不知道自己說了什麼惹了周氏的不快，大掌在腿上搓了搓。

「小妹啊……妳別生氣，老六說下次蠻子再來犯，他就打到他們宮殿裡去，把寶石什麼的都搶過來，全部給妳戴。」說到這兒，又覺得這種搶東西送妹妹的行徑聽上去像土匪，上不得檯面，抬起頭左瞧右瞧，怕讓下人聽了笑話周氏。

周氏頭垂得更低了，像是喘不上氣，半晌才穩住了呼吸，柔聲道：「大哥用飯了沒？餓了嗎？」

她話題轉得突然，周家大哥一愣，老實回答道：「還沒呢，這不是準備回去和兄弟們一起吃嘛。」

周氏點頭，手指摳摳掌心，無視他要回去的話，道：「我這些時日都在學習廚藝，剛剛才做了吃食，如今還熱著呢，大哥若是不嫌棄，我就端來給你嚐嚐，你看可好？」

「小妹妳現在說話可像模像樣了。」周家大哥嘿嘿一笑，才接上周氏的話道：「都行。大哥活了這麼久還沒吃過妳做的飯呢，這事我回去說給他們聽，他們鐵定不信。」

依周氏那風風火火的性子，能學得什麼廚藝？周家大哥就沒抱希望。

周氏笑著點頭，起身出了屋子。

沒等多久她就回來了，身後跟著個捧著盤的丫鬟。

周氏從盤上拿下一口大海碗後，丫鬟便行禮退下了。

周家大哥看著面前的大海碗，瞪大眼。「這、這謝國公府怎還有這麼大的碗呢？」

周氏忍不住笑了出來。「這是我三弟妹買的，三弟飯量太大。」

周家大哥懵懵地點頭，暗嘆高門望族，也沒有他想像中那般嬌氣矜貴。

這時一股醇厚噴香的鹹鮮味鑽入鼻腔，他回神，朝那碗裡看去。

碗裡飄著白嫩的碎饃，紅褐色的羊肉末，粉絲晶瑩潤澤，如一張軟滑的網，將饃和肉交纏在一起，中央點綴著翠綠的蒜苗香菜，湯清而濃郁，上頭飄著清透稀碎的油花，香氣四溢。

他鼻尖聳動，不確定地道：「這可是羊肉？」聞著有羊肉的鮮氣，醇厚綿長，卻沒有羊肉常見的腥羶。

周氏將裝著糖蒜和辣椒醬的小碟推到他面前，解釋道：「這是羊肉泡饃。不過饃我已經提前掰碎了，這樣吃起來更方便些。弟妹說，這饃得讓食客自己掰，掰成黃豆粒大小後，再給食客上湯。或是把饃和湯分兩碗端來，把饃一點一點掰在湯裡吃，吃完以後再喝上一碗濃香醇厚的鮮湯。」

周家大哥此時才意識到自家小妹似乎是真的靜下心來學了廚藝，不管怎麼說，光從這賣相和香味上來講，這碗湯肯定不會難喝。

他抬頭看了一眼周氏，周氏撐著臉，期待地看著他。

軟乎乎、爛融融的湯水霧繚繞，吹散霧氣，清鮮醇香的香氣撲面而來，使人身心舒爽，懶倦全散在了這熱呼呼的蒸氣裡。

他期待地拿起調羹，撈起一勺羊湯泡饃。

一入口，周家大哥就被料重味醇的湯汁震驚了。羊肉的鮮味極重，在泡饃、粉絲裡面四處亂竄，濃濃一層的羊湯瞬間打開了胃口。細碎的饃柔韌筋道，顆粒雖小卻不鬆散，吸飽了湯汁，濕軟而不化不爛，粒粒香濃。晶瑩透明的粉絲掛在勺邊，搖搖晃晃的，不斷滴著羊湯。這麼一大勺湯湯水水入口，很難不發出呼嚕的聲響。

羊肉煮得軟爛，嚼著嫩，大塊大塊的，肥而不膩，油都熬了出來，能明顯感覺到表面那層濃鮮豐腴的羊油。

啜一口湯，清湯味鮮，羊肉、羊骨的精髓全部融入了湯汁。

這湯熬起來很是費時，現宰的羊配上數十種辛香料慢慢熬煮，一直到把骨頭熬化、羊肉熬爛，汁濃湯肥才算熬好了。

第六十八章

滿嘴鮮香，周家大哥呼嚕地喝著，這又是粉絲、又是湯的，實在難講究個雅致。

「還有這糖蒜，就著吃。」

周氏看他吃得歡快，心中的難受和鬱氣頓時消散了。難怪姜舒窈喜歡看人吃自己做的飯食，尤其是親近之人，看他吃得暢快，自個兒心頭也無比暢快。

周家大哥覺得自己的吃相不好，卻沒法收住，不好意思地點點頭，挾一筷子糖蒜入口。糖蒜清脆，吃起來又甜又辛，一下子沖淡了嘴裡的羊肉味，去腥解膩實乃一把好手。一顆糖蒜下肚，周家大哥覺得自己還可以再來一碗羊肉泡饃。

吃到最後，饃泡久了，徹底吸足了羊湯，粉絲也細細碎碎地斷了，用勺攪起來更加濃稠了，跟粥一樣，滿滿當當地堆在碗底，看著就心滿意足。

一大碗羊肉泡饃下肚，碗底的湯都喝得一乾二淨，周家大哥捧著暖暖的胃，舒服地喟嘆了一聲。

「小妹，妳真厲害。當年妳說習武，咱們哥哥幾個都以為妳鬧著玩，結果妳學成以後能單挑漠北全部的小混蛋們；現在妳又說妳學廚藝，我還以為妳就是煲個湯而已，沒想到能把羊肉做出神仙滋味來。」

周氏搖頭輕笑。「哪是我的本事啊？都是我跟弟妹學的手藝。」

周家大哥這才後知後覺品出味來，他撓撓頭，十分費解地咕噥道：「弟妹？不對啊……這京城難倒不是最看重規矩的嗎？還能盛行高門貴女下廚？」

「怎麼會，京城還是那個京城。」周氏垂首，輕聲道：「從始至終變的都只是我。」

周家大哥心思粗，並未察覺周氏情緒的黯然，拍拍大腿道：「我就說嘛。」他吃得痛快了，人也放開了，一邊咂嘴回味一邊感嘆道：「這羊肉泡饃可真美味，吃了心裡頭都是熱呼呼的，跟咱們漠北的一點兒也不像，咱們府裡大娘做的太羶了，街邊的更甚。我在漠北吃羊肉時，覺得自己吃得都快吐了，到京城一定要嚐嚐京城的美食，沒承想來了京城，最好吃的還是羊肉。」

他用筷子尖點了點辣椒醬入嘴。「還有這個，就是這個味，又麻又熱，配上熱湯喝渾身都熱了起來，比燒酒喝著還帶勁！」他放下筷子。「小妹啊，這是什麼醬啊？要不給大哥捎一瓶回去，這樣冬日也不用那麼難熬，整日惦記著燒酒了——」

他話音陡然止住，無措地看著周氏。

周氏淚珠不斷往下掉，砸在桌面上，驟然破碎。

一向粗糙慣了的絡腮鬍大漢下意識就捏細了嗓音，小心翼翼地靠過去道：「小、小妹啊，這是咋啦？」

時隔七年，語氣竟與幼時哄驕縱愛哭的小妹時沒什麼區別。

周氏胡亂地用袖口在眼睛上擦了一把。「沒事。」

周家大哥卻似乎聽慣了她的話，沒事就等於有事，他連忙道：「是哥哥不對，哥哥做錯了啥，哥哥改，妳別哭了，娘看見了又得揍我。」
這麼流暢的一句話，也不知道說了多少遍，話音落了才想起此處是京城，娘哪裡能看見。他把蒲扇般的大掌放在周氏腦袋上，僵硬地揉了兩下，溫柔到不像是充滿傷疤厚繭的手應該有的模樣。
手掌碰到冰涼的珠釵和整齊的高髻時，周家大哥才恍然意識到，這裡是京城，曾經的時光早已遠去。他嘆道：「妳都是當娘的人了，還哭鼻子呢。」
周氏也覺得難為情，把眼睛擦了又擦，生怕留下淚痕似的。
「大哥別瞎說，我可沒哭。」聽到「漠北」二字時，眼淚壓不住地往外流，現在平復了，又開始覺得丟人了。
她強作沒事發生的樣子，想要匆匆揭過。
周家大哥收回了手，沈默良久，最終輕輕嘆了句。「我家小七這些年一定受了很多委屈吧。」
京城這種地方，他來一次能怕個幾年。
不能恣意縱馬、不能上陣殺敵、不能光膀子比武藝，不能大笑大喊……
他本來只是有感而發一句，卻不想剛剛收起淚的周氏忽然撲進了他的懷裡。
周家大哥愣住了，手足無措地僵著手臂，不知如何是好。
他低頭看向懷裡的人，和七年前出嫁時抱著哥哥們嚎啕大哭的小丫頭沒個兩樣，只是當年那個小丫頭，哭起來嗓門能讓人耳根子痛上好幾天。

如今的周氏卻只是埋著頭，不發出任何聲響，只有看到劇烈顫動的肩膀才知道她在流淚。也不知道要一個人度過多少個難熬的夜，流多少淚，才能學會哭泣時不發出一點聲音。

周家大哥放下了僵硬的手臂，轉而輕輕地摟住她，溫柔地拍著她的背。

不管她是誰的母親、誰的妻子，她永遠都是周家全家上下捧在手心裡的明珠。

周氏這次哭得痛快，沒哭一會兒就停了下來。

周家大哥見她停下來了才敢說話，劍眉倒豎，巴掌一拍，桌上的瓷杯乒乓亂響。「誰給妳氣受了！是不是謝二那個傢伙！」

周氏沒說話，周家大哥就知道了答案。

「我就說那些小白臉書生沒一個好東西，更何況還是大家族養出來的貴公子。」當初一家子哥哥都捨不得周氏遠嫁，可她偏偏心裡、眼裡只有謝二，怎麼都勸不動。

多餘的抱怨的話也說不出來，周家大哥的心疼全化作了對謝琅的怒火。

他站起來，怒氣衝衝地挽袖口。「看我不剝了那小子的皮，當初嘴上說得好聽，現在還是讓我家小七受了委屈。」不問緣由，不問事情，只要周氏哭了，就是別人的不對，這麼多年來一點也沒變。

周氏連忙把他拽住，無奈道：「大哥……」

「我就知道妳要攔我，哎喲！妳到底看中那小子什麼了，不就是臉好一點，腦子好一點，會讀書一點嗎？」他不願再坐下了。「我今天非得揍他才行。」

周氏攔不住他了，只能道：「你揍了他，我怎麼辦？」

周家大哥一愣。「什麼怎麼辦？」

「我還在不在謝家待了？」

他脫口而出道：「當然不待了，跟大哥回娘家去！」話說出口才意識到，周氏不像尋常婦人可以輕鬆地回娘家，她的娘家遠在漠北，即使是來去也要耗上數月。

他歇了聲，焦躁地揉揉腦袋。「他怎麼欺負妳了？」

周氏沈默了幾息，最後簡單地吐出兩個字。「納妾。」

周家大哥剛剛消下去的怒火頓時冒了回來，他難以置信地瞪大眼。「他敢?!我今天一定要打斷他的腿，不行，不行！妳走，妳跟我回娘家，誰愛跟他過誰過，咱周家女兒不能受這委屈！」

他扯著周氏就往外走，被周氏輕巧地掙脫開。

「大哥，沒有這種規矩的。」

他雖然怒火沖天，但勉強能壓住火站定聽周氏說話。

「有誰說娶了周家的女兒就不能納妾了嗎？有誰說娶了我就得一生一世只愛我一人嗎？」周氏垂眸。「再說了，走，哪有那麼容易？我是外命婦，謝國公府的二夫人，還有一個七歲的女兒，自我嫁進京以後，一切都容不得我任性了。」

「女兒」一詞讓周家大哥瞬間冷靜下來，是啊，若是周氏沒有女兒，大不了就和離回漠北，但現在有個女兒，這可就不好辦了。女子嫁人後最能仰仗的就是娘家，若周氏與謝二和離，到時外甥女嫁人了也容易受氣。

他一個虎背熊腰的壯漢，被周氏一句話急得直跺腳。
「那可怎麼辦才好？」他捏拳，咬牙道：「要不，我還是去揍他一頓吧。」
周氏無奈地笑了。「大哥，不用了。你看現在我也過得很快活，每日都能學習廚藝，下下廚、練練武，閒時同女兒相處，見也不見他，連糟心都省了。」
周家大哥皺眉不語。
「只是多年未見家人，總有些任性的心思，受了委屈就想哭一哭，哭完了就沒事了。」她重新振作起來。「前些時日我做了好多醬，你都帶回去嚐嚐，還有醃肉、臘腸什麼的，也帶些回去。過段時日林家商隊北上，我再讓他們多捎些過去。」
她有好多話，說不盡似的。「還有我自己琢磨的食譜，算不上多美味，但能吃個新鮮，我讓人捎上，你回去讓廚娘們試試。你和哥哥們呢，也要少喝些酒，別拿暖身子的話來糊弄我，我給你們捎了辣椒醬，到時候拌湯裡喝，喝完保證暖和。」
周家大哥粗聲粗氣道：「知道了、知道了。」
周氏絮叨著送他往外走，兄妹倆漸漸走遠後，謝琅才從拐角走了出來，站定望著空無一人的院子口，久久不語。
懸在天穹的明月漸圓，中秋將至。月光皎潔明澈，清雲飄飄，如紗似霧的月華灑在世間，與長街明亮如火龍般的燈籠暖光融為一片。
林氏月分大了，肚子圓鼓鼓的，得撐著後腰才會舒服一些。但她依舊步履如風，身形靈活地在人群中穿梭。

周氏跟在她旁邊，負責在擁擠的人群中為她開闢一條道。

小吃街的人對此見怪不怪，見林氏來了，還會捧著竹碗自動給她讓一條道，樂呵呵地跟她打招呼。「林掌櫃又來巡查啦。」

新面孔對此很是不解，看著林氏的身影道：「林夫人怎麼說也是個矜貴人，懷著身孕在這裡晃悠，萬一有人想鬧事，傷著她可怎麼辦？」

「那你可想多了。」食客用下巴點點林氏身旁冷臉豎眉的周氏。「看見那位沒？聽說是大將軍家的閨女，功夫了得，前幾日有人鬧事，她發起火來，用根竹竿把那十幾個人全敲進醫館了。」

新來的食客倒抽一口氣，望著周氏和林氏的背影漸漸遠去，迷惑地揉揉腦袋。「怎麼回事？也才兩年沒回來京城就變了個樣子。」

周氏一直冷著臉，不吭一句話。

林氏有些心虛，弱弱地開口。「今日是最後一次了，這不馬上中秋了嘛！我就出來看一看，之後就安心在家養胎了。」

周氏哼了一聲。「上次有人鬧事差點傷著妳時，妳也是這麼講的。」

林氏乾笑幾聲，連忙岔開話題。「那什麼，妳說窈窈為中秋做了個什麼餅來著？」

「月餅。」說到吃的，周氏很快就被帶偏了，用手比劃著形狀給她解釋。「圓圓的，上面壓了花，取中秋團圓之意。」

林氏裝作認真聽的模樣，心下轉得飛快，思考要怎麼靠月餅大賺一筆。

舊街這頭燈火繁華，熱鬧非凡，新街也是同樣。

食肆依舊還未修好，但食攤已經統一規劃，還搭起了蓬，以防落雨了攤主無處躲避。酒香不怕巷子深，做吃食一行，最最重要的還是味道。雞汁豆腐串肥美的雞湯漸漸打出了名頭，食攤前不再是空無一人了。

小花站在板凳上，熟練地舀起一碗雞汁，澆蒜水、灑蔥花，動作麻利。來往的食客對此見怪不怪，並不會因為她年紀小，而懷疑雞汁豆腐串的味道。

有人在桌前坐下，關切道：「小花，胡大娘呢？」

小花一手一個大碗，將雞汁豆腐串放在食客桌前，一邊忙著一邊回話。「這幾日落雨，外祖母受了寒，晚上便不出來擺攤了。」說到這裡，她拔高了聲音。「不過大家別擔心，雞湯和豆腐串什麼的，都還是外祖母做的，味道不會差。」

她一轉身，差點撞在別人身上，什麼也沒看清就下意識彎腰道歉。

有人將她托了起來，她抬頭，見到眼前人的樣貌時有些吃驚。

這不是前些日子來這裡吃過雞汁豆腐串的貴人嗎？

老夫人年紀大了，不喜熱鬧，更不愛走動，平日裡就在壽寧堂誦經唸佛，連在院子裡走動走動都不願意。

但眼見著中秋要到了，她坐在壽寧堂，忽然感覺偌大的屋子有點冷清過頭了。

徐氏膝下有四子，兩個大的在書院唸書，兩個小的也整日跟著夫子，不愛往她那兒去。

二房孩子倒是多，但謝笙文靜寡言，每日請安後就尋處安靜地方看書，其餘庶孫女們畏畏縮縮的看著又心煩，謝理、謝琅、謝珣都在朝為官，一忙起來連請安也沒了。

她一個人住在壽寧堂，每日也只有徐氏來晨昏定省。

她本來都習慣了這種冷清，但今日望到窗外皎潔明澈的圓月，忽然就想起了那日小吃街的熱鬧。

長街燈火，秋夜暖霧，她望著明月，最終還是喚嬤嬤陪她出了府。

小花年歲不大，但比同齡孩子早熟很多，府裡面的庶女還在為一朵珠花爭吵哭臉時，她已經懂得如何經營好食攤了。

她將肩上的布疋拿下來，麻利地將本就乾淨的桌子再擦了一遍。「您請坐，來點什麼？」

今日食客多，老夫人不太自在，看向嬤嬤。

嬤嬤便替她說話。「兩碗雞汁豆腐串，不要辣，少點蒜水。」

這時剛才那波食客吃完後結了銅板離開，老夫人頓時放鬆了不少。

小花將碗端過來，老夫人趁此機會問道：「妳外祖母傷寒可嚴重？」

小花搖搖頭。「大夫說不嚴重。」

老夫人點頭，別的也不知道說些什麼。

小花見貴人沒有要問的了，便轉身去其他桌前收拾碗筷。

老夫人看著她小小的個頭忙碌個不停，心頭頗有些不是滋味。

「妳可帶了銀子？」她問身旁的嬤嬤。

嬤嬤一下子就看懂了她的心思，嘆道：「老夫人，您心善，但……」人家有手有腳的，給些銀錢在她們看來是恩惠，在人家眼裡指不定是看低呢。

她的言外之意老夫人一下就明白了，尷尬地點點頭。「是我老糊塗了。」

謝國公府每年冬日都要施粥，對她來說，做善事無非就是花花銀兩的事。但長年這麼做，到了真想幫一個人時，一時連妥當的法子也想不出來。

嬤嬤見她神情不自在，寬慰道：「老夫人您習慣了這些，一時沒轉過來也正常。再說了，小花說她外祖母受了寒，說不定正缺藥錢呢，咱們等會兒放點銀兩就走。」

老夫人搖搖頭，垂眸道：「要說銀錢，天下有幾家能比得過林家闊綽？」

嬤嬤不知怎麼接話，只能道：「老夫人動筷吧，當心吃食涼了。」

她話音未落，街頭忽然傳來吵鬧聲。

「我呸！」少年變聲的公鴨嗓撕扯著。「我倒要看看你們有沒有那個能耐！」

「願者服輸，錢修竹，你莫是想耍賴吧？」

這聲音怎麼這麼耳熟？

她與嬤嬤一同回頭朝街頭看去。

一群錦衣少年分成兩隊，扠腰的扠腰，罵人的罵人，可不就是京城最常見的紈袴子弟模樣嗎？但那裡面怎麼會有自己的乖孫謝曄和謝晧？

謝皓右眼青黑、謝曄嘴角有傷，兩人說話時扯動傷口，疼得齜牙咧嘴。

「扯些沒用的做甚？這場架你們打輸了，就是要掏銀子請咱們兄弟吃完這條街，吃不吃得下是我們的事，你只管掏錢就好。」

站在他對面的少年怒目而視。「哼！好，我掏錢！我掏！」

謝曄用袖口擦擦臉上的黑灰。「好，你可記住了，我們吃你只能看著！」

對面的少年彷彿受到了什麼奇恥大辱，他怒道：「我錢修竹今日就是從這屋頂跳下去，被那馬車輾過去，我也絕不吃一口這街上的吃食！」

謝曄、謝皓這邊的少年們哈哈大笑，像一群鬥勝了的公雞，搖搖晃晃地往新街走來。

若是讓謝皓說此時最怕的事，那一定就是遇到他們爹娘，不過這種事是萬萬不可能發生的。至於遇到老夫人？別開玩笑啦，作噩夢也不帶這麼作的。

而讓老夫人說此時最怕的事，那一定就是被謝曄、謝皓發現，若是讓自己的孫兒看到她晚上跑到街邊吃小食，她的老臉往哪兒擱？京城那些老骨頭們要怎麼笑話她？

她連忙起身，跟著嬤嬤躲到了食攤後面。

這邊謝曄、謝皓領著兄弟們來到一家食攤前，痛快地道：「這個，給我來十份！」

錢修竹在背後哼哼道：「朱門酒肉臭，路有凍死骨。你們若是不把點的吃食吃乾淨，就不配為君子。」

「行啦，嘰嘰歪歪的，我們不會剩下的。」

食攤攤主收了銀子，動作行雲流水地鏟出十份鍋貼。

鍋貼細長，看著像餃子，只是底部煎過，色澤焦黃，泛著瑩潤的油光。

他們也不走了，就在食攤前坐下，準備一家一家吃過去。

黃白相間的鍋貼金黃的底部酥脆誘人，沒被煎到的白麵皮卻十分軟嫩，又韌又脆的皮咬開以後，裡面的餡立刻流出了湯汁。剛出鍋的鍋貼正燙著，猝不及防的湧出鮮香的灌湯，燙得少年們紛紛縮脖子，呼呼地直吹氣。

鍋貼裡加的肉很少，但餡料依舊吸飽了肉湯的醇厚甘美，熱氣騰騰的餡軟嫩鮮香，配上帶著油氣的酥香外皮一同咀嚼，湯油中和，香氣撲鼻，回味無窮。

他們狼吞虎嚥地解決完鍋貼，向下一家出發。

「這個，來十份！錢三，付銀子！」

耀武揚威的模樣看著十分可氣，尤其是身後付帳的少年們同樣滿臉是傷，有些衣裳還破了口，只能跟在他們身後眼巴巴地看他們吃。

「也不知是哪家的混小子們。」有食客路過，嘟囔道。

謝曄、謝皓一行人從街頭吃到街中，總算撐著了，懶洋洋地道：「飽了，先歇一歇再繼續。」

對面的少年們聽到前兩個字還有些開心，一聽到後面，立刻跳了起來。「撐死算了！」

「撐不死、撐不死，怎麼回事？怎麼咒人呢？大才子的風度呢？」

「大才子」三字戳到了對方的痛處，他一拍桌子。「你欺人太甚！」

他一站起來，身後的少年們也跟著站了起來，看著是又要再打一架。

第六十九章

附近食攤的攤主連忙找管事報告，而管事正在給周氏報告，周氏一聽有紈袴子弟鬧事，立刻就衝了過來。

結果到了這邊，推開看熱鬧的人群，還未走進，就聽到人的哭喊。

周氏心頭一凜，看樣子打得厲害了。

她加快了步伐，剛剛擠進中心，就聽到一個公鴨嗓哭號道：「你們太欺負人了！鄉試大家都在吃饅頭，就你們、你們煮麵，我餓得難受，怎麼專心致志答題？」

「那也不能怪我們呀！」謝曄的聲音響起。「再說了，你們不是約架了嗎？我們也應了，還想怎麼樣？」

哭號的聲音更大了幾分。「我們輸了啊！我不僅丟了解元，連打架也輸給了你們，嗚嗚嗚，你們真是太過分了。」

這理由太可笑，周氏看著面前「鬧事」的人，一時不知道該怎麼辦才好。

對方一直哭，謝晧也不舒服了。「你平素裡仗著自己課業好，整日在書院裡橫著走，我們兄弟受了你們多少年氣，還不是什麼都沒說。你自個兒饞吃的，沒好好答卷，丟了解元還能賴在我們頭上？再說了，我們也不一定能高中解元，怎麼說的像我們搶了你的似的。」

對方哭得上氣不接下氣。「嗚嗚嗚嗚……你們就是，你們不僅搶了我的解元，還、還不讓我吃。」

「誰不讓你吃了，喏，吃吧。」謝曄咕噥著把飯碗推到哭號少年的面前，假意威脅道：「行啦，哭哭啼啼的，你再哭，小心我們揍你——啊啊啊！」

謝曄和謝皓被人揪了耳朵，彎著腰嗷嗷直叫，怒吼道：「是誰?!」

周氏面無表情。「是我。」

謝曄哥兒倆傻了，同窗們也傻了，連一直哭號的錢修竹也停下了抽噎。剛才還揚言要揍人的謝曄、謝皓瞬間乖巧了。「二嬸。」

周氏不為所動，揪著他們往外走。「跟我回去見你們娘。」

「別啊！」他們連忙告饒。「千萬別，娘知道了會發火的。萬一事情鬧大了，讓祖母知道——」

話說一半，三人都傻了。

老夫人站在街頭，正準備趁亂悄悄溜走，剛走到路中央，就和他們來了個對視。

中秋前幾日的小吃街正是熱鬧的時候，一片祥和歡快的熱鬧中，四人面面相覷，氣氛陷入詭異的沈靜。

周氏與老夫人上了周氏的馬車，謝曄和謝皓上了老夫人的馬車，兩輛馬車在極其沈默的氣氛裡朝謝國公府駛去。

踏入府門後，眾人忽然覺得今日謝國公府似乎與往日不太一樣。

路還是那條路，樹還是那些樹，只是路過的下人們臉上笑呵呵的，帶得府中的氣氛都歡快不少。

今日大家在小吃街撞見，各有各的心虛，都選擇閉口不提這事。

周氏和老夫人在馬車上一句話沒說，進了府裡總算自在了不少。她跟在老夫人身旁，越看越覺得府裡哪裡不對勁，隨便攔了個下人問：「今日是怎麼回事，府裡有喜事？」

下人恭敬答道：「回二夫人的話，三夫人說明日是中秋，今日發了賞銀。」

周氏點頭，下人得了賞，高興也正常。

她正準備走，又聽下人接著說：「三夫人還說，明日不當值的可以回家同家人一道過中秋。」

周氏一愣，低頭見到下人手裡拿的包袱，才恍然大悟他這般高興原來不是為了賞銀，而是可以回家與親人團聚。她心中一時有些不是滋味，點頭讓下人離開，隨著老夫人往正院走去。

走進內院，一抬頭，頓時被滿樹的花燈晃了眼。

謝國公府夜間燈籠一直很亮，但從未像今日這般。花燈式樣繁多，燈紙很薄，讓花燈有種玲瓏剔透的明亮。白亮的光給樹梢染上暖色，在地面散成團團朦朧的光暈。

周氏下意識順著花燈的指引往前走，一路的花燈、宮燈看得她眼花繚亂。

朦朧的光影看久了讓人有種脫離凡塵的孤寂感，外院下人們正熱熱鬧鬧地歸家，內院便顯得極其安靜，周氏緩步朝前走去，心頭空落落的，腳步也顯得飄然。

她頓住腳步，回身一看，不知道什麼時候已經和老夫人走散了。

估計是她看迷了眼，悶著腦袋只顧著跟花燈走了吧。

最後看一眼繁複明亮的花燈，她垂下頭，準備轉身往二房去。

忽然，一陣歡快的聲音響起。

「幫我扶一下。」

她順著聲音來源的方向看去，就見著兩個丫鬟圍著姜舒窈打轉，姜舒窈提著裙子，似乎要往木梯上爬。

謝珣跟在後面，無奈極了。「讓丫鬟掛吧，妳都掛了這麼多了，還沒過癮嗎？」

姜舒窈爬上木梯，假意生氣地回頭道：「怎麼，我掛得不好嗎？」

謝珣在木梯下張著手臂，一邊護著，一邊弱弱道：「好看是好看的，可……妳不覺得太多了嗎？滿府都是。」

姜舒窈接過丫鬟手裡的花燈，踮著腳準備掛到藤條上，一轉頭，和周氏的目光對上了。

謝珣提心弔膽地在木梯下看著，見她動作停住，連忙打起十二分精神。「妳小心一點，可別摔著了。」

姜舒窈沒有理會他，面上綻放出燦爛的笑容，對遠處的周氏揮揮手。「二嫂！」

謝珣嚇了一跳，差點沒忍住把姜舒窈從梯子上拽下來。「不是叫妳小心嗎？」

姜舒窈把燈籠遞回給丫鬟，裙子一拎，猛地從木梯上跳下來。

謝珣見狀連忙伸手去護，氣得都要跺腳了。

丫鬟們都很無奈，小姐爬得那麼低，也就半人高，何至於如此小心翼翼？見姜舒窈落地落穩以後，謝珣鬆了口氣，這才轉身朝這邊看來，頓時換了個人般，鎮定從容地向周氏打招呼。「二嫂。」

他打招呼的同時，姜舒窈已經拎著裙子朝周氏跑過去了。

「二嫂，快，跟我來。」她跑過來，眼裡映照著揉碎了的燈火，燦然明亮，笑著拽住周氏的手腕嚷著。「我剛去二房找妳，她們說妳還沒回來。妳今天怎麼回來這麼遲呀？」

那顆空落落的心一瞬間落到了實處，將她從如夢似幻的燈火中拉回了人世間。

她沒有防備，被姜舒窈拉得踉蹌了一下。

姜舒窈連忙回頭，周氏輕笑出聲。

「二嫂？」周氏突然笑了起來，姜舒窈一頭霧水。

周氏卻只是笑著不答話。

姜舒窈雖然不解，但也沒有細問，拉著她往前走。

「我把配料都準備好了，今夜咱們就包著月餅賞月吧。雖然明日才是十五，但今日的月亮就已經很圓了。」

周氏朝天空看去，這才發現月光如此明亮，足以壓下府裡的花燈。

「明日中秋，白日咱們去教小吃街的人做月餅，晚上回來吃月餅賞月，妳看如何？」

周氏點頭應下。「我和妳娘還未商議出具體的法子賣月餅，白日做了，晚上賣來得及嗎？」

姜舒窈不解道：「我沒打算賣月餅呀。月餅用料費錢，甜味重，平素裡發了工錢，她們也捨不得買糖吃，所以明日大家一起做了後就分一分，一人得幾塊，拿回去與家裡人分享。」她滿眼笑意。「以月餅相饋，取中秋團圓之意。咱們啊，就吃個吉利，不賺錢。」

周氏微怔，姜舒窈牽著她到了院裡。

寬敞的院裡放著各種桌椅，桌子有高有矮，上面擺滿了碗盤，最大的那張桌子上還擺著一張寬大的砧板。

姜舒窈道：「我把食材都準備好了，咱們淨手以後一起來做月餅吧。」她說完才發覺自己只顧著熱鬧了，忘了問周氏的意見。「二嫂今晚有事嗎？如果有事的話就算了。」

「我能有什麼事？」周氏搖頭笑道，隨姜舒窈一同去淨手。

回來以後，兩人便擠到一堆桌子裡面開始做月餅。

姜舒窈將旁邊的大木盆端來放到桌案上，裡面盛著堆成了尖尖小山的麵粉。倒入油、蜂蜜和砂糖攪拌均勻，讓麵粉成了嫩黃色的碎末以後便可以上手了。

加了油和蜂蜜的麵粉揉起來滑軟，手上得用力，慢慢地將散開的碎末揉成團狀。這種「體力活」周氏一向是搶著幹的，她擠走姜舒窈，搶過揉麵的活計。

無論是揉麵或是看人揉麵，對姜舒窈來講都是很紓壓的事情。

周氏揉麵不像姜舒窈那般喜歡用身子的力量壓，她手臂的力量足夠，看上去十分輕巧，麵粉在她手下似能聽懂人話，沒過多會兒就被揉成了光滑的麵團。

麵團表面金黃，泛著油潤的光澤，軟滑如玉，看著就賞心悅目。

姜舒窈看著差不多了，便道：「可以了，放在一邊等上一會兒。」

周氏便歇了工夫，轉身再次淨手去了。

謝珣在旁邊瞧著熱鬧，道：「糕點的皮，都是這樣做的嗎？」

姜舒窈道：「只是一種，當然不會是千篇一律的做法嘍。」

謝珣點頭，望著桌上琳琅滿目的餡料，問道：「那餡呢，今日要做什麼餡？」

「有棗泥、豆沙餡的甜月餅，還有肉鬆、蛋黃餡、雲腿的鹹月餅，這個碗裡裝的是蓮蓉，由蓮子、白糖、油做成的餡料。這些碗裡的是核桃仁、杏仁、花生仁、瓜子仁、芝麻仁，等會兒把它們混合在一起切成碎丁，加糖調製，做出的月餅叫五仁月餅，不過有些人不喜歡吃，但我覺得味道挺好的。」

「五仁？」謝珣點頭道：「這個叫法我喜歡。仁、義、禮、智、信，聽著討喜。」

姜舒窈笑他。「那等會兒做出來你可得吃完一整塊。」

「自然。」謝珣指著另一張桌子，繼續好奇地問：「那這些又是什麼？」

姜舒窈便一個一個說給他聽。「這是桂花，這是青梅，這是山楂糕、糖桔皮、冬瓜糖——吃過沒？要不要嚐嚐？」

謝珣怎麼可能不答應，他自然地張開嘴，等著姜舒窈投餵。

此處沒有多餘的筷子，但姜舒窈洗過手了，便直接上手拈起一塊放到他嘴裡。

謝珣背著手在桌子前站著，一邊嚼一邊點頭。「真甜。嗯，不錯。」

姜舒窈被他冷著一張臉饞糖的模樣逗笑了。「好多人討厭冬瓜糖呢。」

謝珣蹙眉，十分迷惑。「怎麼什麼都討厭？真是挑剔。」他說完，品品嘴裡留下的甜味。「再來一根。」

姜舒窈便又拈了一塊塞他嘴裡。

周氏洗完手過來時，就見到姜舒窈給謝珣餵糖的模樣，看著謝珣那饞嘴的姿態，一時有些不敢相信這是她認識的那個冷臉小叔子。

她站在拐角處捂著嘴偷笑，決定在這兒多站一會兒，讓他們小倆口再甜蜜一陣。可惜她樂了一下，就被身後傳來的聲音打斷了。

「二弟妹，我總算是找著妳了。」徐氏從外面風風火火地走過來，怒氣沖沖的模樣，實在是不像她。

她身後跟著灰頭土臉的謝曄和謝皓，還有謝理在一旁小心翼翼地勸著什麼，後面跟著短腿雙胞胎，一臉看好戲的樣子。

「大嫂？」周氏有些驚訝。「妳這是怎麼了？」

徐氏今日著實是動了怒火，剛才謝曄、謝皓滿臉傷回來，她嚇得差點沒摔碎了瓷杯，還未來得及細問，就聽老夫人身邊的嬤嬤道明了他們受傷的緣由。嬤嬤說得委婉，但徐氏三言兩語間就聽懂了她的言外之意。

自己兩個兒子居然去河邊約架，打完架以後，還夥同書院同窗一起欺負錢尚書家的兒子，讓他去小吃街給他們買吃食。

徐氏是一個很稱職的母親，對書院裡的紛爭也有所了解，知道錢尚書兒子是書院裡學問最好的，可能因此有些自視甚高，與謝曄他們不太對付。但徐氏從小教導他們君子言行，送他們去最好的書院唸書，結果他們居然選擇用約架的法子解決矛盾，實在是讓她怒火中燒。

偏偏謝曄和謝皓覺得自個兒冤枉，不斷頂嘴。

「母親您可冤枉我們了，約架是錢竹子，咳，錢修竹提出來的，也是他們說輸了的那方要答應另一方一個要求，願賭服輸，他們輸了，我們讓他們請客，怎麼就叫欺負人了？」

徐氏可以接受兒子犯錯，但不能接受兒子連自己錯在哪兒都不知道，還要強行辯解。她一向溫婉端莊，但這次直接被氣到讓人動家法。謝理聽聞此事後立刻趕過來，幾番勸說勉強攔下。

謝曄和謝皓見徐氏如此生氣，他們自己也委屈得要命。

「母親您這是不分是非，我們又沒撒謊，不信您問二嬸去！」

徐氏聽到「二嬸」兩個字懵了一瞬，眨眼間便想明白了，周氏可不是在小吃街忙活嗎？合著兒子學著京城紈袴打架欺負人，還在周氏跟前丟人現眼了？

她氣不打一處來。「好！我這就去問她。哼，你以為她會像你爹一樣護著你們嗎？若是二弟妹說你們撒謊，那你們這一個月都給我跪祠堂去。」

於是徐氏便拖著一大家子到了三房，有了現在的一幕。

周氏見徐氏的面色像是氣壞了的模樣，訝異道：「妳這是怎麼了，氣成這樣？我嫁過來後就沒見妳紅過臉，真是稀奇。」

兩人多年針鋒相對，如今周氏明明無意嘲諷，但一時還真改不了一開口就綿裡藏針的習慣。

然而，謝曄、謝晧爭辯時徐氏沒歇火，謝理溫聲勸導時徐氏沒歇火，這麼長的路走過來徐氏沒歇火，周氏這一開口話裡帶刺，她竟破天荒的歇了火。

她順順氣，道：「有件事想要問妳。」

這邊的動靜引起了姜舒窈和謝珣的注意，姜舒窈見到大房一家子十分驚喜。

「大嫂怎麼過來了？你們快進來，有什麼進來說呀！」過節就是要熱鬧啊！

周氏聽姜舒窈這麼說，便跟著道：「有什麼要問的，進來再問吧。」

徐氏無法，只能進了三房內院，結果一進院子思路就被帶歪了。

這滿院擺的桌子碗盆的是要做什麼？

「大嫂妳來得正巧，我和二嫂正打算做月餅呢。」她看著雙胞胎，對他們招招手。「你們也來啦，我還說做完給你們送過去呢，現在好了，你們自個兒來做，自己動手做的更好吃。」

雙胞胎知道徐氏在生氣，所以即使姜舒窈招呼了他們，他們也不敢太跳脫，瞟著徐氏的臉色猶豫要不要過去。

徐氏氣被打散了，火氣也不那麼大了，見雙胞胎這副模樣，又好氣、又好笑道：「你們三嬸叫你們過去呢，去吧。」

雙胞胎連忙蹦蹦跳跳往姜舒窈那邊撲過去了。

徐氏這才轉頭問周氏。「二弟妹，不知妳是否清楚我兒在小吃街欺負同窗之事？」

周氏就知道徐氏不會放過他們兩個，本來她打算揪著兩人去見徐氏的，但撞見了老夫人，回來又暈乎乎地走了神，這事情就這麼忘了。

「自然，當時還是我把他們倆拎出來的。」

徐氏有些尷尬，看了一眼兩個蔫頭耷腦的兒子，道：「那妳可清楚事情的來龍去脈？」

周氏正要回話，姜舒窈又插嘴了。「二嫂妳在那邊說什麼呀？麵團醒好了，過來包月餅吧。大嫂也來！」

周氏回頭喊了一聲「好」，一邊往前走、一邊對徐氏說：「具體的我不太清楚，不過回程讓人打聽後，差不多知道了來龍去脈。」

她往姜舒窈那邊走，徐氏只好跟著。

「聽說是鄉試時他倆帶的吃食太香，饞得錢家小子沒答好，估計得不了解元了。錢家小子心不平、氣不順地約了架，然後輸了，願賭服輸，就去小吃街給他們買了一條街的吃食。」

謝皓糾正道：「半條街，還沒吃完呢……」被徐氏一個眼刀掃過，閉了嘴。

謝曄道：「母親，您現在可知道了吧？我和二弟並未說謊。」

徐氏冷笑。「所以呢？此事本可以好好解決，你們非要應了他的約架，好的不學，學些紈袴子弟的做派，還有理了？」

這事確實是他倆做得不對，他嘟囔了幾個字，蔫蔫地垂頭。

周氏說完了以後，便過去姜舒窈那邊準備包月餅了。

姜舒窈取了刀準備剁五仁，見他們說完了，便想讓他們一起過來包月餅，結果這才看清楚兩個大姪子滿臉的傷，衣裳也是灰撲撲的。

她小聲問周氏。「他們怎麼了？」

周氏習以為常地道：「打了個架。」

姜舒窈也沒覺得此事多嚴重，雖然兩人已經到了科舉的年紀，但本質來說還是心性不成熟的少年，打打鬧鬧的太正常了。

但徐氏顯然不這麼認為，她厲聲說了些什麼，謝曄、謝皓驚訝地抬頭，然後不甘心地垂頭生著悶氣。

明日才是中秋，但也勉強算過節了。這樣的氣氛可不好。於是姜舒窈自然是要勸一勸。

她放下手裡的事走過去，道：「大嫂，大過節的，何苦生氣？」

徐氏心裡也苦悶著。「誰想和他們置氣呀？可他們……」

姜舒窈朝謝曄、謝皓身上看去，離得近了，他們的傷顯得更加猙獰，驚道：「怎麼傷成這樣？」一個眼睛烏青，一個嘴角撕裂，灰頭土臉的，一看就是還沒有上藥。

她一下子忘了問緣由，連忙對謝珣喊道：「伯淵，你去把房裡的藥箱取來，就在床尾的櫃子上。」然後轉頭對徐氏道：「大嫂，他倆傷成這樣，先上藥吧。還有這身衣裳，又髒又破的，趕緊先換了再說。」

徐氏只是道：「受了傷才能長記性。」

姜舒窈知道徐氏是個外表溫婉，其實內裡很強硬的人，便也不勸了，自顧自地把謝曄、謝晧往東廂房帶。「走吧，先把臉上的傷處理了。身上沒受傷吧？」

謝曄和謝晧本來還擰著股拗脾氣，傷口疼也不吭聲，聽姜舒窈這麼一問，突然就酸了鼻子。「沒有，最多是些瘀青。」

姜舒窈開玩笑道：「打人不打臉，他們下手可真狠啊！」

第七十章

謝曄和謝晧有些驚訝姜舒窈的態度，本來兩人憋著氣和徐氏爭辯，並未覺得自己有什麼錯處，但姜舒窈這麼不問緣由，先是關心他們傷口，又是開玩笑的口氣談起這件事，他們莫名其妙地就歇了拗脾氣，開始反思自己的錯處了。

謝曄咕噥道：「他們也沒討著好……不過誰知道他們下手這麼狠，說是河邊約架，我和朋友們都以為他們鬧著玩，結果一去卻是下了狠手打。」所以他們才沒忍住打了回去，而且贏了還非要把這口氣討回來不可。

謝珣把藥箱找到了，看到他們臉上的傷同樣十分驚訝，一邊開藥箱拿藥，一邊問：「怎麼回事？」

謝曄和謝晧很怕謝珣，不敢像在徐氏面前那樣擰著脾氣，乖順低頭把事情複述了一遍。說完以後，偷偷瞟了一眼謝珣，見他面沈如潭，立刻戰戰兢兢的，比徐氏發火時還要害怕。

謝珣在他們對面坐下，冷聲開口。「你們的功夫怎麼這麼差？」

謝曄和謝晧都準備挨批了，卻沒承想聽到這樣的話，瞪大眼抬頭看謝珣。

謝珣蹙眉，神色越發冷了。「怎麼，不服？就算大哥沒有讓你們拜師學武，也不至於一點兒功夫也不學，被人打成這樣吧？」

他們啞然，震驚到不知說些什麼才好。

姜舒窈打了盆水過來，一見這場景就猜到發生了什麼，估計又是兩個被謝珣冷臉迷惑的人。

她憋著笑，擰乾帕子遞過去。「先把臉上的灰擦擦。」

謝曄和謝皓連忙接過，胡亂在臉上一抹，疼得齜牙咧嘴。

徐氏就是在這個時候進來的，見狀也生不起氣來了，無奈地嘆了口氣。

姜舒窈知道這個時候可以勸了，走過去道：「大嫂，他們雖有錯，但也太正常不過了，不至於受罰吧？」

徐氏沒說話，姜舒窈便把謝曄說的那些零零碎碎的話複述給徐氏聽。

「這個年紀的人，哪能受得住這些氣。再說了，也就這幾年能這樣了，妳就忍忍吧，再過幾年……」她用下巴點點換了個位置冷臉給謝曄上藥的謝珣。「喏，就會變成那個模樣了。」

話音落，沒輕沒重的謝珣把謝曄弄得倒抽氣，但有苦不敢言，叫嚷到嘴邊咬唇忍住了。

徐氏被姜舒窈的話逗笑了，哭笑不得。「哪有人這麼說自己夫君的？」

「我可什麼都沒說。」姜舒窈笑道：「我只是覺得，他們這樣正是這個年紀會做的事，大嫂不要要求太嚴格啦。」

徐氏搖搖頭，氣徹底沒了。「罷了。」

姜舒窈見狀連忙另起了個話題。「大嫂留下包月餅吧，有很多甜的餡。」

徐氏揉揉額角。「不了，今日阿昭、阿曜還未背功課給我聽，我……」話說到這兒，被姜舒窈盯得說不下去了。

「大嫂，不說別的日子，至少今日就別嚴壓著孩子們了。」

徐氏苦笑道：「我也是望他們成材。」

「我知道。」姜舒窈拍拍徐氏的手。「不過還是要注意度嘛。」

她帶著徐氏往院裡走，雙胞胎已經跟著周氏做起了月餅。

他們個子矮，得站在板凳上才能搆著。

周氏手裡托著嫩黃色的麵團，按壓成餅狀，將豆沙餡放在中央，然後緩慢地將餅皮裹起，將豆沙餡包好。雙胞胎聚精會神地盯著，眼睛張大，圓圓亮亮的，看著乖巧極了。

「看懂了嗎？」周氏把做好的團揉成光滑的球，托到手心上給雙胞胎看。

雙胞胎點點頭。「看懂了。」

周氏解說道：「接下來就是上模了。」

雙胞胎站在板凳上，眨著眼，聽得十分認真。

徐氏見到這一幕，忽然有些心軟，或許她真的對孩子太嚴了些。

姜舒窈將裝著模具的盆拿過來放到桌上。

「選花紋吧。有花的，草的，寫字的，每個都不一樣。」她一邊拿一邊道：「哦，對了，還有這個，我讓匠人刻了兔子和老虎，本來覺得會很可愛，不過實際看著卻有些嚇人。」

他們嘰嘰喳喳地商量起用什麼模具，徐氏在旁邊看著，嘴角不自覺地掛起了笑。

謝理悄悄靠過來。「夫人不氣了？」

徐氏道：「你也嫌我對孩子太嚴了嗎？」

「哪裡會！」謝理握住她的手，溫言道：「愛之深，責之切，夫人將四個孩子教養得很好。」

這時姜舒窈從盆裡拿了個很大的模具，揚起聲音道：「這個是你們三叔寫的字，我覺得好看，便讓人拓下來做成了模具。做個大月餅印這個，一定很好看。」

謝珣剛好給謝曄、謝晧上完藥從廂房出來，聽到姜舒窈的話，帶著點羞惱。「都說了不要用那張了，寫得不算好。」

「我覺得很好啊。」她笑道：「探花郎的字，怎麼會不好？」

雖然她在調侃，但謝珣還是很受用，抿著嘴壓下笑意以防被小輩看見，走過來道：「那自己印了就行，不要印了月餅送給別人。」

姜舒窈道：「我還想明日拿到小吃街去呢，拓別人的字印到月餅上不太好吧？」

謝珣立刻不舒服了。「妳是真覺得我的字好看，還是因為用我的字比較方便？」

姜舒窈趕緊哄道：「當然是真心實意覺得好看，特別好看，別人的都比不上，我明日拿過去讓母親看看她女婿的字有多好看。」

謝珣忍不住了，嘴角翹了起來，故作矜持地咕噥道：「好了好了，我才不信妳呢。」

謝曄和謝晧看到謝珣的表情，對視一眼，掩面偷笑，卻忘了嘴角還有傷，一咧嘴，疼得倒抽氣。

三房熱熱鬧鬧著，壽寧堂內卻格外冷清。

老夫人拆了髮髻後，坐在銅鏡前遲遲沒有動作。

她年紀大了，時不時的就愛出神，嬤嬤習以為常，提醒道：「老夫人？」

老夫人回神，問道：「大房那邊怎麼樣了？」

嬤嬤道：「大夫人與大少爺、二少爺生了口角，找二夫人講理去了，不過二夫人在三房院子裡，所以他們都去了三房院子。剛才打聽的人回來了，說是最後沒有吵起來，大家聚在院子裡面和和樂樂地做起了糕點。」

「做糕點？」

嬤嬤笑道：「是呀，您說奇不奇怪？大晚上的，全府的老爺、夫人、少爺們湊到一塊兒做糕點……」說到這裡，看到銅鏡裡老夫人的面色，立刻住了嘴。

老夫人從銅鏡裡看到了她的反應，將木梳放下，嘆了口氣。「這麼多年了，我可有罰過妳？」

嬤嬤一驚，連忙搖頭道：「老夫人仁善，自是沒有的。」

「那妳為何如此怕我？」

嬤嬤啞然。她是陪嫁丫鬟，自小就跟著老夫人，老夫人未出嫁前是京城鼎鼎有名的大家閨秀，行止挑不出半分錯處，所以她們這些跟著的丫鬟自然也是要嚴格遵守規矩，生怕落了不是。

等到老夫人嫁人以後，為了在婆母面前掙表現、為了在京城主母面前掙面子，她的規矩更嚴了。老夫人確實是做到了，年輕時受了太皇太后的誇讚，成為京中主母紛紛仿效的對象，年歲大了後更是京中德高望重的老夫人。主子一輩子這麼嚴待自己，做丫鬟的自然不敢鬆懈。

老夫人起身，嬤嬤連忙扶住她。她走到窗邊，推開窗戶，涼風捲入屋內。

圓月皎潔，明亮的月光灑入屋內，清清冷冷的，更顯孤寂。

「我很不喜歡節日。」老夫人道。

嬤嬤很少聽老夫人說這些話，連忙將頭垂下。

老夫人盯著那輪圓月，似乎陷入了回憶，輕聲道：「待字閨中時不喜歡，嫁人後更不喜歡。嫁人前要與家中姊妹們鬥氣比拚，歇不了氣，嫁人後要忙著操持宴席，打理中饋，夜裡沒力氣討好國公爺，只能看著他去別院歇下……」

幾十年來，嬤嬤頭一回聽老夫人說這些話，連忙打斷道：「老夫人。」

「多大的年歲了，早就不在乎這些了。」老夫人搖搖頭，臉上透出迷茫的神色。「我一直以為我不喜熱鬧，要不是為何我總是厭惡每個節日？所以妳看我吃齋唸佛，把壽寧堂弄得清清淨淨的，恨不得一絲熱鬧也不沾。但近些時日我才發現，我似乎想岔了。」

她合上窗戶，月光依舊透過薄薄的窗紙灑了進來，照得滿地銀霜。

「我不是不喜熱鬧，我是不喜空盪盪的熱鬧，尤其是熱鬧散場後，那孤寂冷清真是讓人喘不過氣來。」她緩緩地往床邊走去。「幼時熱鬧散場後，回到房裡母親要訓我哪裡做得不對，留我一人面壁反思；嫁人後熱鬧散場了，回到房裡依舊是冷冷清清一片，別院的燈火倒是亮堂得很；老了之後，外面鞭炮齊鳴、人人笑鬧，只有我這兒空無一人，小輩拜見後就跟逃難似的跑了。」

她坐在床邊，嘆了口氣。

「有時候我在想，若是我當年生在尋常人家，如今只是個苦命的婆子，會不會像胡大娘那般，有個貼心乖巧的外孫女，祖孫倆相依為命，日子雖苦，卻也讓路過的、高高在上的國公夫人羨慕得緊。」

嬤嬤心中難受，握住老夫人的手，卻什麼勸慰的話也說不出來。

老夫人只是笑笑，抽出手。「做什麼這般表情？我只是說說罷了，妳看我現在高床軟臥，上床睡覺也有人伺候，多少人羨慕不來的。」她閉上眼睛，輕聲道：「老三媳婦不是說明日不當值的可以歸家嗎？妳明日也回去吧，這些年來一直留著妳陪我，居然未曾想過節日放妳歸家歇歇。我連這點也沒想到，真是有愧於妳。」

嬤嬤搖搖頭。「老夫人說的什麼話呀……」她抬頭，見老夫人已經閉了眼，便止住了話頭，悄聲退下。

壽寧堂的主人睡下了，三房這邊卻依舊熱鬧著。

姜舒窈和大房幾個孩子一起壓月餅，徐氏和周氏負責揉餅，謝珣和謝理負責偷吃餡料，一群人很快做了一大盤月餅出來。

周氏挑戰將月餅做成皮薄餡大的模樣，跟手裡的五仁餡鬥上了，這邊皮包好了，那邊餡又露了出來，做個月餅硬是做得咬牙切齒。

徐氏哭笑不得，見周氏鬢髮垂了下來，用未碰過油麵的小拇指為她挑到耳後，可剛剛挑過去，動作就僵住了。

周氏不解，抬頭看她。

徐氏往遠門那邊看了一眼，周氏便轉頭看去，發現謝琅站在院門，似乎是想進來。

「他過來幹麼？掃興。」周氏立刻黑了臉道。

徐氏卻有些欲言又止，猶豫了一會兒道：「他應是有話對妳說。」

周氏詫異地看向徐氏。她與謝琅這事，徐氏雖未說過什麼，但其實一直站在她這邊，今日怎麼改了態度？

徐氏道：「妳要不……過去和他聊聊吧。」

周氏放下手裡的麵團，皺眉看著徐氏。

徐氏嘆氣。「妳信我一次，他應當是有要事對妳講。」

周氏不想見謝琅，但徐氏這麼說了，她也不想為此和徐氏嘔氣，便用乾布擦了擦手，往院門走去。

謝琅見她過來，有些開心，但很快壓住了。「我有事對妳講，咱們能找個地方，坐下談談嗎？」

周氏不耐道：「還沒聊夠嗎？翻來覆去，無非就是那些廢話。」

謝琅面帶苦笑。「我保證，這是咱們最後一次談話了。」

周氏擺擺手，踏出院門。「行吧，這是你說的，今日一過，往後別來煩我。」

謝琅腳步一僵，臉上連苦笑也掛不住了。

兩人在附近的亭裡坐下，周氏剛剛坐下就道：「說吧，我還要趕著回去做月餅呢。」

若是可以，謝琅很想問問她最近如何，但他明白周氏聽了這些只會不耐煩地走掉。於是，他只能跳過那些憋了很久的話，從懷裡掏出兩樣東西，放在石桌上。

周氏皺眉看他，他便將石桌上的冊子推到周氏面前。

「這是什麼？」周氏遲疑地伸手，拿起最上面的那張薄紙。

展開一看，她臉上不耐的神情頓時破碎，只剩下驚訝。

她瞪大眼看向謝琅，見他點頭，再次將目光挪回到薄紙上。

開頭的「放妻書」三字十分扎眼。

或許只有在她震驚之時，他才能有機會說些話吧？

謝琅心中苦澀，沒想到他會有一天連與她講話都要費勁心思找機會。他道：「這些年，是我愧對了妳。我虧欠妳良多，認錯也好、道歉也罷，說再多都無法彌補。」

周氏將紙合上，有種塵埃落定的不真實感。

謝琅卻不敢看她的眼，他只是將冊子推到周氏面前，這回不用說什麼，周氏便主動拿起來打開看。

「敕牒？」周氏一目十行看完冊子裡的字句，難以置信地問：「青州……你、你要去青州？」青州是漠北最荒涼的地方。

「是。」謝琅抬頭看她，此刻的笑容終於不再苦澀。「我已與阿笙商議過了，她說她願意跟著我前去上任，她說困於京中，她永遠看不到書本裡記載的大漠孤煙，也體會不到不同的風土人情，她很想去漠北看看，到時候我會將她送到周家，她若是想我了，也可以讓人送她來青州見我。」

周氏一時太過於驚訝，遲遲沒有反應過來，也忘了維持冷臉。「等等，青州知府與你現在的官職比起來，是貶官且外放，你犯什麼事了？」

謝琅輕笑一聲，她這種迷糊的時候，似乎又回到了初見時的模樣。

「這是我向聖上求來的。」謝琅面上的笑意散去。「年後赴任，妳可以跟著我去，也可以早一些過去，說是和離也好，繼續以我的夫人身分行事也好，全在妳。」

周氏放下敕牒，腦子裡亂亂的，不知道如何回話。

「妳想回漠北，但心有顧慮不能離去，現在不必了。阿笙到時會跟著我過去，妳也能不必因顧慮身分而束手束腳，當然，若是和離之婦行事不方便，便不必對人提及我們已經和離。」

見周氏抬眼看他，謝琅自嘲地笑道：「妳放心，我既然給了妳放妻書，便不會再糾纏。」這話說出口後，他自己心中也釋然了不少。「若影，妳不必擔心我有什麼謀劃，若是成親後的我讓妳信不過，請念及成親前的我，放心大膽地歸家吧。」

「歸家」二字忽然讓周氏鼻子一酸，她強壓下淚意，甩開繁雜的思緒，道：「你不必為了我請求調任。」

謝琅笑了出來。「不僅僅是為了妳，也是為了我自己。」

今夜結束以後，可能兩人再也不能面對面地坐著談話了。謝琅喉結滾動，壓下心中酸楚，儘量讓自己顯得得體一些。「我這輩子都過得順風順水的，家境、才學樣樣都好順意，唯一遇到的波折，就是去漠北遊歷時遇到了妳。」

見周氏要說話，他連忙接上。「妳可別急著罵我。我嬌貴慣了，哪怕是遊歷，也是吃穿住行樣樣不差，可不像三弟那般，跟了個較真的老師，過得跟個苦行僧似的。到了漠北以後，我依舊吃著精細的飯食，睡著綢被軟榻，直到那日街頭遇見妳，從此以後，日子被妳攪得天翻地覆。

「漠北之行不過是為了增加點見識，於才學上精進一二罷了。到了漠北，我未曾體會過邊關疾苦，也未曾體會過冬日苦寒，寫出來的詩詞也只是無關痛癢，即便這樣，回京以後還是人人傳頌，得了個大才子的名聲。」謝琅說完，忍不住搖頭嗤笑。

周氏並未接話，他便繼續說了下去。「我這輩子，生於京城的高門貴族，活在書中的風花雪月，若不是妳，可能就這麼渾渾噩噩的過了，從未見過世間的另一面是何樣。妳帶我喝過烈酒，見過大漠，獵過狼群，看過邊關的明月，拜過將士們的埋骨地……明明給了我機會，我卻沒有抓住，選擇回了京城，領了官職，重新縱情於風花雪月之中。」

周氏雖不愛他了，但她仍然聽得心中苦楚。

「我想，七年前我錯過了，七年後我不該再次錯過了。曾經到漠北我吃的是精細佳餚，如今我便跟著百姓們吃豆飯、乾饃；曾經我住的是繁華街市，如今我便去最貧苦的地方體察民情。現在的官職我不用盡全力便能做好，若是我留在這兒，無非就是升官晉職，但卻一輩子踩不到實地，到了青州以後，我可能用盡全力也做不好知府，不過這樣才是人一生該追求的事情，不是嗎？」

周氏悶不吭聲，氣氛有些凝滯。

謝琅給了她放妻書後，那些優柔寡斷和輾轉反側隨之一道散盡，似乎時光流轉，又做回了曾經那個風度翩翩、無憂無慮的謝二郎。

「若影，我並未真正了解男女之情，所學所見的全是書中那些煙花風月、紅袖添香，但我了解真正的友情，妳是我一生中最不可或缺的友人，遇見妳乃我人生一大幸事，負了妳，我很抱歉。」

周氏抬頭瞪他。「我不要你的道歉。」

謝琅笑了出來。「這才是妳嘛。」他收了笑，道：「妳想回漠北的話，就年前回去吧，這樣還能和家裡人過個年節，京城這邊我會幫妳打理好的，妳放心走就是了。早些回去也好，畢竟漠北的吃食實在是難以入口，日後我到了青州，說不定還能沾沾妳的光，不用吃那些乾饃了。」

周氏道：「想得美，青州離周家很遠，吃食傳過去至少也得一、兩年。」

謝琅道：「我知道。」吃食傳不過去，人也很難見上一面，說不定今日一別，再見之時已是物是人非。

兩人都沒再說話了，亭中陷入了難捱的沈默。

謝琅希望這沈默能多停一會兒，他就能多與她相處一會兒，但事違人願，周氏吸了口氣，站起身來準備離開了。

謝琅抬頭看她，正巧撞上了她的視線。

「你知道，你做的這一切我都不會感謝你吧？」她問。

謝琅答。「我知道。」

「你也知道，我是依舊恨你吧？」

「我知道。」

周氏點了點頭，不帶一絲留念離開了亭子。

謝琅依舊保持著她離開時的姿勢，枯坐了一會兒。直到風起，他才動了，將石桌上的物件歸整好放入袖中。他抬頭看向天空，今夜的圓月明亮極了，亮得晃人眼，多看幾眼會讓人眼酸。

他對著月亮喃喃道：「妳知道，最後一面的最後一句話，會讓人記一輩子的吧？」

周氏回到三院時，大家正圍著烤窯等月餅出鍋。

甜軟的香氣飄得滿院都是，姜舒窈將木板拿下來，用刷子給月餅刷上一層蛋黃液。

謝昭扯著她的袖口請求。「三嬸，讓我刷一個吧。」

姜舒窈剛把刷子遞給他，就聽到動靜，往院門方向看去，她一動作，正在閒聊的其他人也跟著轉身看過來。

今夜對周氏來說過得跟夢一樣，七年終是走到了盡頭，但她從未想過，這一天真正到來時，那些一直鬱結的意難平，在回來的路上竟然如此輕易地就被夜風吹散了。

她臉上綻放出釋然的笑，大步朝他們走過去。

七年漫長，難熬的不是時日，而是那些細碎的、無法挽回的選擇。但若有人問她後悔當年嫁進京城嗎，在踏入院門前，她是不知道答案的。不過現在她明白了，她的答案是不悔。

徐氏拋開謝理，快步向她走過來，蹙眉輕聲問：「如何了？」

周氏看著這個和自己爭了七年、常常氣得她跺腳的女人，忽然覺得世間萬事真是奇妙。

她搖頭，還未說話，徐氏已經緊張地拽緊了手帕。「妳難道，不，他難道……」

周氏噴笑了出來，她道：「塵埃落定。」

徐氏吸了口氣，柳眉微揚，歡欣的神情還未升起就被匆匆壓下了，轉而化作了擔憂。

「那妳……」她是知道周氏這個死心眼曾經有多癡心的。

周氏見她這副小心翼翼的模樣，笑得越發開心。「我要歸家了。」

徐氏一愣，旋即同樣笑了出來，多餘的話也不知道如何說，只能不斷點頭。「好，好。」比她預料中的結果還要好。

姜舒窈同樣放下了手裡的刷子、盤子小跑過來，問：「怎麼樣了？」

周氏將事情複述了一遍，姜舒窈也跟著笑了起來。

「太好了，二嫂妳可以回家了。」說到這裡，她神情又變得有些傷感。「漠北呀……離京城很遠。」
一旁笑著的徐氏也變了神情，從為周氏開心變成不捨。
「我又不是不回來了，即使到了那邊，我的老闆娘還在京城，我還得回來學習菜譜呢。」她聳肩道：「尋常人走走停停要兩個月，我又不一樣，我可比天下大多男子都要厲害。」
徐氏剛剛升起的那些惆悵立刻散去，與她鬥嘴道：「好大的口氣。」
周氏反而習慣這樣的徐氏，頓時舒服了。
姜舒窈鬆了口氣。「那就好。我娘生產以後妳可要回來看看，畢竟我娘整日在街頭亂竄，全靠妳護她，孩子出生時可不能少了妳。」
周氏點頭應下，提起自己的打算。「我決定月末就走，這樣趕到漠北還能過個年節。」
「這麼快？」
「是，決定了就儘早出發，拖拖拉拉的像個什麼樣？」

第七十一章

幾人有一搭、沒一搭的聊著，第三次刷完蛋液的月餅被重新送入了烤窯。

待到月餅出鍋時，所有人都停下了閒聊看向月餅。

月餅形狀不一，整整齊齊擱在盤內，酥皮金黃，花紋凸起處呈紅褐色，散發著香甜的氣味，帶著剛出爐的暖意，聞著十分綿長醇厚。

剛出爐的甜品是最美味的時候了，姜舒窈招呼大家嚐嚐，囑咐道：「小心燙。」

於是大家便圍成一圈，拿起了自己用模具印出的月餅。

謝珣的自然是碩大的印著他字跡的五仁月餅。

姜舒窈仰頭期待地看著他。「試試味道如何。」

剛出爐的月餅托在手中，餘溫尚在，一口咬下去，濃甜的熱意立刻充滿口腔，絲絲密密，浸潤唇頰，分不清是蜜意還是熱氣，讓人有一種莫名的幸福滿足感。

月餅外皮細密，香鬆柔膩，皮是軟甜的，餡卻帶著硬度。核桃仁、瓜子仁剁碎了和冰糖混合起來，吃起來甜度足，又有堅果的油香氣，香甜可口。

謝珣點頭。「好吃。」

姜舒窈已經習以為常了，在他心中什麼都是好吃的。

不過她就喜歡他這樣的。

「還有豆沙餡，你試試這個，我最喜歡這個了。」

她用手托著送來月餅，謝珣自然地張口，惹得雙胞胎擠眉弄眼的。

謝珣啃了一口豆沙月餅，姜舒窈收回手，自己也啃了一口，兩個人笑咪咪地看著對方，一起咀嚼。

姜舒窈喜歡豆沙，但不喜歡太甜的豆沙，所以糖放得少，豆沙餡還保留著清淡的紅豆清香。外皮酥薄綿潤，牙齒咬下時能感覺餅皮和豆沙餡的密實，甜淡適宜，嚼起來糯糯的，紅豆香與麵香混為一體，鬆軟溫熱。

「這個我也喜歡。」謝珣咽下月餅，細細品著甜香氣。

姜舒窈不禁笑道：「等挨個兒吃完，看看你哪個不喜歡。」

品完月餅，眾人在院裡賞了會兒月，便準備各自回房。

徐氏和周氏在岔路口道別後，看著周氏的背影，遲遲沒有動作。

謝理走過來提醒道：「夫人，二弟妹已經沒影了。」

徐氏沒有動作，只是嘆道：「我只是覺得有些唏噓。」

謝理也道：「是啊，情之一事誰又能看得清呢？」他寬慰道：「不過對於二弟妹來說，也未必是虛度空耗七年光陰。人生常有不如意，但更多的是平平淡淡，這些看似不起眼的瑣碎日子裡，煩惱也好、美好也罷，日後說不定還會懷念呢。」

徐氏點頭，終於挪動了腳步。

謝曄和謝皓在前面走著，雙胞胎拽著謝理的長袍，月光將五人的身影拉得很長。

徐氏落後一步，在後面慢慢地走著，腦裡思緒紛雜。

或許是今夜過得太平和，徐氏鬆懈了不少，忽然小跑著追上謝理。「夫君，我有一事想要問你。」

謝理用袍子帶著昏昏欲睡的雙胞胎往前走，一邊顧著他們，一邊側頭道：「何事？」

徐氏猶豫了一下，還是問出了這些年來最為不解的問題。「為何自我嫁過來以後，你從未納妾？」當年她嫁過來以後，看著總是黑著臉的夫君還好一陣擔憂，這般古板嚴苛的一個人，一看就不知道體貼妻子。

她自知相貌不算頂尖，性情也平平，每次丈夫上峰送來歌女時，她都要提心弔膽的，恨不得立刻將閨中學到的手段拿出來，穩固自己正妻之位。

可出乎意料的，這麼多年謝理不僅體貼入微，還拒絕了所有的鶯鶯燕燕，給了她少女時期不敢奢望的婚後日子。她疑惑過、患得患失過，直到現在也沒想明白。

謝理提溜著打瞌睡的謝曜，聞言輕笑道：「夫人可記得大婚當晚妳說過什麼嗎？」

十多年過去了，徐氏連大婚的流程都要忘了，怎麼還會記得曾說過的話。

她仔細回想一遍。無非就是些吉利的套詞，還能是什麼？

謝理看她這樣就知道她忘了個一乾二淨。

「那夜我正睡得迷迷糊糊的，妳撐起身子來對著我悄聲說『夫君，請你莫要負我，我不求一生一世一雙人，只求相敬如賓，正妻之位穩固。若是你做不到，我便攪得你後半輩子不得安生。』如此可怖的威脅，為夫哪裡敢忘？」

話說完，見謝曜已經睏得站不穩了，謝理便蹲下身子抱起他，繼續往大房走去，活像剛才說的話只是一句再尋常不過的閒聊罷了。

他反應平淡，徐氏卻如被雷劈般僵硬在原地。

她愣愣地看著謝理的背影，難以相信自己剛才聽到了什麼。

這麼多年，她也就大婚那個晚上才說了心裡話，還是趁著他睡著時說的，但他卻聽了個一清二楚，還記了十多年？所以，其實謝理從一開始就明白她根本不是面上那般溫婉無爭嗎？那她這麼多年的裝模作樣，他全都清楚？

謝理回頭，看著她愣愣地站在原地，不禁哈哈大笑一陣，勉強收住笑後，他道：「夫人，跟上啊！孩子們睏得受不住了。」

徐氏呆呆地點頭，提著裙襬向他跑去。

大家散去後，三房院子恢復了寧靜。

姜舒窈和謝珣漱洗之後都不願立刻上床就寢，便乾脆往門檻前擺了個矮凳，依偎著賞起了月亮。

「幸虧白芍回家去了，若是她在，定要讓我回房去，說大晚上的賞月小心著涼。」

謝珣用斗篷把姜舒窈裹得緊緊的。「這樣不會著涼的。」

姜舒窈把腦袋在謝珣懷裡拱了拱，找了個舒服的姿勢，仰頭看向天空。「今夜的月亮真美，也不用等到十五再賞月嘛。」

謝珣摟著她，同樣抬頭看向圓月。「是啊。」他左手摸到姜舒窈的手，與她十指緊扣。「那我們以後常常賞月如何？不必等到十五，也不必等到滿月，就我們兩人，吟詩作對，把酒言歡——」

姜舒窈打斷他。「你可別為難我，我哪會吟詩作對啊？」

謝珣覺得很有道理，贊同地點點頭。「我負責吟詩作對，妳負責把酒言歡。」

姜舒窈滿意了。

謝珣想到二房的事，順勢提起了糾結許久的問題。「妳有想過離京生活嗎？」

姜舒窈不解道：「離京？去哪兒？」

「我以前遊歷時去過很多荒涼的州府，見過太多百姓疾苦，立志有朝一日能去往那些地方做父母官，為百姓盡一分力。等到做出功績後再回京輔佐太子，這樣也不怕久居京中失了本心。」他握緊姜舒窈的手，有些忐忑。「後來我便歇了這份心思，怕妳跟著我受苦。」

姜舒窈立刻就明白了，估計是謝琅請求調任青州知府一事觸及了謝珣的心事，她道：「吃什麼苦呀？你會委屈我嗎？」

謝珣連忙道：「當然不會。」

「那不就結了？對我來說，只要把日子過好就不叫苦。你若是去北方，那我們就可以嚐到地道的山珍；你若去東南，那我們就可以吃到很多海鮮；若是去西南那更好了，那邊水果很美味的！」

謝珣內心的擔憂一瞬間散了個一乾二淨，搖頭輕笑。「怎麼立刻就想到吃食上面去了？」

「日子不就是這樣嘛，吃吃喝喝就是我的盼頭。你不必顧慮我，只要跟著你，去哪兒我都願意。」

謝珣沈默良久，最後將下巴在姜舒窈頭頂蹭了蹭，悶聲道：「謝謝妳。」

姜舒窈抬起頭來親親他的下巴，笑道：「不客氣。」

她縮在斗篷裡，笑容燦爛，滿眼都是自己，謝珣心尖一軟，低頭壓向她的唇。

溫暖、甜蜜，觸到以後便不想分開。

謝珣這麼想的，也是這麼做的，在她的唇上流連輾轉，讓她有些喘不過氣來。

謝珣終於明白了品嚐她紅唇的甜頭，輕輕地含著，若有似無的碰著，這種試探太過於小心，時碰時離，酥酥麻麻的，像是有蝴蝶在心尖振翅，癢癢的、脹脹的。

姜舒窈想要推開他，卻忘了自己被裹在了斗篷裡，伸不出手，只能承受著他的輕吻。

等到他停下時，她渾身的力氣早就散了個一乾二淨。

謝珣清了清嗓子，動了動長腿遮蓋住身下的異樣，轉移話題道：「咳，夜深了，該就寢了。」

姜舒窈點頭，謝珣想站起來，卻被她拉住。「我沒力氣了，你抱我過去。」

謝珣微愣，一側頭就對上她盈盈似水的目光。

深怕壓不住邪念，他不敢多看，一把抱起姜舒窈，大步往內間走去。

將姜舒窈放在床榻上後，他想轉身熄燈，卻陷入了姜舒窈水汪汪的眸子，怎麼也挪不動腳步。他感覺自己不受控制一般，坐在床邊，再次壓上她的唇。

這一次直讓姜舒窈徹底喘不過氣來，想要推開他，卻沒有力氣，手掌在他胸前亂碰，惹得他心頭癢麻，乾脆一把將她壓下，握住她的手推到頭頂。

她的髮髻被壓散，那根隨便簪著烏髮的木釵搖搖欲墜。

「可以嗎？」謝珣問。

他的眼眸不再像往日那般清冷疏離，早已染上了迷離的情愫，壓迫感十足。

姜舒窈側首躲開他的視線，點了點頭。

謝珣指尖顫抖，將木釵從她髮間輕柔抽出。烏髮散落，輕輕滑過他的手背，冰涼如緞。

隨之散落的，還有衣衫與滿屋的春色。

秋日過去，冬日悄然來臨。

周氏又是準備、又是收拾的，終於趕在寒冬到來前動身離開。她動身這日早上，謝國公府眾人起了個大早，紛紛前往城門送她。

周氏只覺得這樣太過於拖拉，一路走、一路回頭讓她們回去。

面對離別，徐氏偷偷抹了幾回眼淚，結果一掀開車簾，見周氏坐在高頭大馬上，一副恨不得立刻出城恣意縱馬的模樣，眼淚頓時收了回去。「就送妳這一回，以後妳再走，想讓我送妳我都不送。」

周氏放下了婦人髻，紮成了高高的馬尾，換上一身便行的衣裳，美豔褪去，只剩英姿颯爽。她策馬靠近徐氏的馬車。「說話算話啊！」

徐氏深吸一口氣，甩了車簾。

到了城門，林氏早就在此處等候多時了。

周氏見她從馬車上下來，頓時皺了眉頭。「不是說讓妳在家安心養胎嗎，怎麼又出來了？」

林氏撐著後腰道：「妳離京我不得送送嗎？」

周氏看她的大肚子就提心弔膽的。「送什麼送呀？妳放心吧，我到了漠北開店前一定先寄信給妳，隨時跟妳匯報生意，絕不會毀了林氏吃食的名聲。」

林氏哼道：「沒心肝的，我大早上爬起來送妳，是擔心生意嗎？」

周氏無奈道：「我知道妳們是捨不得我，但我又不是不回來了，別的不說，妳生產時我肯定會回來啊！這麼一算，也就兩、三個月以後。」

話音剛落，徐氏從馬車裡探頭，和林氏異口同聲道：「誰捨不得妳了！」

周氏連忙道：「行行行，不是不是。」

徐氏從馬車上下來，招招手，後面兩輛馬車的車伕立刻馭馬上前。

她對周氏道：「妳趕路就行，他們會在後面慢慢跟著的。」

周氏翻身下馬，來到她跟前，不解道：「他們是做什麼的？我行路並不需要人伺候啊。」

徐氏有些彆扭。「不是伺候妳的，算是我給妳準備的離別禮吧。他們是我用慣了的掌櫃，算帳是一把好手，且老家都在漠北，我便想著，讓他們跟著妳過去吧，也算是圓了他們思鄉之情。」

周氏揉揉頭。「我要算帳的幹麼？」

徐氏聞言瞥了她一眼。「不帶帳房過去，還得另外找人手，且不一定合用，別的不說，妳還想自己算帳不成？」

周氏頂嘴道：「怎麼不行？」

徐氏忍不住了，嗤笑一聲。「妳以為，我真不知道這些年妳在帳目上動的手腳嗎？」她執掌中饋，周氏眼饞，兩人私下裡爭了很多年，小打小鬧的，這麼多年過得也不算太無聊。

周氏心虛，不說話了。

徐氏道：「況且也不全是為了妳，更多的是因為他們這些人功勞大，且一直都有歸鄉之意，我藉機放他們回去，妳用得上便用，用不上就算了。」

周氏點頭，兩人陷入沈默。

那邊林氏也讓人拉來了兩大馬車雜七雜八的，給周氏介紹道：「都是用得著的東西，單子在這兒，妳路上慢慢看。」

姜舒窈扶著林氏走了過來，從袖口掏出一本厚厚的冊子。「二嫂，這是我寫的廚藝心得，從初學時到如今的，希望對妳有用。」厚厚一本，每天趕著時間，直寫了一個多月。

周氏接過，見到裡面密密麻麻的歪扭字跡，此時心頭終於升起了不捨之意。

她聲音有點悶。「謝謝妳們。」

想說的話太多，若是一直說下去，便永遠動不了身了。

林氏年長，最明白這個道理，對周氏道：「行了，動身吧，現在走還能趕到京郊驛站吃頓午飯。」

周氏點頭，回到馬前，回頭看她們一眼，俐落翻身上馬。

「那我走啦！」她道。

三人點頭。「路上小心。」

周氏笑了笑，揚起馬鞭，策馬離開。

高馬疾馳，風吹得她衣衫鼓動，髮絲飛揚，眨眼間便化作了一個小點，消失在遠方。

林氏撇嘴，咕噥道：「剛剛出京城，騎馬就這麼虎，也不知道回了漠北該得有多狂。」

徐氏附和道：「可不是。」

說完後，三人再次陷入沈默。

林氏招招手。「走吧，咱們回去吧。」

徐氏和姜舒窈點頭，正欲轉身，姜舒窈捂住嘴巴忽然乾嘔了一聲。

林氏嚇了一大跳。「這是怎麼了？莫不是喝了太多冷風？」

姜舒窈還未答話，又乾嘔了一下，徐氏趕忙喚丫鬟取熱水過來。

姜舒窈接過水囊，喝了一口熱水後胃裡總算舒服了，剛準備說「我沒事」，還沒發出聲，再次乾嘔了起來。等她平復下來，抬頭就撞上了徐氏和林氏炯炯有神的目光。

「怎、怎麼了？」她有些害怕。

林氏道：「妳之前可有噁心過？」

姜舒窈不解。「這些日子是有一點，估計冬日到了老是喝冷風，胃裡進了涼氣……」說到這裡，她實在是受不了林氏和徐氏發亮的眼了。「妳、妳們怎麼了？」

林氏有些激動，扶著後腰，摸著肚皮道：「妳可和女婿圓房了？」

「娘！」姜舒窈一驚，她瞥了眼徐氏，紅了耳根。

徐氏卻對林氏道：「看樣子是了。」

「是什麼？」姜舒窈一頭霧水。

林氏噗哧笑了出來，扯過她的手，把她往馬車上引。「傻丫頭，能是什麼？妳有了！」

「有什麼了？」姜舒窈被她推著，不敢掙扎，怕碰到了林氏的孕肚。「娘，您小心一點。」

徐氏捂嘴笑道：「還能有什麼？當然是有身孕了！」

姜舒窈愣神的同時，林氏已吩咐車伕道：「回府，駕馬穩一點，越穩越好。」

徐氏和林氏一掃先前的萎靡不振，等到大夫診脈確定是有了身孕之後，更是歡欣鼓舞。一個叫人送信給謝珣，一個著手準備安胎事宜。

只是林氏傳信只說讓謝珣回來，他接到林氏的口信後，還以為出了什麼急事，急急忙忙地就趕回了謝國公府。

一口氣不帶喘直接跑到了正院，見下人們來來去去的，十分忙碌的模樣，更是焦急。

等踏入房門，見到了姜舒窈安然無恙地坐在椅子上才鬆了口氣。

還未開口詢問，姜舒窈搶先開口。「伯淵，這一年你不能外放了。」

「嗯？」謝珣沒有理會她這句話，而是先靠近把她上下看了一遍，擔憂道：「怎麼了？出什麼事了？」

姜舒窈道：「也不算出事了，就是我有孕了。」

謝珣點頭。「沒出事就好，沒出事就——等等，妳說什麼？」

姜舒窈見他這副傻樣忍不住笑了出來，提高音量。「我說，我有孕了。」

謝珣冰山臉徹底破碎，狂喜湧上心頭，手足無措地站在原地，本想抱她又不敢靠近，最後還是姜舒窈撲進了他的懷裡，他膽戰心驚地接住。

「小心一點。」他顫顫巍巍地道。

姜舒窈笑得更歡了。「你這樣也太傻了吧？」沒想到謝珣也能有今天。

謝珣無奈，按住她的肩膀不讓她亂拱，理智回籠開始細細問道：「大夫看過沒？怎麼說？要做些什麼？注意些什麼？不對，我不該問妳，妳先坐下，別坐板凳，去軟榻上坐著……」

姜舒窈有孕，謝國公府要慶祝，小吃街也跟著慶祝，食肆、早食攤、零食店全都跟著慶祝，半個京城都在一片歡欣祥和之中，連東宮團走路都帶著風，樂呵呵地商量著到時該送些什麼給嬰兒。

全京上下，只有謝珣一人成天絮絮叨叨，緊繃得要命。

這場熱鬧一直持續到過年都未散去，年關一至，熱鬧翻倍，一片鞭炮齊鳴中，新的一年到來了。

京城的初雪落下後，京城一片銀裝素裹。

姜舒窈縮在謝珣懷裡賞雪，沒一會兒便昏昏欲睡，惹得謝珣擔憂至極。「最近怎麼越發精力不濟？」

姜舒窈無語。「孕婦都這樣。」

謝珣不信，伸手取來旁邊的冊子翻閱自己的筆記，才剛剛打開就被姜舒窈強行合上。謝珣無奈，只能放下書，雙手摟住她，繼續同她看景。

窗外的風雪漸漸停了，屋內的炭盆還燒得正旺，謝珣看著窗外的白雪，思索著等會兒怎麼拒絕姜舒窈出去玩雪的請求。

只是等他理由都想好了，姜舒窈還未開口。

低頭一看，懷中人不知何時已睡著了。

謝珣搖搖頭，輕笑了一聲，將她抱到床榻上去。

不一會兒，風雪又起，雪花落在冰晶上，在屋簷上凝成一道道冰凌。窗外風雪正盛，寒風簌簌作響，屋內卻一片祥和寧靜，唯有輕緩的呼吸聲和書頁翻動的輕響。

瑞雪兆豐年，來年定是美滿的一年。

番外一

今年的年節比往年熱鬧了不少，也緊張了不少。熱鬧是因為姜舒窈有孕這件喜事，緊張是因為林氏生產在即。

姜舒窈有孕以後，謝珣想盡了法子不讓她下廚房，畢竟懷孕前三個月事事都得小心。

姜舒窈覺得他有些小題大做，自己的身子自己清楚，別的不說，府裡做的吃食總是不太合口味，沒有自己下廚做的合心意。況且成日無所事事，她憋悶得慌。

看書時謝珣怕她傷眼睛，閒逛時謝珣怕她不小心摔著了，哪怕是神遊天外，謝珣都擔心她是在琢磨事情，要勸說一句莫要思慮過重。

姜舒窈總有種自己還沒得孕期憂鬱症，謝珣就要先得了的不祥預感。

然而事情比她想像的還要更嚴重。

近期似乎有一團烏雲瀰漫在東宮上空，東宮內氣氛萎靡。

李復提溜了一疊醫書到了東宮，放在桌上，大家紛紛湊了過來。

「這就是全部了。」他的外祖父曾是宮裡的御醫，擅婦科，專為各宮妃子診脈。

謝珣道了聲多謝，將醫書收下。

一開始姜舒窈懷孕，東宮眾人都表示很開心，走路都帶風，不知情的人還以為太子不日就要登基了。可後來不知是誰提了句「婦女生產就是過鬼門關」，大家渾身一震，立刻開始憂心忡忡，愁雲滿面。

這些時日大家都回去打聽了關於婦人生產一事，惹得長輩們還以為他們行事荒謬，在外面搞大了誰家姑娘的肚子。

運氣好的，解釋過後母親相信了，會接著說些保胎順產的良方。

運氣不好的，例如藺成，被藺大人拿起棍子攆了半個藺府，罵罵咧咧地吼。「你個不學好的畜生！君子敢作敢當，姑娘有了身孕不明媒正娶娶回來，還說謊是為謝家小子的媳婦擔憂，你當你爹是傻子嗎？」

隔了一道牆，隔壁府都能聽見藺成撕心裂肺地吼。「冤枉啊！」

藺大人有理有據。「我看你這個小畜生愁眉苦臉了十多日就知道不對勁了，還敢拿謝家小子出來擋箭？」哪有誰會因為別人的媳婦嘆氣嘆個十多日的？

「什麼跟什麼呀，還有，我若是小畜生，那爹您是什麼啊？」

翌日，藺成一瘸一拐地到了東宮，十分嚴肅地為大家科普。「我祖母和母親說，婦人生產有的容易、有的難，平日應注意調理，多多走動，養好身子骨兒。」

他顫抖著被打得還有些腫的手，從懷裡摸出自己的小筆記，眼含淚光地對謝珣道：「伯淵，你一定要照顧好嫂子，這樣我也沒白挨一頓揍。」

謝珣雖然感動，但總覺得奇奇怪怪的，懷孕的是他媳婦，這群人跟著鬧烘烘地湊熱鬧是怎麼回事？

林氏生產在即，吃食生意就全壓在姜舒窈身上了，不過林家一向安排得當，不需要過多操心，姜舒窈只需要在大事上做決策就好了。

眼見著準備得都差不多了，她按部就班，讓零食店和城西的早食鋪子取吉日開張。

東宮眾人聞得此消息，紛紛涕泗橫流。

「嫂子懷孕艱難，但依舊記掛著大家的口腹，實在是令人動容。」

「正是。」

「我要賦詩一首！」

謝珣面無表情地走過來，把一疊冊子放下。「城西的戲臺子搭好了，你們若是想唱戲，去那兒便好。」

眾人連忙嬉皮笑臉地嘿嘿幾聲。

謝珣把後續政務解釋一通後，道：「收尾的就交給你們了，我要趕著回府了，免得她又瞞著我偷偷摸摸下廚。」

眾人猝不及防又被餵了狗糧，狗眼淚汪汪，揮揮小手絹送別謝珣。

謝珣趕到謝府時，姜舒窈果然在小廚房，只不過沒有自己親自動手，而是在指揮丫鬟下廚。不過這樣還是讓謝珣擔憂，將她扶出來。「廚房煙大，還是少進廚房吧。」

姜舒窈無奈，謝珣實在是小心過頭了。

後來謝珣想了個法子，把整日無所事事的謝珮叫到了三房，負責盯著姜舒窈順便陪她解悶。謝珮對此表示很不服氣。

「三哥，我怎麼就整日無所事事了？」她拍拍胸脯道：「林家的甜飲店正在籌備中，全靠我一人給那些閨秀們宣傳呢。」

冬日到了，熱呼呼的奶茶喝起來正合適。牛乳一向是上層貴族才會飲用，但以前處理不得當，腥羶味過重，除了給體弱的孩童買來補身子以外，貴族很少飲用。但如今有了奶茶就不一樣了，配上蛋糕、蛋黃酥等等甜品一同販售，一定能在京中貴女、夫人間掀起熱潮。

謝珣有些頭疼。「那妳也不能整日往外跑，像個什麼樣子？」

過往積威許久，謝珮仍有些怕這個冷面哥哥，不敢頂嘴，只敢小聲咕噥道：「哼……三嫂去外面你就沒意見，就來管我。」

謝珣無法辯駁，只能由她去了。不過謝珮還是改了時常找小姊妹遊玩、串門子的習慣，老老實實去了三院盯著姜舒窈。她的「盯」，是真正意義上的盯。

姜舒窈坐在桌邊翻帳冊，謝珮拿著杯熱奶茶坐在對面。

「嘶——嘶——嘶——」

姜舒窈抬頭，謝珮臉上露出不好意思的笑。「抱歉，三嫂妳繼續，我小聲一點。」

姜舒窈點點頭，繼續看帳冊。

「咕嚕——咕嚕——咕嚕——」

姜舒窈再次抬頭，謝珮撓撓腦門。「不好意思啊，妳繼續，妳繼續。」

姜舒窈再次低頭，這下謝珮沒有發出吞咽聲了，只不過過一會兒就聽到了咀嚼芋圓的聲音。

抬頭一看，謝珮雙眼放空，明顯是無聊到走神兒了。

姜舒窈合上帳冊。「很無聊嗎？」

謝珮回神，連忙搖頭：「沒有啊。」反正她若沒出門玩，整日在閨中也不想看書，總歸都是走神兒打發時間的，在房裡、在這裡都一樣。

「我瞧妳喜歡甜品，要不試試學學烘焙打發時間？」

下廚和烘焙不太一樣，喜歡烘焙的女生更多一些，製作可愛的甜品會讓人十分有幸福感和滿足感。

謝珮搖頭，咽下一口芋圓，含糊不清地道：「我才不學呢，自己動手多辛苦啊！哪有別人伺候舒服？」

本來有謝珮在，謝珣放心了不少，不用再每日趕著回府了。誰知今日剛剛走到院門，就聽到謝珮的大喊。

「啊啊啊啊。」

謝珣嚇了一跳，擔心姜舒窈出事，飛快地衝進去，發現謝珮拿著個圓麵包滿院子蹦跳。

「我成功了！三嫂妳快看！這個沒有烤焦！」

靠人不如靠自己，謝珣決定還是自己照顧姜舒窈吧。

不過這種時日並未持續多久，因為姜舒窈懷孕兩月以後開始嗜睡了。

她倒是老實了，但謝珣又開始擔憂她每日身子乏，是不是不太對勁。翻遍醫書，問遍太醫，得到的答案都是無礙後，他才稍微放了心。

除夕前幾日，京城飄起了大雪。

初雪的清晨總是格外安靜，天地間唯餘雪落的簌簌聲，推開門後入目一片刺眼純淨的雪白，地面積起了厚厚一層雪，無法落腳。大雪還在下，沒法鏟雪，想要出行十分困難。

謝珣關上房門，默默回到了床邊。

姜舒窈迷迷糊糊轉醒，見到謝珣穿戴整齊地坐在床邊看著自己，迷茫地問：「怎麼了？」

謝珣在床邊看著她的睡顏看很久了，此刻見她醒來的樣子迷迷糊糊十分可愛，忍不住笑了起來，輕聲道：「下雪了。」

不知為何，姜舒窈對於初雪總是有期待的。

迷糊睡醒時，有人能輕聲告訴自己下雪了，這種感覺有種平凡的浪漫。

她揉揉眼睛坐起來，半晌反應過來。「下雪了？」

「是。」謝珣點頭。

話音未落，姜舒窈就掀了被子。「下雪了！」

謝珣連忙把她按住，把床邊的鞋撿來給她穿上，又取斗篷給她裹上後才放開她。

他一鬆開姜舒窈，姜舒窈就迫不及待地跑到窗邊看雪。

她披散著頭髮，裹著厚厚的斗篷，像個小姑娘一樣趴在窗邊感嘆。「哇！好像漫天飄著椰絲啊。」

謝珣不知道椰絲是何物，但從她口中說出，肯定是吃食沒錯。

他無奈地走過來，哄道：「先漱洗，漱洗完吃點早食咱們再賞雪。」

姜舒窈應下了，吃完早食後渾身暖和了，她便躍躍欲試想出門玩雪。

謝珣自然是不依。「若是平日便罷了，但現在妳懷有身孕，若是著了涼可麻煩了。」

姜舒窈跑到他身旁，奪了他手上的冊子，撒嬌道：「咱們就出去走一走好不好？」

謝珣冷酷拒絕。「不好。」

姜舒窈搖了搖他的手臂，把下巴擱在他的肩膀上，小聲道：「就走一走，雪落滿頭，咱們也算是一起白了頭。」

謝珣哪裡抵得住情話攻勢？他睫毛顫了顫，似有些意動。

姜舒窈連忙牽起他的手，捏了捏。

謝珣轉頭看她，面上清清冷冷的，但眸子裡全是糾結。有些害羞、有些無奈，還有些苦惱。

他最終還是咬牙拒絕了。「不行，現在風雪正盛，就算不著涼，也會吹得頭疼。」

姜舒窈噘了噘嘴，放棄了，把手從他手裡抽出來，移開擱在他肩頭的下巴，轉瞬變成冷漠無情的模樣。「好吧。」

謝珣只好將軟榻搬到窗下，把炭火燒得更旺，取來最厚的斗篷，對她道：「等雪停了，咱們再去廊下走走，現在妳就在這兒賞雪吧。」

姜舒窈勉勉強強依了，坐在軟榻上發呆。

謝珣見狀便把手裡的事先放一邊，同她一同坐在窗下。

姜舒窈不理他，他便把她摟在懷裡，嘆道：「今年就再忍忍，往後我們再出去玩雪好不好？」

她不情不願地嗯了一聲。

謝珣輕輕捋著她的頭髮。「來年孩子出生以後，咱們就可以出去玩雪了。待到孩子大一點，我們還可以帶著孩子一同玩雪。如果是個男孩，隨便他怎麼玩雪都好，如果是個女孩，那我還是要管著她，女兒嬌柔，若是不注意受了寒可不好……」

「妳若是喜歡雪，那我離京外放時便去北方，不過北方苦寒，妳可要受罪了。」

姜舒窈道：「我喜歡北方，我喜歡雪。」

謝珣點頭道：「北方雖然苦寒，但百姓淳樸、人情溫暖，也不會太難熬。」

「嗯，如果和漠北離得近，我還能去看看二嫂。」

炭火燃燒發出輕微的聲響，屋內一片慵懶綿長的溫暖，室外風雪呼號，雪花漫天。

謝珣緩緩地說著對未來日子的期許，在寂靜的初雪早晨顯得清冷的聲線都帶上了暖意。

不能陪她在雪中走到白首，謝珣就同她看著雪景慢慢談到了白首的場景。

後來從兒女相繼出生到離京外放，從功成名就到致仕遊歷，無論是在京城還是在天南地北，每年初雪的時候，他們都要依偎在一起賞雪，從未變過。

番外二

除夕的家宴幾乎每年都是一樣的，一家子聚一塊兒，吃的不是年夜飯，而是熱鬧。當然，在謝國公府這樣的高門大戶裡，熱鬧也吃不了，哪怕是除夕夜，飯桌上也得講究規矩。

但今年不一樣了，無論是下定決心離開京城的周氏，還是懂得放鬆下來的徐氏，每個人多多少少都有了些改變，不想再重複以往的年夜飯了。

姜舒窈尚在孕中不能下廚，只好讓廚娘按吩咐準備些較為簡單的年夜飯。

思來想去，乾脆讓人打了三個銅火鍋。

銅火鍋和傳統的火鍋不一樣，味道不重，無論是涮羊肉還是酸菜白肉鍋，都比較清淡，老少皆宜。

鍋子打好以後，謝珣下值時揣著圖紙就去了，姜舒窈不能外出，只能靠他驗貨了。林家的匠人手藝好，沒什麼差錯，他確定無誤後便使人將鍋子送回謝府，同路的藺成難免好奇。

他們惦記著火鍋很久了，不過上次吃的火鍋是大肚敞口的，這個鍋子更秀氣一些，中間豎了個筒，四周圍成圈，估計就是涮肉的地方了。

厚著臉皮問謝珣銅火鍋的方子，謝珣便回去問了姜舒窈，姜舒窈不藏私，直接將圖紙和配方一應給了藺成，又想著自家娘親和林貴妃，乾脆讓謝珣多做了幾個鍋子，分別往襄陽伯府和宮裡送去。

天色暗下來了，家宴也要開始了。

謝曄和謝皓帶著兩個弟弟從街頭回來，腹中早已空空，先往大廚房去溜了一圈，從蒸籠裡拿出兩個饅頭分給弟弟們，然後又去溫著的灶上找燒雞。

往年年夜飯菜式繁多，但冬日寒冷，菜沒上來一會兒便涼了，滿滿當當一大桌子菜，離得近的不合胃口，離得遠的又挑不著，一頓年夜飯吃下來溫情全無，個個餓著肚子回院裡開小灶。

後來他們學聰明了，先去大廚房找點吃的墊墊肚子，晚膳再隨便吃點，回院後再跟著徐氏吃點，一晚上分成三頓吃下來，倒也不至於餓。

結果在大廚房轉了一圈，往年常見的菜式一樣沒找著。大廚房裡也不像以前那樣手忙腳亂的，他們想偷吃都找不到機會。

他隨便揪了個廚娘問：「今年變菜式了？」

廚娘點頭道：「回大少爺的話，大夫人下了命令，讓我們跟著三夫人的安排走。今年大菜保留，其餘的菜式都撤了。」

謝曄點頭，帶著弟弟們揣著饅頭走了。

「你說咱們晚膳能吃些什麼？」他道：「大菜還在，其餘菜式撤了，莫非吃餃子？」

謝皓搖搖頭。「不至於吧，既然是三嬸接手了，你就等著吃好吃的吧。」他拽下謝曄的手。「還吃饅頭啊！傻不傻？」

兩人出了大廚房，沒幾步就被徐氏給逮著了。

「你們來這兒做什麼？」徐氏盯著謝曄仔細瞧了一遍。

謝曄把饅頭背在身後。「沒什麼，餓了，來這兒看看席面準備好了沒。」

徐氏狐疑地點頭，然後催促道：「快走吧，到處找你們呢，趕緊入座，準備用飯了。」

他們看了眼天色，奇怪道：「今年這麼早？」

再想著大廚房廚娘的話，他們怎麼感覺這頓年夜飯這麼隨便呢？

可不是隨便。

等老夫人、國公爺落坐，按往常那樣說了一通冗長的話以後，丫鬟們開始上菜了。

首先就上了三個銅鍋。

謝曄和謝晧還沒來得及傻眼，又接著上了一大盤子生肉和蔬菜。

在座的除了謝珣和姜舒窈，其餘的都不知道火鍋是何物，看著這一桌子生食都愣了，紛紛向徐氏投去眼神。

徐氏連忙介紹道：「今年的席面是三弟妹安排的，不用廚娘動手，咱們自己涮著吃。」

聽起來太不講究了，哪有貴人年夜飯需要自己動手做的？

姜舒窈想要開口解釋卻被謝珣攔下，搶先一步說明了銅火鍋的吃法，說完以後補充道：「若是吃不慣，往年的菜式也都在廚下溫著呢，叫丫鬟上菜便是。」

此時銅火鍋裡的湯開始沸騰了，京城的冬天很冷，高湯滾滾，蒸騰起一片奶白的霧氣，雲霧繚繞之間屋內不一會兒便溫暖了不少。

謝珣往老夫人那邊看了一眼，雖說今年年夜飯想要拋開那些繁文縟節，吃頓熱熱鬧鬧的晚飯，但有些規矩還是要守的。

經歷了這麼多事，老夫人也懂得何為識趣了。

若是幾月前的自己，一定會發脾氣、冷著臉，將一頓年夜飯鬧得一點兒也不愉快，但現今的她倒不想顧慮那些規矩了，畢竟都去街邊吃過小食了，還講究個什麼勁呢？

她同國公爺一同象徵性地動了筷，小輩們便可以動筷了。

桌上擺的最多的自然就是羊肉片了。羊肉片薄如紙，半透明的肉片紅白相間，有些像大理石的花紋，一片片整齊地擺在白瓷盤裡，雖是生肉，但看著也賞心悅目。

這麼薄一片的羊肉挾著並不會爛，往滾湯裡一過，稍微蕩一蕩，羊肉就變了顏色。

食不言，寢不語。姜舒窈在此時發言並不太合適，但她平日在小院快活慣了，又跟眾人混熟了，便給大家提醒道：「羊肉稍微涮一涮就好了，久了會老。」

其餘人應了聲，伸筷探向羊肉。

涮羊肉的蘸料是芝麻醬，用涼開水調開以後，按口味放點豆腐乳或是韭菜花，蔥花、蒜末必不可少，再來點香菜、花生碎。醇厚濃郁的芝麻醬上面沾著綠綠的尖，看著十分醒目。若是嫌其他配料味道太重，光吃芝麻醬也是美味的，不加多餘的調料，享受濃厚的醇香。

涮肉變色後撈出，往芝麻醬裡一裹，薄薄的肉片裹上厚厚一層芝麻醬，在碗邊頓一頓、刮一刮，往口裡一放，瞬間就被一股豐潤肥美的香味衝暈了頭。

芝麻醬溫涼，羊肉片滾燙，兩者相互融合，溫溫熱熱的，醇厚的芝麻香下是肥而不膩的肉香味，鮮嫩中透著幾分鬆軟，不待細嚼就融化在了芝麻醬中，化作一股久久不散的肥美香氣，奶香奶香的，回味無窮。

謝昭剛剛咽下，就忍不住發出了感嘆。「真好吃！」

飯桌上仍是安靜，他這麼一喊，打破了咕嚕咕嚕的沸湯聲，氣氛頓時有點奇怪。

謝曄按住跳脫的弟弟，轉頭往自家娘親那兒看去。

而徐氏也在謝昭出聲時就望向了老夫人。

謝昭卻毫無知覺，伸長了斷胳膊唸著。「大哥，再給我涮一個，我搆不著。」

謝珣正待站起來幫他推一推鍋子，就聽老夫人忽然開口。「將鍋子挪過去一些吧。」

眾人一愣，老夫人卻沒說什麼，低了頭，重新喝著她面前的開胃湯。

她這句話彷彿是根細針，剛才緊繃著的氣氛一下就被扎碎了，所有人都莫名鬆一口氣，隨著蒸騰的霧氣一同熱鬧了起來。

有第一個說話的，就有第二個說話的。

「阿曜搆得著嗎？」

「謝謝三嬸關心，我能搆著。」謝曜直接站起身來涮羊肉。

謝理忙道：「我來替你涮吧。」

謝曜抿嘴看他，有些委屈。謝理一頭霧水，謝晧卻噴笑出來，在旁邊解釋道：「爹，您吃您的吧，涮肉還是得自己來才香。」

徐氏斥責道：「沒大沒小。」但臉上卻掛著笑，顯然是極為贊同他的話的。

謝理搖頭，黑臉也難得透出笑，無奈道：「好吧好吧。」

聞言，幫謝笙涮好肉片的謝琅愣了愣，筷子懸在謝笙碗上也不知是否該將肉放下，還是謝笙一句「謝謝父親」，才解了他的尷尬。

桌上氣氛慢慢回溫，挾菜的、換碟的，你一筷子、我一筷子，大家越來越放鬆。或許銅鍋就是有這般的魔力，再冷清的人，往熱氣騰騰的鍋前一坐，也會忍不住放鬆身心，被帶著奶香的霧氣蒸暖了眉眼。

謝珣全程保持沈默，涮羊肉的手絲毫不停歇，一筷接著一筷，直把姜舒窈面前的小碗堆出了個小山。

姜舒窈無奈道：「你別光顧著給我挾，自己也吃。」

謝珣應了一聲，往自己碗裡挾了一筷子，然後又接著繼續剛才的動作，不停往姜舒窈碗裡挾肉。

姜舒窈放棄了，只能道：「別只挾肉了，給我挾點菜吧。」

謝珣恍然，連忙用公筷給姜舒窈挾菜。

羊肉的醇香鮮嫩漸漸散在湯裡，清透白厚的湯底滿是香、醇、肥、鮮的滋味，白菜煮在裡面，吸足了肉鮮味，菜葉掛湯，吃著清甜又鮮美。

凍豆腐吸飽了湯汁，吃起來得十分小心，免得被突然迸濺的汁水燙了舌頭。粉絲細軟，往芝麻醬裡一裹，瞬間被濃稠的芝麻醬淹沒，再挾起來時變成了黏黏厚厚的一大坨，一吃全是芝麻醬的香味，瑩潤鮮美，入口即化。

大家也發現了蔬菜的美味，羊肉吃過癮後，漸漸開始吃素菜清口。水霧繚繞中，即使說話不多，但挾菜的動作和每個人臉上滿足的笑意都讓一頓席面變得無比熱鬧。

老夫人在心中嘆了口氣，看著熱熱鬧鬧的一大家子，忽然覺得十分感慨。到了她這個年紀，有些事一旦放下了便不會老是惦記。她繼續吃著丫鬟擺上來的往年菜式，在熱鬧的氛圍下胃口好上不少。

正低頭吃著，忽然一雙筷子挾著熱氣騰騰的羊肉落到了面前的芝麻醬碟裡。

老夫人一愣，側頭看向謝國公。

「吃點吧，味道很好。」謝國公收回筷子，不再看她了。

老夫人看著羊肉呆了呆，最終還是挾起羊肉入了口。

羊肉肥美鮮嫩，豐腴不膩，入口即化。明明外面裹著溫涼的芝麻醬卻依舊暖意十足，伴隨著淡淡的奶香味，羊肉吸收的汁水從芝麻醬裡湧出來，鮮美鹹香，湯湯水水的，卻有股散不開的醇厚香濃。

羊肉同芝麻醬一起滑入腹中，明明只有一小口，渾身都熱了起來。

真是，沒規沒矩的……

老夫人搖搖頭，輕笑一聲，隔著繚繞的霧氣看向一桌子人。

優雅吃菜的徐氏，站起來挾菜嘴角沾醬的雙胞胎，咋咋呼呼指責謝曄挾了她豆腐的謝珮，呼嚕席捲羊肉的謝國公，黑著臉跟謝晧搶粉絲的謝理，偶爾提筷幫謝笙挾肉的謝琅，還有不停往姜舒窈碗裡挾菜的謝珣……

她竟頭一回發現，原來除夕也能過得這般溫暖熱鬧。

番外三

謝國公府的除夕夜與往年不太一樣，今年宮裡的除夕夜也不太一樣。

林貴妃披著滿身的寒氣從宮宴裡回來，一踏入殿門，壓不住的疲倦瞬間充斥全身。

她有氣無力地對宮女招招手。「先給我拆了髮髻吧。」

沈甸甸的金銀首飾是榮寵，也是負擔。

宮女們上前伺候，旁邊嬤嬤問道：「貴妃娘娘，膳房溫著銀耳湯，要用一碗嗎？」

林貴妃坐在殿裡喝了一晚上的冷氣，胃裡緊繃繃的，嬤嬤這麼一問，她也覺得有些餓了，點頭道：「還有什麼能墊肚子的，也都給我呈上來吧。」

嬤嬤退下後林貴妃被伺候著換了常服，舒服了不少。

她看著外面重新飄起的雪花，搖頭道：「又下雪了，估摸著現在御賜年菜也送到各府上了吧？這麼冷的天，菜得涼成什麼樣啊。」

宮女們垂頭不敢搭話。

林貴妃把鐲子褪下，嘆道：「算了。這宮裡一年到頭，最為冷清的時候便是除夕了。」

她走到殿門口往外望去，偌大的皇宮陷在黑夜白雪中，一眼望不到頭。

「以前在家中時，除夕我都是同小妹一起過的，人雖少，但卻足夠熱鬧，桌上擺滿熱騰騰的菜餚，塞得撐不下來才停，一同守歲、一同祈願……哪像這宮裡，這麼多人，卻把這年節過得冷冷清清的。」
林貴妃的抱怨宮女們只敢閉嘴聽著，出了這個殿門，全都得忘得一乾二淨。
林貴妃轉頭看到她們戰戰兢兢的模樣，忽然開口問道：「妳們想家嗎？」
宮女們大驚，頓時跪了滿殿。
林貴妃揉揉太陽穴，無奈道：「怕什麼？這殿裡還有別宮的人嗎？都起來吧。」
就在殿裡氣氛陷入凝滯時，外面突然跑來一個太監，人還沒走到就喊道：「貴妃娘娘，謝夫人叫人從宮外送來了吃食和鍋具！」
太監驚喜的聲音給死氣沈沈的宮殿注入了一絲生氣，林貴妃心頭那點不快瞬間就散了，她提起裙襬跨出大殿。「窈窈送什麼來？吃食？」她嘀咕道：「哼，這宮裡什麼珍饈佳餚沒有，大過年的，就給我送點吃的嗎？」
嘴上這麼說，臉上的笑意壓都壓不下，腳步也失了穩重，急急忙忙地趕著看。
比起正經八百的年禮，姜舒窈送的東西可謂樸素至極，一個銅鍋，幾條臘肉、香腸，還有一罈酸菜。林貴妃聞著隱隱飄出的酸菜味。「這是什麼味？」
她皺著眉，從太監手上拿起姜舒窈給的信，一打開，入眼是滿篇的狗爬字。
林貴妃自言自語道：「知道這個丫頭不學無術，怎麼字能難看到這個地步？好歹嫁了個大才子，總得被薰陶薰陶吧。」
入目第一行：姨母，您可先別急著嫌棄我。
林貴妃吐槽的話頓時卡在了喉嚨，用詭異的表情接著往下看。

我知道宮裡什麼都有，您也什麼都不缺，但我想著，宮裡吃的都是些矜貴的吃食，少了點農家風味，所以我就給您送來了些。過年嘛，除了吃些講究豐盛的大菜，還得吃點老百姓都吃的食物慶祝慶祝，才算得上有年味。

後面接著是幾篇菜譜。

林貴妃看完後沈默了一會兒，把信紙後的菜譜遞給太監，哈了哈被凍僵的手，語氣軟得不像話。「還算這個臭丫頭有良心。」

姜舒窈送的食物運到了膳房，眾人看著面前粗獷的大罈子和一大堆香腸、臘肉傻了眼。按理說，這樣的食材不應出現在宮裡，更不應出現在榮寵萬千的林貴妃宮裡。

有太監將酸菜罈的封蓋打開，膳房裡頓時瀰漫起一股酸酸鹹鹹的味道，嚇得他立刻將蓋子蓋回去。

「還有這……這是醃肉嗎？」有太監將臘肉提起來，臘肉長期掛在外面風乾，表面撲了一層灰，若是要入菜，還得仔細洗一洗才能用。

送東西過來的宮女提起香腸，笑道：「這個倒瞧著新奇，一截一截的。」只是看著不太美味的樣子。

年齡小的你一句、我一句的說著，半晌沒聽見人接話，才意識到自己瞧見新奇的玩意兒，一時失了規矩，連忙閉嘴垂頭，戰戰兢兢地等著聽訓。

可他們等了片刻，膳房裡仍舊是一片沈默。

小宮女偷偷抬頭，發現一向嚴厲的姑姑正面對著牆，似乎是在抹淚的樣子。

抹淚？

這個猜測太過讓人驚訝，她顧不得畏懼，悄悄往前探了探頭，果然瞧見了姑姑紅通通的眼睛。她偷偷拽拽姑姑的袖子，對方一愣，回過頭來，在她疑惑小心的眸光裡第一次露出笑容來。

「沒事，只是想到了入宮前的光景。」姑姑看著臘肉道：「我爹是個獵戶，以前打完獵回來會把肉抹上鹽，風乾了做醃肉，這樣到了寒冬也不會壞，切下一片來煮湯喝，冬日裡也能品著肉葷味。」

入宮以後談論入宮前的事可是大忌，眾人聞言瞪大了眼，疑惑向來行事規矩體面的姑姑怎麼會出這種差錯。

不料旁邊的司膳太監卻忽然開口道：「妳家還有肉吃，我家到了冬日就只能吃吃醃菜了。」他頭髮花白，說起話來總會帶上點滄桑的歲月味道。

「本以為幾十年過去了，都要忘了這個味道了，沒承想還是記得一清二楚。」他眨眨眼，讓眼角的酸澀褪去。「本以為入宮以後，此生都再也見不到這些吃食了。」

入了宮便不再是誰家的兒女，只能是太監和宮女，隔著高高的宮牆，就連天也望不全，別說想家了，連入宮前叫什麼名字都快忘乾淨了。

沒想到歲月流逝，忘了宮外天地、忘了家在何方，卻沒能忘掉童年的吃食味道。

窗外的雪落得更密了，在夜幕下織起細細綿綿的網。

也不知道是誰嘆了一句「過年了啊」，眾人紛紛抬頭，看向窗外一時無言。

沒有炮竹，唯有風雪，但大家卻真切的感覺到了年節的到來。

「是啊，過年了。」

「行了，快動手做菜吧，莫讓娘娘久等。」

「好，擦灶燒火，大家打起精神來，若是娘娘吃得開心了，說不定還能賞咱們些醃肉、醃菜嚐嚐呢。」

漸漸的，膳房恢復了往日繁忙而又井然有序的模樣，但似乎井井有條之間又夾雜了一絲熱鬧，獨屬於年節的熱鬧。

銅火鍋很快就做好了，熱氣騰騰的銅鍋一擺到桌上，殿內的冷清頓時消去不少。

銅鍋裡骨湯十分清亮，蒸騰的熱氣也是清淡暖和的，鑽入鼻腔，緊繃的胃頓時舒坦了起來。

鍋裡有大蝦、五花肉、凍豆腐。用筷子一挾，下面墊滿了酸菜，滿滿當當堆了一圈，隨著沸騰的湯底不斷往外冒著鮮酸的氣味。

林貴妃先盛了一小碗湯喝，一小勺入口，口中滿是酸菜淡淡的鮮鹹爽口的滋味，暖融融的湯底從喉嚨流下，暖意流遍四肢，任誰來也會忍不住舒服得嘆一口氣。

別的不說，光是這充滿了酸菜和葷肉香味的骨湯就能讓她一碗接一碗喝到飽。

一小碗見底，正準備再盛一碗時，忽然有一太監進來傳報道：「娘娘，皇后娘娘差人來讓您過去用膳。」

林貴妃驚訝道：「用膳？」

「是呢，說是太子殿下從宮外弄了個銅鍋進來，說是要做什麼銅火鍋吃。」

林貴妃看看自己面前的銅鍋，遲疑了幾秒，不確信地問：「太子殿下可有說如何做？」

皇后派來的太監躬身上前，回答道：「回娘娘的話，太子殿下正讓膳房的人琢磨呢。殿下說只要上桌便能吃，不費工夫，皇后娘娘就讓奴才先請您過去。」

熱氣撲面，林貴妃揮開面前的白霧，噗哧一聲笑出來。「你去告訴太子殿下，本宮這兒有食譜，再問問皇后娘娘願不願屈尊來我這兒吃一頓。」

太監雖有疑惑，但還是聽令回去傳了話。

沒一會兒，太子和皇后便冒著風雪過來了，身後還跟著舉著銅鍋的太監。

一踏入殿內，太子就驚了。「這都已經吃上了啊！」

皇后搖搖頭，對林貴妃露出一個無奈的笑。

林貴妃牽起她的手。「妳願意過來真好，這殿裡太冷清了，哪裡像過年呀！」

皇后自小就沒過過熱鬧的年節，不懂林貴妃的感受，笑道：「這麼多人，哪兒冷清了？」

按理說太子不應在林貴妃這兒多留，但除了皇上，誰也不敢挑他的錯處，大過年的，也沒有人不長眼的給御史告狀。於是他便厚著臉皮留了下來，三人在桌前坐下，宮女上了芝麻醬碟後馬上就能品嚐。

反正他也帶了銅鍋，林貴妃便讓人多做了一份臘肉香腸風味的銅火鍋。

兩個鍋往桌上一擺，滿滿當當的，更有年味了。

到了這個時候，多餘的話不用多說，伸筷子吃便是了。酸菜堆得太滿，使筷子的時候要掏，掏起一大坨酸菜和五花肉，往碟裡一放，趁熱塞到嘴裡，令人幸福地眯起眼睛。

五花肉切得很薄，肥肉多，煮出來白白嫩嫩的，但經過了酸菜的洗滌，一點也不油膩。肥而不膩的五花肉極嫩，可以說是入口即化，帶著酸菜的鮮酸味，有種原汁原味的葷香。

酸菜越煮越入味，酸味持久綿長，說是酸，但更多的是一種鹹鮮，令人食慾大開，配著魚丸和大蝦，酸爽鮮香。吸飽了高湯的酸菜又水嫩、又脆爽，一咬一口湯汁，滋味絕妙。

等到鍋裡挪出空位以後，便可以涮羊肉了。酸香和羊肉配在一起實在是再合適不過了，羊肉很嫩，酸菜帶走了羶味，獨留下脂肪的香氣，薄薄一片十分鮮嫩，嚼起來又帶著瘦肉的筋韌。

這個時候香腸臘肉鍋也做好了，裡面墊的便不再是酸菜，而是白菜和菌菇。香腸和臘肉的鹹鮮味散在湯裡，不用放鹽，白菜也有鹹味。

酸菜白肉鍋吃個酸香鮮爽，香腸臘肉鍋便吃個臘味獨有的鹹香。臘肉晶晶亮亮一大片，被醃製得只剩下油香，卻一點也不膩，越品越醇；香腸在高湯中也散了衝口的鹹，煮得軟嫩，入口依舊鹹香，不柴不肥，恰到好處。

這麼兩大鍋，三人當然吃不完，他們埋頭慢慢吃，額上冒起一層薄汗，吃得身心熨貼。吃了好一會兒，有些飽腹了，抬頭一看，鍋裡還堆著滿滿一鍋子呢。

林貴妃一拍手，道：「反正今兒除夕，大家一起熱鬧熱鬧，分些下去，大家都嚐嚐。」

宮女們紛紛愣住，沒有立刻應聲。

林貴妃拍桌子笑道：「發愣做甚？放心吧，該給的賞錢不會少的！」

宮女們連忙道不敢，惹得皇后在一旁捂嘴直笑，嗔道：「妳呀！莫要嚇她們。」

忙碌了一年，人人都盼著能得一筆豐厚的賞錢，但到了大雪紛飛的除夕夜才發現，此時此刻最渴望的，還是一碗熱氣騰騰、充滿年味的吃食罷了。

充滿了緊繃和嚴謹的氛圍的宮殿漸漸熱鬧了起來，人人捧著一碗吃食，臉上掛著笑，有呼嚕呼嚕一口氣吃完的，也有小口小口細品的，還有吃了一口就忍不住紅了眼睛藏著抹淚的……

無論如何，吃完林貴妃賞的吃食，大家都貪心地攥著一年到頭難得能鬆懈下來的時刻，一同望著天上紛飛的雪花，哈出一口熱氣，笑著道一句多年未曾說過的「過年真好」。

過了除夕，熱鬧氣氛卻一直沒散去，只因林貴妃的妹妹襄陽伯夫人趕在大年初七時誕下一子，林貴妃一高興，自然人人得賞。

熱鬧的不僅是林貴妃的宮裡，京城同樣熱鬧。

林氏有子，意味著她的後顧之憂全無，曾經懷孕無非是能讓襄陽伯多一分看重，但現在不同了，心境的轉變讓她無比欣喜這個新生命的到來。

即使沒有周氏在耳邊絮絮叨叨，她也安安分分地在床上坐足了月子。

月子剛過，周氏緊趕慢趕地終於到了京城，她晚到了一個月，被林氏好一陣埋怨。

周氏十分無奈。「我已經儘量趕路了。」

她只回了漠北三個月左右，整個人精神氣都變了，無論是誰來看都能一眼看出她並非京城人士。別的不說，人家送禮都送文房四寶、金鎖玉墜，唯獨她送了一把寶劍。一亮出來，四周都安靜了。

她還全然不覺，十分不捨的摸摸劍鞘。「這可是好東西。日後孩子稍大一點再讓他碰，在劍法初成之前，便用木劍練習便好。」

姜舒窈哭笑不得。「二嫂，萬一以後我弟弟並不喜歡武藝怎麼辦？」

周氏肅了臉。「不喜歡也得練！男子漢不學點武藝怎麼行？」她放下劍，認真道：「我不在京城了，往後保護他娘的重擔可就落在他的肩上了。」

姜舒窈一愣，轉頭看向林氏，發現林氏也正愣愣地看著周氏。

周氏還在繼續說著。「日後若是有人欺負了他娘，難道還要我從漠北騎馬趕過來？唉，我怎麼越說越不放心呢——」

話沒說完，林氏已抱住了她，把她弄得手足無措的。「幹麼呀！妳身子還沒養好，一驚一乍的。」

林氏道：「以後記得常回京來看看我們。」

周氏這才感覺到了她想念自己的情緒，心頭一軟，但面上依舊是個彆扭的嚴肅模樣，咕噥著抱怨道：「當然了。我這一走，窈窈沒過多久也要生了吧？我總得提前到才是……」

話沒說完，林氏就放開了她，瞪眼道：「我生產，妳遲了一個月才來，窈窈生產妳就要提前到？」

周氏撓頭。「我這不是剛過完年就趕過來了，窈窈生產時又不挨著年節。」

兩人說說鬧鬧的，惹得姜舒窈在旁邊笑個不停。

不管怎麼樣，一通笑鬧後，孩子的乳名總算定下了。林氏和襄陽伯已形同陌路，如今取名也不想多問他一句，挑出了好幾個名和大家一同商議。

周氏一眼相中「錚」字，堅毅、剛正，錚錚傲骨，如劍鋒利。

林氏和姜舒窈也很喜歡這個名，就此定了下來。

眾人又說了一會兒話後，周氏隨林氏到內間看孩子。

孩子窩在襁褓裡，軟軟白白的，可愛至極。小團子總是容易讓人心裡軟得一塌糊塗，周氏連呼吸都放輕了幾分，用氣音道：「阿錚，快些長大吧！長大了跟我學功夫，學得一身好本事才好保護你娘親和姊姊。」

小孩子在襁褓裡睡得香甜，吹出一個鼻涕泡，像是應下了這個約定。

春寒料峭，出了演武場，薄寒讓人瞬間神清氣爽。

周家男丁多，大的小的精神抖擻，擁擠著朝內院走去，十分熱鬧。

鬧烘烘的，還未走進堂屋就被人轟了出來。

「一身臭汗，先去梳洗一番用飯。」

一堆人啞了聲，嘀嘀咕咕小聲抱怨著，各自回房擦汗。

梳洗回來後大家都餓得不行了，一進堂屋就迫不及待地朝飯桌走去，結果桌上光擺著一堆大白饅頭，沒有見著菜。

「小妹呢？」周家都是大嗓門，說起話來跟喊人一樣。「小姑是不是又去食肆了？」

小輩們也承了這個習慣，一說話滿屋子都能聽見。「來了。」

吵吵嚷嚷間，周氏端著一個大盆從屋外踏進來。

眾人回頭，見到她手裡冒著熱氣的大盆，頓時安靜了，乖乖地落坐坐好。

「今日吃什麼？」盆還未放到桌面上就有人開始咽口水了。

周氏的嫂子們跟著端盆進來，答道：「熬骨頭湯剩下的骨頭，小妹做成了醬大骨。」

周氏和林氏商議了一番後做了決定，回到這邊並未按照京城的方式做生意，而是先開了小食肆，主要販售些簡單管飽的吃食，順道賣些醬料。

大家都知道周氏做醬的手藝一絕，所以聽到醬大骨以後紛紛拿起了饅頭，蓄勢待發，準備開始搶食。

長輩、小輩分了三桌才將將坐齊，每個桌面中央放上一大盆醬大骨，熱氣騰騰，醬香濃郁，即使滿桌就只有這一個菜，大家也覺得頗為豐盛。

周氏早先吃過了，現在不打算與他們一同用飯了，放下盆後便道：「我先過去醬料坊那邊了，昨日剛招了廚娘，得緊著教她們手藝。」

嫂子們「哎」了一聲，放下手裡的碗筷。「小妹，我跟妳去。」

周氏擺擺手道：「不用了，沒什麼大事，妳們先吃著。」

不過嫂子們食量小，吃了一會兒就飽了，馬不停蹄地回屋收拾準備去那邊瞧瞧。

她們一走，一屋子的男人就鬆了口氣。

媳婦和娘在場，他們都不敢狼吞虎嚥你爭我搶，她們一走，這群男人就壓不住了。這個時候可顧不上什麼兄友弟恭了，專門撿最大的骨頭往碗裡擱。

醬大骨大小不一，形狀不一，哪兒都塞著肉，棕紅的瘦肉吸足了醬汁，泛著一層油光，濕濕黏黏的，看著就醬香濃郁，鮮鹹誘人。

兩手拿起醬骨頭兩端，嘴巴一吸，鮮嫩濃香的瘦肉剝離，嚼著全是醬汁的香氣。挨著骨頭慢慢啃，一絲肉都不能放過，吃到最後，感覺連骨頭都是鮮香的。

周氏來到漠北以後做菜都講究個「味厚」，所以醬大骨也給足了料，味道稍鹹，但配饅頭正好，尤其是一口啃下醬大骨頂部時，又是肉碎、又是軟骨，醬汁鹹香直往舌根衝，腦子瞬間就清醒了。

吃醬大骨不可能斯斯文文的，周家人狼吞虎嚥啃完骨頭上的肉，咬開軟骨，對著骨頭縫狠狠一吸，香滑醇厚的骨髓被吸了出來，沾上醬汁，滋味比脂肪還要豐腴解饞，卻一點油氣也不沾，吃完以後恨不得連骨頭也嚼一嚼咽下去。

吸骨髓的「滋滋」聲，扔骨頭棒子的「砰砰」聲交錯著響起，吃完一根醬大骨後嘴角全是醬汁，拿起大白饅頭往盆裡蘸上醬汁後往嘴裡一塞，鬆軟暖和的饅頭帶著肉葷油氣，醬香綿長，滿足感十足。

自從周氏歸家後，周家人可是過足了嘴癮。若是有人對他們說骨頭棒子也能做出比肉還美的滋味來，擱以前他們是鐵定不信的。

「要我說，這醬大骨就該配酒喝！」周家大哥把最後一點饅頭捏了捏，蘸上帶著碎肉膜的醬汁一同塞進嘴裡，吃了好幾個大饅頭了，不僅沒解餓，反倒勾起了饞蟲。

旁邊有人贊同。「反正小妹不在，夫人們也不在，那咱們就喝點？」

話趕話間，他們蠢蠢欲動地想去拿酒來，連旁邊一桌小輩們也受到了蠱惑，躍躍欲試地準備喝酒下醬大骨。

正欲行動，屋外緩緩走進來一人，用極其平淡溫婉的語氣問道：「舅舅們剛才說什麼，喝酒嗎？」

原本一屋子吃得熱火朝天的眾人頓時安靜了下來，連醬大骨也不搶了，一個比一個安靜老實。

「沒、沒有，阿笙妳聽錯了。」

「是，怎麼會呢？大白天的，我們不是那等好酒的人。」

這一大家子糙老爺們最怕的人除了周氏，就是謝笙了。

年後見著小外甥女時，本是欣喜於小姑娘文靜、乖巧、可愛，但他們很快便被那一股氣質折服，不敢在她面前大聲嚷嚷，生怕惹她不快。

謝笙掃一眼他們，目光落在誰身上，誰就心虛地狂塞饅頭。

「那就好，若是母親知道了，定是要生氣的。」謝笙不疾不徐地說道：「飲酒雖能暖身子，但喝多了終歸是傷身的。母親說了，若是畏寒，吃些羊肉、花椒之類的便好。」

一群人悶不吭聲地點頭。

謝笙勾起一抹微笑，雖然依舊僵硬，但比初見時自然不少。「我收拾好包袱準備動身了，現在過來與舅舅和表哥們道個別。」

「動身？」有人驚訝道：「去哪兒？」

謝笙知曉這一家人馬虎的性格，無奈道：「青州。說好了初春雪化以後，要去見一面父親的。」

眾人恍然大悟，仔細一想，月前定下的結果好像就是今日。只不過周氏一心撲在生意上，完全不想考慮任何與謝琅有關的事，而周家其餘人也覺得和離就是和離了，誰都沒那個心思記著謝琅，於是就這麼理所當然地把這事忘了。

謝笙行禮道：「車伕已經在府外候著了，我就不耽擱了。」說完轉身邁出堂屋，一群人手忙腳亂地站起來叫住她。

謝笙出行自然有親兵護送，但周家人還是不放心，派了四個小輩將她護送到了青州。

到了青州，謝笙並未在知府衙門找到謝琅，差人一問，才知道謝琅去視察春耕了。這是幹實事，周家人沒什麼抱怨的話，與謝笙商量好回家的日子後，讓下人照顧好謝笙，一群人浩浩蕩蕩的離開了。

謝笙在府衙裡等了一會兒，見謝琅遲遲不歸，便讓人同她去城外尋謝琅。

去年冬日大雪浸潤了土地，大家對春耕十分期待，再加上謝琅新官上任，這場春耕從一開頭就比往年的熱鬧了不少。

謝笙一下馬車就被勞作的氣氛感染了，百姓面上掛著喜意，手下幹活俐落，這種場面看了總是讓人心裡有種踏實的愉悅。

謝笙的繡鞋被泥土弄髒卻渾然不知，緩慢穿梭在百姓中，自言自語道：「原來這就是書中所說的耕種之景嗎？」

她繞了一大圈也沒見著謝琅，親兵們心疼小小姐，生怕她累，便讓她在原地候著，他們去尋謝琅過來。謝笙點頭乖乖應下，這舉動換來親兵們好一陣誇獎。

約莫是當年受了上躥下跳的周氏的折磨，現在見著文文靜靜的謝笙，覺得世間沒有比她更乖巧的小孩了。

謝笙在原地站了一會兒，其間不斷有百姓投來好奇的眼光，即使她穿著十分樸素，仍覺得有些不自在，於是她就在附近緩步轉著。

忽然，一道女童的聲音傳來。「大人，你在京城住的屋子是什麼樣的啊？」

謝笙耳朵動了動，朝聲音傳來的方向看去。

一群人從阡陌對面走了過來，其中一人煞是顯眼，身量高䠷，容顏俊美，即使身穿麻衣也掩不住他的通身氣度。

小孩口無遮攔，她的爹娘聽到她問出這個問題後惴惴不安地站在一旁，生怕冒犯了京裡來的知府大人。

出乎意料的，溫雅的知府大人並未生氣，聞言輕笑，將女童抱起來，擦掉她臉上的污泥。「屋子都是一個樣，上面有頂遮雨，四面有牆擋風。」他看著女童髮頂的小髻頗為感嘆。「我女兒三年前和妳現在差不多大，可為何她從未紮過這種髮髻呢？」

這問題問得四周的百姓一愣，不知如何接話。

謝琅當然不是為了問出個答案，只是隨口感嘆罷了。

女童眨眨眼問道：「大人的女兒在京城嗎？」

他放下女童，搖頭道：「不是，她也在漠北，說是初春寒氣退去後會來看我。」他這麼說著，面上神情越發溫柔，揉揉女童的髮頂，一抬頭，眼神正巧落到站在不遠處的謝笙身上。

他臉上綻開笑容，不等四周百姓反應，就急匆匆地大步朝謝笙走來。

「阿笙。」他話中難掩激動。「妳怎麼來了？」他以為周家人不會這麼早讓謝笙過來的，畢竟現在天還冷。

不等謝笙回話，他便道：「先上馬車，外面冷。」

謝笙點頭，跟著他走到馬車旁，上了馬車後，謝琅並未跟著進來，而是在外面站著。

「父親？」她不解。

「我身上沾了塵土。」謝琅解釋道。

謝笙點頭，父女倆一時陷入沈默。

還是謝笙先一步開口。「父親變了許多。」

謝琅一愣，搖頭笑道：「來了沒多久，哪能有什麼變化。」

謝笙道：「父親看我可有變化？」

謝琅聞言仔細打量了一番謝笙，道：「變了。」謝笙沒有以前那麼冷淡寡言了，就像是放在屋內見不著光的幽蘭，終於沾上了朝露，鮮活許多。

他內心頗為感慨，謝笙和周氏性子南轅北轍，但母女終歸是母女，她們都更適合漠北。

謝笙臉上露出一絲絲笑意。「看來幾個月確是能有變化的。」

兩人又陷入一陣沈默。

謝笙的目光落在謝琅面上，看了一會兒，忽然道：「母親最近過得很好。」

謝琅微愕，他不想讓謝笙為難，所以忍著不問周氏的消息，但謝笙卻看出了他的想法。他一時不知作何反應，最後似嘆非嘆地搖頭，笑道：「多謝。」

「或許再過些時日，您就能聽到母親開的醬料坊的名氣了。」

謝琅靠在車壁上，假裝誇張地道：「太好了！這邊的吃食實在是難以入口。」

謝笙沒接話，謝琅多年來習慣了也不覺得尷尬，父女倆一同望著田埂上勞作的百姓，一時無話。

微風拂面，夾雜著早春的寒氣，送來了百姓們口音濃重的談話聲。

「但我喜歡這裡。」謝笙道。

謝琅轉頭看她。

「我想一直留在這裡。」她同樣轉頭看向謝琅。

謝琅和她對視，她絲毫沒有躲閃的意思，語氣依舊，彷彿在說一件平淡的小事。

「我喜歡這裡、喜歡周家，我不喜歡京城。舅舅們說以後要帶我去看更廣闊的天地，表哥們說，有他們在漠北我可以橫著走，母親說若是我願意，再長大一點就跟著她一起做生意。在這裡，我可以看到書裡描寫的世間，也可以自在地出府上街，百姓們也很淳樸熱情……總之，我很喜歡這裡。」

說完這番話後她心頭有些忐忑，畢竟再怎麼早熟始終都是個孩子，還是會害怕表露內心想法後受到長輩的責罵。

卻不料謝琅看著她臉上罕見的忐忑神情忽然笑了出來，眉眼裡融入一片暖色，溫言道：「妳想留下，那留下便是了。」

明明如此大的一件事，父女倆三言兩語就將這事定下了。謝笙覺著漠北好，順嘴說出了心中的想法，謝琅覺得女兒開心就好，於是他們就在一片熱鬧的春耕景象下將如此重大的一件事說定了。除了母女內在性子相合，顯然父女之間也是有共通點的。

謝笙點點頭，忐忑神情褪去，又恢復了以往平淡的神情。

兩人又陷入了沈默，只是這沈默並不令人壓抑，這是獨屬於謝家父女倆的一種默契。短短幾個月就能讓一個人性子變化不少，或許再過幾年，兩人就會打破這種默契。

但以後的事，誰又說得準呢？未來不定，充滿了期許。

番外四

五年後，蟄伏數十年的北狄大舉入侵中原，來勢洶洶，讓漠北眾城措手不及。幸有周家坐鎮漠北，力挽狂瀾，兵分幾路驅兵救援。可位於最北邊的青州自古就受夠了北狄的殘殺，本就民心惶惶，又兼北狄此行誓要撕下中原一塊肉，越戰越勇，兵將疲於應戰，還沒等到援軍，城內已是一派頹敗之象。

青州知府見此景象不顧下屬阻攔，親自上城牆同兵將守城，百姓動容，咬牙守城，不眠不休三日三夜後，北狄總算歇了攻勢。

北狄歇了攻勢那晚正是大風日，謝琅怕人縱火，不敢有鬆懈，但自從北狄來犯後他就沒有好好歇息過，這幾日更是不曾閉眼，他疲憊至極，靠在城牆上昏昏欲睡。

他咬了咬舌尖，逼得自己清醒，轉頭問身旁的將士。「可有烈酒？」

那人遞來一個水囊，謝琅也顧不得那麼多，拔掉塞子仰頭灌了幾口。

烈酒入喉，火燒火燎的辣意直入胃部，謝琅忍不住咳了幾聲。

旁邊年紀較小的兵將見狀笑了起來。「謝大人來青州這麼多年，還未習慣這兒的酒嗎？嗆得如此厲害。」

謝琅清醒了不少，也有精神說話了。「好多了，曾經的我才是嗆得厲害。」

他伸手捂住左胸，剛才咳那幾下崩開了傷口，此刻正往外冒著鮮血。

謝琅受傷以後怕傷了士氣，只敢讓人私下粗糙包紮了幾下，這幾日提劍砍人全靠咬牙強撐。三人靠在城牆上，渾身血污，也不知是自己的還是別人的。

今夜風大，吹散了雲，天穹上露出一輪皎潔明亮的圓月，月華靜謐，幽藍的夜空一望無垠，邊際沒入一片黑暗裡。

幾日的同袍情讓小將士對謝琅頗有好感，此刻沐浴在皎潔純淨的月光下，他繃緊的弦微鬆，忽然問出心中好奇已久的問題。「謝大人為何要來青州？」

一般人都是削尖了頭想調出青州，只有他自請調令來此。他們不太清楚謝琅的來頭，只是隱約聽說他家世顯赫。

謝琅沒答，他便自顧自地灌下一口酒，嘆道：「放著好好的京官不做，來這兒做甚？」

他這樣口無遮攔，旁邊資歷老的將領連忙踢了他一下。

小將頓時清醒，連忙準備打個圓場。「謝大人……」

他們動作一點兒也不小，謝琅見狀笑了出來，無所謂地道：「你以為我不想在京裡，養尊處優地活著嗎？」這個答案出乎大家的意料，一時沒人接話。

謝琅奪過他手裡的水囊，灌下一口酒，咳了幾聲，抹了抹嘴角。「只是我曾遇見過一個人，她讓我知道了這世間除了風花雪月、縱情山水以外，還有邊關苦寒。若是我不明白、不知曉，稀裡糊塗地過一輩子就算了，但後來她回來了，我也忍不住回來了。」

他說這話沒頭沒腦的，但大家聽得有些不是滋味，一群糙漢子也沒什麼細膩的心思，只能嘴笨地安慰道：「那什麼，謝大人你挺好的，你來了以後，青州好了太多了。」

「是啊，你是個好官！」

謝琅聞言笑得更厲害了，他靠在城牆上，望著那輪皎潔的明月，彷彿回到了第一次見到邊關月的那個夜晚，輕聲道：「我這輩子負了太多人，覆水難收，唯願不要再負了青州百姓吧。」

後半夜，北狄再次攻城。

眼看著快要受不住了的時候，天光初綻，晨光重新照亮大地之時，青州終於等來了周家的援軍。

謝琅幾個日夜沒合眼，身上又受了傷，一閉眼，足足昏睡了兩天。

再次醒來以後，身上已上藥包紮了，意識回籠後謝琅趕忙起身，被進門的小將攔住。

「謝大人再睡會兒吧。」

謝琅蹙眉。「不行，現在城內一片混亂，離不開知府，何況援軍到了，我還未與他們見面……」

小將打斷他。「謝大人，你放心吧，來的是周家人，他們可比你有經驗多了。」小將把藥碗塞到他手裡。「這幾日就先交給他們吧，往後可有你忙的了。」

謝琅接過藥碗，一口灌下，那小將還在絮絮叨叨著。「這次來了三個周小將軍就算了，周家那位姑奶奶也來了，聽說對陣時她一馬當先舉著長槍就衝了，嚇得三個小將軍在後面直喊『小姑』。」

說著，他被自己逗樂了。「說起來當年我就聽過她的名頭，現在她嫁人後回來了還是那樣，只不過從小姑奶奶變成了姑奶奶。」

小將說完朝謝琅臉上看去，見他神色怔忡，不知道在想什麼，頓時止了笑聲。

「謝大人？」

謝琅抬眸，猶豫地問道：「她……在哪兒？」

小將以為他是好奇，頓時又樂了起來，用下巴朝外面揚了揚。「巧了，正在外面呢。」

話音沒落，謝琅已繞過他跑了出去。

謝琅跑到外面時，百姓們正圍在一起領著食糧，大路盡頭有一人身著紅衣騎在馬上，看不清面容。

謝琅站在原地，見那人驅馬朝這邊過來，風吹起她的袍角，模糊的面容漸漸清晰，光陰倒流，和記憶中那個英姿颯爽、驕縱恣意的周家大小姐慢慢重疊在了一起。

小將從後面追上來，喘著氣道：「謝大人，你急什麼呀！至於這麼好奇嗎？」他緩了緩氣，見謝琅愣愣地盯著前方，咕噥道：「真這麼好奇呀，那你……」

話沒說完，謝琅已俐落轉身。

斗轉星移，一別經年，她依舊是那個身著紅衫、打馬過街的周若影，但他卻不是當年的謝二郎，不會再攔下她的棗紅馬，厲聲斥責她縱馬過街恐會傷人。

——全書完

2020年9月出版

吃貨出頭天

文創風880～881

好心的鄰居怕她日子沒法過，推薦了個殷實的男人，建議她快快嫁了，
可她不要啊，人生地不熟的，又不是挑菜買肉，她做不來盲婚啞嫁，
不料她這麼個智慧與美貌兼具之人，最後還偏就看上他那個呆頭鵝！
雖說感情這事本就毫無道理可言，她也不期待他這人對她說啥甜言蜜語，
不過連成親一事都要她主動明示是怎樣？他是擺明了要氣死她嗎？嘖！

此心安處　便是吾鄉／蘭果

砰的一聲，身為白富美的她在空難中香消玉殞，
然後眼一睜，她就成了跟爹返鄉祭祖卻意外翻船同赴黃泉的蕭月，
由於爹死後不久娘便改嫁了，於是蕭家就剩她孤伶伶一個人，
好吧，起碼上天沒安排什麼拖油瓶讓她養育，她是一人飽全家飽，
自古民以食為天，正好她唯一的愛好就是美食，還練就一手好廚藝，
如今若是要擺個小攤子賣吃食，月牙兒還是很有幾分底氣的，
不過是想法子掙錢餵飽自己嘛，她有手有腳的，難道還會餓死不成？
她不敢說自己是個美食家，然而當一名有生意頭腦的小吃貨還是很夠格的，
靠著多年累積下來的實力，所販售的各式糕點那真是人見人愛，
再加上採用饑餓行銷手法，看得到卻吃不到、甚至吃不夠，得有多饞人？
但是她並不滿足於此，攢了點錢後，她找了金主投資，開了間店鋪，
店裡不單單賣糕點也賣小吃，每日門庭若市，財源滾滾來，
接下來她又是買房、又是炒地皮，還找了高官護著，事業更是蒸蒸日上，
可她也曉得一官還有一官高，若能得皇城裡那位天下最大的官護著豈不更好？
所以呀，她的雄心可大了，最終還得把店開進京、出人頭地才行啊！

流浪貓狗介紹所

為流浪貓狗加油 和貓寶貝 狗寶貝 廝守終生(一定要終生喔！)的幸福機會

對人來說，貓寶貝狗寶貝只是生活的一部分，
但妳（你）對牠們來說，卻是生活的全部，領養前請一定要考慮清楚——

▲ 氣質優雅又可愛的 狐狸

性　　別：女生
品　　種：米克斯
年　　紀：7個月
個　　性：活潑愛玩
健康狀況：已施打三合一預防針
目前住所：台北市大安區（台灣愛貓協會）

本期資料來源：台灣愛貓協會

『狐狸』的故事：

時而舉止優雅、時而活潑可愛的狐狸，從內湖動物之家移送到愛貓協會，已生活四個多月了。牠天生沒有眼瞼，所以當晶亮的眼睛東瞧瞧西看看時，感覺就像小狐狸般機伶可愛，故取名為狐狸。

即使先天上不完美，可狐狸的個性活潑親人，喜歡追逐掃把，愛跟其他小貓玩，也會討罐頭吃，如此討人喜歡的開心果，很適合成為新手家庭裡的一員。

由於少了眼瞼，眼睛缺乏保護容易受傷，目前因右眼角膜受損，已摘除右眼，但左眼視力並不受影響，日常生活也依舊活力充沛，預定等長到一歲以後接受眼瞼的移植手術，將來絕對是隻魅力滿點的明星貓美人。

為了救援公立收容所內急需救援的貓咪而成立的台灣愛貓協會，如今正等待您的愛與關懷。若您欲認養狐狸，請來信catkitten99@gmail.com，台灣愛貓協會歡迎您的參與。

認養資格及注意事項：

1. 居住台中以北，23歲以上，環境適合養貓，並有工作收入者。
2. 須同意簽認養寵物切結書。
3. 須同意送養人日後之追蹤採訪，對待狐狸不離不棄。

來信請說明：

a. 個人基本資料：姓名、性別、年齡、家庭狀況、職業與經濟來源等。
b. 想認養狐狸的理由。
c. 過去養寵物的經驗，及簡介一下您的飼養環境。
d. 若未來有結婚、懷孕、出國或搬家等計劃，將如何安置狐狸？

文創風
892

佳窈送上門 3 完

國家圖書館出版品預行編目資料

佳窈送上門 / 春水煎茶著. --
初版. -- 臺北市 : 狗屋, 2020.10
冊 ; 公分. --（文創風）
ISBN 978-986-509-149-1（第3冊：平裝）. --

857.7 109012753

著作者	春水煎茶
編輯	林俐君
校對	沈毓萍
發行所	狗屋出版社有限公司
地址	台北市104中山區龍江路71巷15號1樓
電話	02-2776-5889～0
發行字號	局版台業字845號
法律顧問	蕭雄淋律師
總經銷	知遠文化事業有限公司
電話	02-2664-8800
初版	2020年10月
國際書碼	ISBN-13 978-986-509-149-1

本著作物由北京晉江原創網絡科技有限公司授權出版

定價260元
狗屋劃撥帳號：19001626
網址：love.doghouse.com.tw E-mail：love@doghouse.com.tw